고전문학의 탐색과 의미 읽기

여성 형상과 새 시가작품 찾기

(사) 한국문학과예술연구소 학술총서 64

고전문학의 탐색과 의미 읽기

여성 형상과 새 시가작품 찾기

하경숙 지음

學古房

| 머리말 |

서사敍事가 지속적인 생명을 유지하기 위해서 시대에 따른 다양한 해석이 가능해야 한다. 과거의 여성은 가정이나 사회에서 자신의 욕망 표출이나 감정의 표현에 있어서 지극히 소극적인 태도를 보이며 체제와 규범에 충실하려고 노력했다. 이제는 남성 중심의 사회 질서에서 벗어나 기존의 시각에서 놓쳤거나 무의미하게 지나쳤던 점을 규명할 필요가 있다. 여성은 비단 남성에 한 타자로서 존재했던 것이 아니라 남성과 동등한 인격체로 지혜와 풍요를 지니고 있다. 세상의 발전의 속도와 변화는 눈부시게 이루어지고 있지만 시대와 사회가 강요하고 있는 여성 인물의 이미지는 여전히 많은 제약 속에 놓여 있다.

책의 목표는 새로운 희망을 찾아가는 적극적인 태도를 지닌 여성 인물을 찾아 재해석하고, 상황에 알맞은 객관적이고 올바른 평가를 하는 것이다. 여성에게 주어진 수동적이고 고정된 사고에서 탈피하여 주체성을 찾고 현실 극복의 능력을 지닌 능동적인 인물로의 모색을 중점으로 하고자 한다. 이는 시대에 국한하지 않고, 자신의 진정한 행복과 즐거움을 찾는 여정, 욕망과 갈등의 해소, 모험과 도전의 의미, 생명 존중과 가치 실현, 주체적인 인간형을 찾는 작업으로 확장되는 것이다.

고전문학 속 여성의 서사는 기존의 사회와 대립하지 않고, 소통疏

通과 상생相生, 평등平等, 창조創造의 가치를 내포하고 있다. '가믄장아기, 괴똥어미, 금세부인, 뺑덕어미, 막덕어미, 허황옥, 금원, 선녀, 인어'등 다양한 인물들을 통해 당대의 사회, 인물이 경험하고 목도目睹한 특이하고 흥미로운 사건, 배경 등이 작품속에 세밀히 나타나며 그들의 의식과 세계관을 알 수 있다. 다시 말해 그 속에는 다양한 현실들이 지속적으로 재현되고 있으며, 그들이 지닌 특수한 사연은 여성 인물이 지닌 에너지와 저력을 통찰하는 계기가 되고, 인간에 대한 끝없는 이해를 기반으로 하는 원천을 마련해 줄 수 있다.

한편으로 이 책에서 미약하지만 한국 고전시가가 고전으로서의 위상을 찾는 연구를 시작하고자 했다. 이 부분은 그동안 고전문학의 후대 변용과 수용에 대해 고민을 해왔던 지점에서 시작된 것으로, 과거의 작품이 지닌 현재와의 의미를 밝히고, 고전으로서의 가치를 인식할 수 있도록 시도한 것이다. 고전시가가 처한 시대적 상황을 인식하고 학계에 새로 작품을 발굴하는 한편 여러 연구자들의 발굴 동향을 소개하고 앞으로의 연구 방향을 조망하는 것을 목적으로 하였다. 이러한 작업을 통해 우리가 잃어버린 세계를 찾고, 텍스트 너머의 텍스트를 이해하는 큰 기회가 될 수 있을 것으로 확신한다.

이 책의 목표는 그저 단순하지 않고, 지난하다. 과도한 연구 의욕만 앞설 뿐 여전히 문학적 성취라든지 진정성을 읽어내기에는 너무나 부족하고 부끄럽다. 다만 고전문학은 현대와는 별개의 것이 아닌 우리의 가장 가까운 곳에서 살아 숨쉬는 생생한 이야기라는 것을 지금의 독자들이 이해하기를 바란다. 또한 과도한 경쟁시대를 살아가며 삶에 지친 현실의 독자들에게 이 책이 잠시나마 따뜻한 위로와 휴식이 되었으면 한다.

처음 고전문학을 공부할 때 불빛 하나 없는 망망대해茫茫大海에 홀로 남겨진 기분이었다. 그러나 운運이 좋게도 공부를 하면서 참으로 훌륭한 스승들을 많이 만날 수 있었다. 스승들이 계시지 않았다면 지금의 나는 존재하지 않았을 것이다. 불교 경전 범망경에서는 "일만 겁劫의 인연으로 스승과 제자가 된다"고 했다. 육신肉身은 부모가 낳아주지만 마음이 새로 눈을 뜨게 하는 데에는 스승의 가르침이 필요하기 때문이다. 이렇게 보면 스승의 존재나 만남 자체가 기적이라 할 만큼 더없이 소중한 것이다. 특히 지도교수이신 구사회 교수님께 감사를 드린다. 공부의 길에서 방황하고 있던 나를 따뜻하게 지도해주시고, 온전히 성장할 수 있도록 이끌어 주셨다.

이 책을 통해 그간 많은 도움을 주신 여러 선생님들과 연구자들께 감사드리고 싶다. 조규익 교수님과 한국문학과예술연구소, 온지학회, 시조학회 여러 선생님들께 진실로 아름답고 귀한 가르침을 받았다. 올해 정년을 맞이하신 조규익 교수님께 축하와 감사의 말씀을 올린다. 교수님께서는 학문에 대한 성실한 태도와 열정을 알려주셨고, 이 책이 나올 수 있도록 많은 도움을 주셨다. 살아가면서 '사람이 가장 소중한 자산資産'이라는 사실을 알게 되었다. 공부의 길에서 여러 선생님들을 만나기 이전까지는 늘 어둡고 편벽되어 있었다. 그러나 함께 공부하고, 나누고, 믿음을 표현하려고 노력하다보니 어느새 친절하고 온유한 사람, 열정을 가진 사람이 되었다.

이 책을 준비했던 그 해 여름은 유난히 더웠다. 몸도 마음도 많이 지쳤고, 힘겨운 시간을 보냈다. 그리고 이제 다시 용기를 내어 많은 시간이 지났지만 책은 세상의 빛을 보게 되었다. 연구를 하는 동안 비록 많은 좌절을 겪었지만, 나를 돌아보고 재건할 수 있는 시간이 되었다. "공부를 하는 일은 긴 터널을 지나는 일과 같다"고 하던 동학同學의 말이 떠오른다. 앞으로도 느린 걸음이지만 한결같이 공부의 길을 걷는 사람이 되고자 한다.

언제나 나를 믿고 지원해 준 가족들과 여러 은인들께 사랑의 말을 전한다. 늘 좋은 것, 아름다운 것만 주시는 나의 주님께 찬미와 영광을 드린다. 오직 공부에만 전념할 수 있도록 묵묵히 배려하고 지지해 준 남편 레지날드에게 깊은 감사와 애정을 보낸다. 살가운 말 한마디 건네지 못하는 딸을 위해 밤낮으로 기도와 헌신으로 축복을 해주시는 어머니께 존경과 감사와 사랑의 말씀을 드린다. 비록 함께 하지는 못하지만 하느님 나라는 참으로 아름다울 것이라 말씀하셨던 아버지께도 이 영광을 드린다.

책이 나올 수 있도록 오랜 시간동안 기다려주시고, 배려해주신 학고방 하운근 대표님을 비롯하여 출판사 여러분께 진심으로 감사의 말씀을 드린다. 같이 작업을 하면서 특별한 애정을 보여주었던 명지현, 조연순 선생님께도 감사의 마음을 전한다.

2022년 8월
따오기마을에서
하경숙(레지나)

| 차례 |

제10장 고전 시문에 나타난 한식韓食의 의미와 양상
–냉면冷麪을 중심으로

제11장 고전시가 작품의 발굴 동향과 전망

제1장

〈가믄장아기〉에 구현된 여성인물의 형상과 특질

1. 머리말

신화神話의 힘은 우리에게 주어진 삶을 특정한 상황에서 어떻게 살아낼 것인가 하는 메시지를 발견하는데 있다.[1] 제주 무속신화巫俗神話는 세계 보편적인 모험 모티프를 지니면서, 제주만의 독특한 자연 친연성과 독립 의식을 보여준다. 이를 통해 삶의 의미와 신성성을 이해하게 된다. 〈삼공본풀이〉는 제주도 전역에서 전승되는 본풀이 중 일반본풀이에 속하는 것으로 전상신의 내력담으로 알려져 있다. 전상이란 전생前生을 의미하는 것으로, 전생의 팔자八字 또는 업보業報를 설명하며 삼공신은 인간 생애에 있어서 나쁜 전상과 좋은 전상에 관여하고 있는 존재라고 한다.[2] 제주도 무가 '삼공본풀이'에 형상화된 〈가믄장아기〉 이야기는 여성의 새로운 면모를 보여준다.

1) 조지프 캠벨·이윤기 역, 『신화의 힘』, 고려원, 1992, 81쪽.

2) 현승환, 「삼공본풀이의 전승 의식」, 『탐라문화』13, 제주대학교 탐라문화연구소, 1993, 31~32쪽.

일반적으로 알려진 바와 같이 인간이 신이 되어가는 과정을 무가에서는 본풀이라고 한다. 제주도의 여성신들은 독립적이고 주체적인 성격을 지니며 무기력하지 않고 활동적인 모습을 보여주고 있다. 이런 여성신의 특성은 강인한 생활력을 요구하는 제주 여성들의 삶의 모습이 그대로 나타나있다.

셋째 딸로 집안을 일구고 헌신했지만 부친의 문답問答놀이로 인해 집에서 쫓겨난 가믄장아기가 자신의 배우자를 고르고 혼인을 하여 가정생활을 하는데, 이때 거지로 전락하고 거기다가 장님이 된 부모를 위해 잔치를 열고 그들과 재회하기까지의 인생 역정을 보여주고 있다. 이처럼 독립적이고 강인한 인물인 〈가믄장아기〉는 우리 고전서사에서 찾기 어려운 여성인물로 학계에서도 그 관심은 지속적으로 이어지고 있다.

〈가믄장아기〉는 사람들의 행위와 마음에 따라 전상典常을 달리 내림으로써 선과 효를 강조하는 삶을 살도록 하는 것이다. 즉, 타인의 전상, 운명運命을 관장하는 전상신으로서의 역할이 드러난다. 무엇보다 가믄장아기가 제시하는 전상의 본질적인 의미는 스스로 운명을 개척해 나가는 용기와 지혜이다.[3)]

또한 〈가믄장아기〉는 부계중심의 가부장적 사회의 가치관에 갇혀 혈육의 정을 끊게 되는 고통을 당해야만 한 여성의 의식을 설명하고 있다. 그동안의 연구에서는 '쫓겨나는 딸'이라는 인물형을 주목하여 주체적인 자아의식과 성장, 여성의 입사담 및 영웅 신화적 특성을 거듭 조명하였다.[4)] 전승의식과 관련하여 설화 '내 복에 산다'와의

3) 안효정, 「〈삼공본풀이〉의 서사와 전상의 의미」, 충북대학교 석사학위논문, 2010, 54쪽.

의미를 주목한 연구, 무속巫俗과의 신神과 인간人間의 동질적 시선에서 작품이 가지는 신성의 특질을 살핀 논의 등이 이루어져 왔다.[5] 최근에 주목할 만한 연구는 〈가믄장아기〉를 오늘날 시대정신에 맞는 〈삼공본풀이〉 재해석의 접점을 '가믄장아기의 몸에 대한 주체적 인식'으로 보는 견해이다.[6] 또한 〈가믄장아기〉에 대한 연구는 여성·지역·노동·공동체의식을 바탕으로 다양한 가치에 집중하여 신화

---

4) 황인덕, 「〈내복에 먹고 산다〉형 민담과 〈삼공본풀이〉무가의 상관성」, 『어문연구』제18집, 충남대학교 어문연구회, 1988; 현승환, 「「내 복에 산다」系 說話 硏究」, 제주대학교 박사학위논문, 1993; 윤교임, 「여성 영웅신화연구: 초공본풀이·삼공본풀이·세경본풀이에 대한 문화기호학적 해석」, 서강대학교 석사학위논문, 1996; 김영숙, 「삼공본풀이의 서사구조와 의미」, 『한국언어문학』 제44권, 한국언어문학회, 2000; 이유경, 「여성영웅 형상의 신화적 원형과 서사문학사적 의미」, 숙명여자대학교 박사학위논문, 2006; 김미숙, 「〈삼공본풀이〉에 나타난 공간의 의미 : '집'을 중심으로」, 『구비문학연구』제25집, 한국구비문학회, 2007;이인경, 「〈가믄장아기〉와 〈리어왕〉의 주제적 비교연구」, 『구비문학연구』 제27집, 한국구비문학회, 2008; 장영란, 「한국 여성－영웅 서사의 희생의 원리와 자기 완성의 철학－'딸'의 원형적 이미지 분석과 '효' 이데올로기 비판」, 『한국여성철학』 제9권, 한국여성철학회, 2008; 박영선, 「민담 〈내 복에 산다〉의 분석심리학적 해석」, 『心性硏究』 제25권 2호, 한국분석심리학회, 2010; 신연우, 「여성담당층 관점에서의 〈초공, 이공, 삼공본풀이〉의 문학－사상의 의미망」, 『한국고전여성문학연구』 제21권, 한국고전여성문학회, 2010, 안효정, 「〈삼공본풀이〉의 서사와 전상의 의미」, 충북대학교 교육대학원 석사학위논문, 2010; 권복순, 「〈가믄장아기〉와 〈자청비〉의 겨루기 양상과 다문화성 연구」, 『배달말』 제51권, 배달말학회, 2012; 김신정, 「무속신화와 여성의 몸」, 『여성문학연구』 제27권, 한국여성문학학회, 2012.

5) 신동흔, 「무속신화를 통해 본 한국적 신 관념의 단면 신과 인간의 동질성을 중심으로, 『비교민속학』제43집, 비교민속학회, 2010, 349~377쪽.

6) 고순덕, 「아동극에서 제주무속신화의 희곡화 과정 연구 : '가믄장아기'의 여성의 몸에 대한 주체적 인식을 중심으로」, 한국예술종합학교 석사학위논문, 2004.

적 의미를 현대적으로 재현再現하는 것에 중점을 두었다.

본고에서는 〈가믄장아기〉에 반영된 사회상은 물론, 작품 속에 등장하는 여성 인물 가믄장아기가 겪는 사건, 배경 등을 심도있게 고찰하여 작품의 의미를 파악하는 한편 여성인물이 지닌 특수성을 확인하고자 한다. 그리고 이러한 작업을 통해 과거인들이 지닌 삶의 양상은 물론 오늘날 우리가 추구하는 삶의 가치와 여성들이 지닌 사회적 역할과 그 의미를 점검하고자 한다.

2. 〈가믄장아기〉의 특질과 의미

한 편의 설화속에 포함된 삶의 양상은 단순히 고정固定되어 전달되는 것으로 볼 수 없으며, 집단이 처한 상황과 세계관의 의미에 따라 서로 대립과 충돌을 가져오고, 때로는 화합의 역동적 움직임을 보이기도 한다.[7] 〈가믄장아기〉는 그 내용이 상당히 상징적이고 압축되어 있는 상태이다. 다만 '가믄장아기'라는 인물이 평범하지 않으며 그와 관련된 사건에는 다양한 상징을 내포하고 있다. 여러 가지 정황을 비추어 추정하건데, 가믄장아기라는 인물은 매우 독립적이고 주체적이며 타인에게 영향력을 지녔다. 그 서사는 다음과 같다.

1. 윗마을 웃상실의 강이영성이서불과 아래 마을 제상실의 홍은소천궁에 궁전궁납 두 거지가 만나서 부부가 된다.
2. 남의 품팔이를 하면서 사는 중에 은장아기, 놋장아기, 가믄장

7) 송효섭, 『설화의 기호학』, 민음사, 1999, 82~85쪽.

아기의 세 딸을 낳고 점차 부자가 된다.

3. 15세가 되자 딸들을 불러 놓고 문답을 하는데, 누구 덕에 먹고 사느냐는 물음에 하늘님덕, 지하님덕, 아버님 덕, 어머님 덕도 있지만, '내 배꼽 밑에 있는 선의 덕' 대답한 가믄장아기가 불효하다하여 쫓겨난다.
4. 쫓겨나는 가믄장아기에게 거짓말을 한 언니들이 가믄장아기의 주문으로 각각 청지네와 용달버섯으로 환생하고, 부모는 장님이 되어 거지가 된다.
5. 집을 떠난 가믄장아기가 굴미굴산 작은 초막의 세 아들 중 막내아들과 혼인한다.
6. 막내아들이 마 파던 곳에 구경을 간 가믄장아기는 그 곳에서 금을 발견하여 부자가 된다.
7. 가믄장아기가 부모 생각이 나 거지 잔치를 벌여 부모를 찾고, 부모가 눈을 뜬다.[8)]

〈삼공본풀이〉에서 거지 부모에게서 태어난 가믄장아기가 아버지의 그릇된 선택으로 인해 가정에서 버림을 받고, 그를 버린 부모들은 눈이 먼 거지로 전락한다. 쫓겨난 가믄장아기는 조근마퉁이를 만나 금을 발견해 부자가 되고 거지잔치에서 부모를 만난 가믄장아기는 부모의 눈을 뜨게 하고서 부모를 모시고 살다가 전상차지신으로 좌정坐定하였다는 이야기이다. 쫓겨남은 존재의 변화를 의미하는 격리단계로 잠재된 신성을 발현하는 의미로 보여지며, 이는 무속신화가 지닌 여성성이 근원적 생명력으로 추앙되던 신화적 관념을 보존

8) 현용준·현승환 역주, 『제주도 무가』, 고려대학교 민족문화연구소, 1996.

하고 있음을 확인시켜준다.[9]

가믄장아기는 출생에서부터 짐작할 수 있듯이 환경에 굴하지 않는 독립성을 지닌 인물이다. 그녀는 부모의 물음에 자신의 덕으로 인해 잘 산다고 이야기한다. 어려운 환경에도 불구하고 정성껏 보살핀 자식에 대해서 쏟은 공功을 인정받고 싶은 부모는 그들의 덕보다는 자신이 지닌 복과 생명에서 기인한다는 대답에 분노를 하고 배신감을 느낀다. 가믄장아기는 현상을 직시하고 본래적인 의미를 이야기하는 면모를 찾아 볼 수 있다. 그는 스스로에 대한 믿음을 바탕으로 주체적인 여성으로서의 면모를 자각한 것이다. 가믄장아기는 무엇보다 배꼽과 부여된 복을 믿으며 부모로부터 독립하는 모습은 여성으로 태어난 자신과 자신을 둘러싼 세계 속의 충돌을 인정하고, 자신들의 완전성을 인정하지 않는 세계로부터 탈피한다는 것이다. 이는 부모로 설명되는 완성된 기존 상황에 대해 순응하지 않고 극복하려는 주체적 결정에 의한 것이다.[10] 그러나 부모의 입장에서 본다면 자식이 부모의 덕이 아닌 자기 자신의 덕에 의해 잘 산다는 말은 상당히 부정적으로 들릴 수 있다. 또한 가믄장아기의 부모가 눈이 멀게 되는 이유는 '사실'을 판단할 수 있는 능력을 갖고 있지 못하는 것에 대한 의미라고 할 수 있다.[11] 부모를 떠난 후 가믄장아기의 독립적이고 주체적인 태도는 더욱 강화된다. 전통사회에서 혼인의 대

9) 강진옥, 「고전 서사문학에 나타난 가족과 여성의 존재양상」, 『한국고전여성문학연구』10권, 한국고전여성문학회, 2005.

10) 김신정, 「무속신화와 여성의 몸」, 『여성문학연구』27호, 여성문학연구학회, 2010, 46쪽.

11) 장영란, 「한국 여성－영웅서사의 희생의 원리와 자기 완성의 철학」, 『한국여성철학』9권, 한국여성철학회, 2008, 21쪽.

부분은 부모가 배우자를 선택해주는 것인데 비해 가믄장아기는 자기가 전적으로 남편을 선택한다.

또한 남편감을 평가하는 기준을 물질物質적인 것에 비중을 두지 않고 정신精神적 부분에 중점을 두고 선택하였다. 가믄장아기는 자신의 힘으로 남편을 선택한 후 자신이 지닌 뛰어난 안목을 바탕으로 남편이 성공하도록 도움을 준다. 그녀는 부모에게 어떠한 도움도 받지 않고 오직 자신의 안목으로 배우자를 결정하고 자신이 지닌 의지로 부자가 된다. 후에 그녀는 거지로 전락한 부모를 만나게 되고 자신의 신분을 곧바로 이야기하지 않는다. 부모가 자신들의 처지에 관해 이야기 하도록 유도하는 것은 부모가 스스로의 문제를 자각하고 이에 대해 문제를 해결하는 방향으로 탐색探索하도록 이끌고 있다. 가믄장아기는 부모에게 완전한 독립을 하는 인물이다. 그렇지만 그녀가 남편을 선택하는 조건에서 부모에게 효도하는 사람을 긍정적으로 여기고 비중을 둔 것은 전통 사회의 '효孝'와는 별개의 것이 아니다. 그녀가 남편을 선택하는 것은 자신의 상황을 변화시키기 위한 방편이지 이것을 통해 남성에게 의존하는 수동적인 태도를 보이는 것은 아니다. 이는 여성의 독자성을 인정하지 않는 사회에서 주체적인 삶을 사는 방법이다.

3. 〈가믄장아기〉에 형상화된 여성인물의 양상

무속신화 속에서 여성이 지닌 의식은 자신의 몸을 세계 안에서 스스로 설명하고자 한다. 여성이라는 존재는 세상의 질서와 남녀 존재에 굴하지 않고 신체적 열세劣勢의 문제를 부여하지 않으며 인간을 만물과 더불어 우수한 존재로 설명한다. 또한 모든 사물이 다양한 질서를 가하고 있음을 이해하고자 한다. 여성은 일정한 시기에 이르러 이전 세계와 분리되면서 시련을 겪고, 그 시련을 극복한 이후 새로운 존재로 형상화되어 사회에 재통합 되는 분리, 전이, 통합의 과정을 거치고 있다. 제주도는 내륙과 달리 모계 중심의 원시적 모습을 보여주고 있으며 여신女神의 행동과 태도는 매우 활동적이고 능동적이다. 또한 인간이 농경農耕과 목축牧畜을 시작하며 재산을 저장하고 불려 나가는 것에 대한 신화적 재현이며, 외부의 질서, 부모와 남성들의 질서 속에 존재를 인정받고 그 의미를 수용하는 것이 아니라, 스스로에게 부여된 출생의 능력과 복福, 운명運命을 받아들이는 독립적인 인간으로서의 여성들을 강조하고 있다.[12] 가믄장아기는 자신의 삶을 자신의 의지대로 이끌어가는 여성이다.[13] 이처럼 가믄장아기의 삶의 모습은 여성의 특수성을 이해 할 수 있게 한다.

1) 주체적 삶의 의지

가믄장아기는 보통 여성들과 다른 특수한 삶의 모습을 보여주지 않고, 대부분의 여성들이 살아가는 보편적인 삶의 상황을 보여주고 있다. 가믄장아기의 특수성은 여성이 지닌 평범한 삶을 수용하지만 그 속에서 자신을 삶의 주체로 인식하고 있다는 것이다. 무엇보다 가믄장아기가 여성으로서의 자신에 대한 긍정적이고 역동적인 인정

12) 김신정, 앞의 논문, 52쪽.

13) 허남춘, 「제주 서사무가에 담긴 과학과 철학적 사유 일고찰」, 『국어국문학』 148, 국어국문학회, 2008, 114쪽.

을 중심으로 주체적인 자아의 형성에 힘을 기울였다. 가믄장아기는 전통시대 여성들이 겪는 가부장家父長적인 관계에 소외되고 억눌렸던 것과는 달리, 아버지나 남편과의 사이에서 매우 독립적인 모습을 띠고 있다. 이는 곧 여성이 자신의 삶에 있어서 스스로의 주도권을 형성하고자 노력한 것이다. 가믄장아기는 부모에게서 버림받았던 자신의 고통을 스스로 치유할 수 있게 된다. 그러한 경험을 기반으로 자신의 존재를 인식하고, 자신의 능력을 찾아, 주어진 미래에 대하여 살아가야 방법을 홀로 터득하고 이끌어간다.

가믄장아기는 여성으로서의 삶에 대한 긍정적인 태도, 스스로가 지닌 능력에 대한 수용, 자신이 생의 주체主體라는 자각과 능동을 기반으로 하고 있다. 또한 자신에게 적합한 남편을 선택하는 안목과 금金을 알아보는 혜안, 부모와 해후邂逅하여 그들의 개안開眼을 돕는 포용력 등의 능력을 갖고 있으며 스스로 자신의 정체성을 형성해 나간다. 전통사회가 지닌 수동적인 여성과는 달리, 자신의 존재를 긍정적으로 수용하고 주체적인 자아의 모습을 형성하는데 큰 기여를 하고 있다.

가믄장아기는 독립된 존재로서 자신에 대한 믿음을 기반으로 여성이 자신의 삶을 주체적으로 수용하여 향상시킬 수 있다는 가능성과 믿음에 기반을 두고 있다.[14)]

가믄장아기의 부모는 그들이 '누구 덕으로 먹고 사느냐'에 질문을 하면서 오직 부모의 은덕恩德만이 중요하다고 강조한다. 부모의 말에 순종하는 것을 완성된 효라고 생각하지만, 가믄장아기의 입장에

14) 이유경, 「서사무가에 나타난 여성정체성 형성의 양상과 의미」, 『한국어와 문화』6집, 숙명여자대학교 한국어문화연구소, 2008, 225쪽.

서 볼 때 진정한 의미의 효孝는 부모에게 의지하지 않고 자신의 힘으로 삶을 개척하는 것이다. 즉 자식이 독립성을 갖으며 자신의 인생을 잘 이끌어 나가는 것이 '효'라고 볼 수 있는 것이다. '여성이 복을 타고났다'는 이야기를 통해 역동적인 여성의 정체성을 보여주고, '타고난 복'으로 자신의 삶을 완성하는 모습을 형상화하여, 인간의 행복과 삶의 주체적인 인식을 보여주는 가장 중요한 문제라는 것을 강조하고 있다.

가믄장아기가 자신의 힘으로 남편을 선택하고 집안을 일으키는 것은 자신의 삶에 대한 실질적인 힘을 가진 여성이 스스로의 인생을 독립적으로 이끌어가는 것이다. 이는 여성들에게 삶의 실천적인 의미와 강한 자의식을 중심으로 기존의 질서에 저항하여 적극적인 태도로 자아 찾기 여행을 떠난다. 그리고 탐색의 과정에서 구원을 통해 아버지의 세계를 흡수 통합함으로써 완벽하게 자신의 세계를 구축함으로써 자아自我찾기를 실현하게 된다.[15] 대체로 기존의 서사에서는 여성이 남성의 보조적인 역할에 머물러 있지만, 이 서사에서는 여성이 적극적으로 사건에 개입하고 주도적인 역할을 하고 있다.

가믄장아기는 비극적인 인물인 동시에 그러한 상황을 극복하고 새로운 존재로 전환하여 주체적 삶의 의지를 나타낸다. 결국 가믄장아기가 단순히 비극적 주인공이 아니라 자기극복을 통해 보다 높은 차원의 완성된 존재로 변모하게 되는 것이다.

---

15) 진은진, 「여성탐색담의 서사적 전통 연구」, 경희대학교 박사학위논문, 2002, 29쪽.

2) 모험자의 면모

〈가믄장아기〉 서사는 한국 최고의 스토리 원천으로 대중들에게 무안한 상상력과 흥미를 주는 의미 있는 문학 작품이다. 대체로 전통사회에서 여성에게 부여된 여성성과 행동방식은 남성중심적인 시각으로 규명된 이데올로기가 보편적으로 작용하여 여성들에게 스스로의 선택을 배제시키는 주된 요인으로 작용했다. 그러나 이 서사에서 가믄장아기는 이러한 외형적 억압을 극복하고, 주위의 시선에 집착하지 않으며 의연하게 자신의 뜻을 관철시킨다. 가믄장아기는 자신이 처한 현실을 사실적으로 보여주고, 타인他人의 구원을 기다리는 것이 아니라 스스로 당당하게 헤쳐 나가고 있다. 단순히 남성에 의해 자신을 보호하고 위장하며 치장하는 것이 아니라 당대의 제도 속에서 굴하지 않고 주도하며 개척하는 당당한 여성의 모습을 보여주고 있다. 대체적으로 자신이 여성이라는 한계에 머무는 상황에서는 주체성을 발휘하지 못하고 타자他者로서 살아갈 수밖에 없다. 현실을 직시하고 자신이 지닌 상황과 능력을 실현하기 위해 주체가 되고자 하는 욕망을 간직한다.[16] 이러한 의미에서 그들은 주체가 되려는 욕망慾望의 근원을 본래 타고난 능력에서 찾고자 한다. 이처럼 초월적 삶과 현실의 삶을 표상하는 존재로 부상할 수밖에 없었던 단서를 추적하면 〈가믄장아기〉 서사의 미학적 기반은 한층 더 탄탄하게 된다. 남성 중심의 사회에서 여성은 언제나 사私적인 영역에서만 존재 의의를 지닐 수 있다. 인간으로서의 여성은 무시되고 어머니나 아내의 본분을 충실히 수행하도록 길들여져 왔다. 하지만 가믄장아

16) 이지하, 「주체와 타자의 시각에서 바라본 여성영웅소설」, 『국문학연구』16권, 국문학연구학회, 2007, 41쪽.

기는 이런 여성 억압의 기제를 뚫고 남성들에게만 허용되어 왔던 공公적인 영역에서 멋진 활약을 펼친다. 무속은 여성들이 주체가 되어 전승되어 왔고 이중에서도 특히 무가巫歌는 줄곧 여성문학으로 전승되어 왔다.

또한 자신에게 맞는 남편을 택한 가믄장아기는 마麻 파는 곳에 구경을 가자고 하여, 그곳에서 작은 마퉁이가 자갈이라 하여 버린 것을 살펴보니 모두 금덩이와 은덩이였다. 가믄장아기는 작은 마퉁이가 돌인 줄 알고 버렸던 금金덩이와 은銀덩이를 발견하여 부자富者가 되는데, 이러한 이야기를 통해 새로운 것에 대한 도전정신을 알 수 있다. 가믄장아기는 스스로 배우자를 선택하고 또 금과 돌을 구별하여 부를 이루는 과정에서 삶에 대한 자신의 지혜롭고 현명한 안목을 드러낸다.

가믄장아기는 자신을 내쫓은 부모를 찾기 위해 거지 잔치를 열고 잔치에 온 부모에게 '청감주 ᄃᆞᆫ감주'를 마시게 하여 눈을 뜨게 하는데, 이로써 자신의 삶을 스스로가 주관해 나가는 능력을 보인 것이다. 동시에 외형적 억압을 배제하고 주위의 시선을 의식하지 않으며 의연하게 자신의 뜻을 보여주는 모험자적인 면모가 나타난다. 가믄장아기가 '금'을 획득하는 과정은 자신을 버린 사회로부터 자신의 정체성과 존재 의의를 인정받는 자격 획득 인정이라고 할 수 있다. 다양한 사건을 경험한 가믄장아기의 출현은 여성신들의 독립적 결정권과 능동적인 활동을 계승한 새로운 유형이라고도 설명할 수 있다. 전통적인 사회구조에서 여성은 세상에 나가 자신이 가진 능력을 발휘하여 사람들에게 도움을 주기가 쉽지 않다. 그러나 가믄장아기의 경우 스스로 다양한 사건을 경험한 후 결국은 부모의 눈을 뜨게 하는 등 다양한 능력을 지니고 있다.

3) 풍요의 상징

본래적인 신성성을 유지하면서 근원적 여성성의 발현을 통해 드러나는 능력은 어떤 특정한 기능을 수행하는 구체적인 능력이기보다는 여성의 삶 전체를 총괄하는 능력을 말한다. 자신의 여성성에 대한 스스로의 인식과 믿음은 여성이 지닌 다양한 능력의 기초가 된다. 이러한 근원적인 여성성은 생산성生産性과 풍요성으로 나타나며 여성이 지닌 원초적인 생명력과 연결되어 발현되는 것이다.

이 서사가 전승되는 제주도라는 지역은 해안 지역이라는 특수성을 안고 생활해서 사방이 언제나 위험에 처해있고, 바다의 다양한 변화에 대해 인간의 힘으로는 예상하기 어려운 것들이 많기 때문에 신에 의존하는 경우가 많았다. 무엇보다 여성신에 대한 서사가 많은 것은 생명의 풍요에 대한 기원에서 기인하는 것이다.

가믄장아기는 집을 나올 때 검은 암소에 짐을 싣고 나오게 되는데, 검은 암소는 여성성을 상징하는 달과 관련이 있는 동물로서 주로 달의 여신이 지닌 모성적인 면모가 암소로 재현되며, 달은 주기적 변화가 여성의 월경과 임신에서의 변화와 상통하고 또 농사에 영향을 미친다는 점에서 여성적인 풍요를 상징한다고 여겨진다.[17] 암소는 농경사회農耕社會에서 농사일을 돕고, 생산을 하는 경제력과 권력의 상징이다. 단순히 사람을 도와 농사일을 한다는 점이 중요하지만, 암소라는 소재에 주목하면 이는 노동성에 초점을 맞추는 것이 아니라 생산과 다산의 풍요로움을 설명하고 있다는 점이다. 가믄장아기가 데리고 나오는 검은 암소는 가믄장아기가 지니고 있는 생산

17) 에스터 하딩·김정란 역, 『사랑의 이해－달 신화와 여성의 신비』, 문학동네, 1996, 90~94쪽.

성과 풍요를 상징한다. 이를 통해 가믄장아기의 생산신으로서의 성격을 암시하는 것으로 이해할 수 있을 것이다.

결핍된 존재로서의 여성이 아니라 사회의 결핍을 해소하는 존재로 질적 변화를 겪은 후 새롭게 다시 태어나게 되는 것이다. 그리고 이들의 재탄생은 기존 사회의 질서에서 벗어난 이면의 또 다른 세계를 지향한다는 점에서 그 특수성이 있다. 여성신의 재생이나 재생 능력의 증가는 여성의 생산신적 양상과 다르지 않다. 곧 재생再生을 기반으로 한 신직 부여가 삶과 죽음의 문제, 곡식의 종자 획득 등과 같은 상황에서 여성신이 지닌 생산성을 설명하고 있다. 제주의 화산이나 잦은 바람, 가뭄과 같은 어려운 자연의 제약은 여성의 독립적 개체성을 절대적으로 수용하였다. 소규모의 작업 양상을 띄는 밭농사는 여성을 주체적으로 변모시켰고 여성들은 해녀海女가 되어 경제력을 축척하고자 했다. 이처럼 경제적 획득은 그녀들이 자립적으로 용감하게 살아가는 힘이 되었다.

〈가믄장아기〉 서사에서 여성이 자신의 아름다움을 통해 기존 사회와 대립하지 않고 조화롭게 상생相生하며 발전하는 모습을 통해 여성의 가치를 재인식하게 한다. 이 점을 통해 고대 사회의 여성의 능력에 대해서 깊이 통찰하게 한다.

4. 〈가믄장 아기〉에 나타난 여성인물의 특성

전통사회에서는 여성의 경우 본래 숨어있는 존재라 할 수 있는데, 뛰어난 능력을 가지고 있음에도 불구하고 평소에는 이를 드러낼 여유가 없다. 어떤 문제가 발생했을 때에도 여성에게는 문제를 해결할 수 있는 기회는 거의 주어지지 않는다. 여성은 비교적 최근까지 주변인으로 존재해왔다. 여성은 자율적인 존재로서 여겨지지 않으며, 인류人類의 역사에서 남성 주체主體가 지배하는 사회의 타자로 존재해왔다. 그러한 사회구조에서 여성은 자신의 역할을 찾기 어렵고 능동적인 모습을 나타내지 못했다. 그러나 가믄장아기의 경우는 부모로부터 버림을 당한 경험을 한 후 자신의 힘으로 새롭게 삶을 개척하는 면모을 지니고 있다. 자신의 고난이나 역경의 극복을 외부인들에게 의존하지 않고 스스로 해결하는 삶의 주체가 되는 뛰어난 인물이다.

뛰어난 능력은 도술道術, 예지력豫知力, 지혜智慧, 용기勇氣 등이 되겠는데 그 능력이 일상적인 것이라 하더라도 남들이 모두 그 방법을 생각해내지 못했거나 실패한 경우에 실천하여 문제를 해결했다면 그 역시 비범非凡한 것으로 간주할 수 있다.[18] 한국의 무속신화 속 여성 신을 표현한 양상은 여성들에게 희생이나 결과물을 얻고자 하지 않는 순수한 의미가 잘 나타난다. 무속신화는 가부장적 가족서사로 구성되거나 변모양상을 보이는데 여성 신들의 여신되기에 희생을 통한 서사의 원리가 이어지고 있다. 그것은 가부장적 사회의 모습에서 자신들은 주체가 되지 못한다는 심리적인 거리감이 여성과 사회 간의 이질감을 가져오며, 그 사회의 구성원들을 여성들을 보호하는 방식이나 희생의 방식으로 기존 체제에 문제점을 보여주고 있기 때문이다.[19]

18) 정경민, 『여성이인 설화연구』, 이화여자대학교 박사학위논문, 2000, 4쪽.
19) 조현설, 「동아시아에 나타난 여신창조원리의 지속과 의미」, 『구비문학연구』 31, 한국구비문학회, 2010, 1~30쪽.

가믄장아기는 이질적인 문화를 지속적으로 경험하고 투쟁한다. 아버지로 대변되는 세대世代간의 갈등을 보여주며, 두 번째는 언니로 설명되는 기득권旣得權과의 갈등을 겪는다. 또한 외부의 세계에서는 여러가지 차별과 문화적 차이를 겪는다. 그러나 자신의 정체성을 잃지 않고 쫓겨난 딸의 신분에서 결혼이라는 방법을 통해 그들과 화합한다. 나아가 불화不和를 겪었던 아버지와의 갈등을 극복하고 남편과 동일한 선상에서 새로운 정체성을 찾기 위해 노력한다.

그러나 〈가믄장아기〉 서사에는 상상력을 한껏 발휘하여 면밀히 해석해야 하는 부분이 있다. 이 서사는 인간이 자기 극복을 통해 신이 되어가는 과정인 셈인데, 이는 시각을 달리 하면, 평범한 인간에게 닥친 어렵고 고난에 찬 상황을 무사히 극복했을 때에 초월적 존재로 상승할 수 있음을 주제로 담고 있는 것이다. 그리고 부모로부터 버려진 존재가 역설적으로 부모의 득안得眼을 시키는 이야기의 근저에는 '효'라는 전통 사상에 기대 있어 서사의 설득력을 높이고 있음도 알 수 있다.[20]

제주도는 다른 지역과는 달리 섬이라는 특수성을 지니고 있다. 그 특수성으로 인하여 내륙 문화와 분명히 구별되는 지점이 있고, 그들의 개별성을 찾아볼 수 있다. 그로 인하여 여성의 주체적인 모습이 잘 나타난다. 여성은 여성으로서만 억압받는 것이 아니라 준수해야 할 당위로서의 '이미지'에 의해 억압받는데 이러한 '여성 이미지'는 남성들의 시선에 의해 편파적偏頗的으로 왜곡된 것이다.[21] 대체적으

20) 정연정, 「서사무가와 소설의 구조적 상관관계 연구 – 서사무가 「바리공주」와 황석영의 바리데기를 중심으로」, 『한국문학과 예술』5, 숭실대학교 한국문예연구소, 2010, 189쪽.

21) 김혜숙 외, 『여성과 철학』, 철학과 현실사, 1999, 105~108쪽.

로 남성들은 외부적인 상황에서 극복할 힘을 보여주는데 반해 여성은 지혜의 근원적 에너지로서 남성의 것으로 치부되는 현상적 힘을 가하는 숨은 의미로 작용할 수 있다. 여성은 드러나지 않는 지혜의 대변자로 현실을 지탱하는 생산력의 근원이고, 풍요의 원천이기 때문이다. 여성과 남성은 그 활동 부분이 같지 않고 여성과 남성의 삶의 모습은 분명히 다른 의미를 지닌다. 여성이 지닌 삶과 활동에서 여성만이 지닌 특수성을 찾아야 한다. 유독 독립성을 지니고 지혜로우며 적극적인 여성 가문장아기의 등장은 여성신들의 원초적 생명력을 계승한 유형이라고도 볼 수 있다.

또한 가믄장아기는 힘겨운 고통을 참고 견디며 스스로의 혜안慧眼으로 난국을 해결하기도 한다. 이러한 방법은 전투적이고 폭력적이며, 지략과 음모 등을 쉽게 표현하는 남성적 영웅들과 분명히 변별되는 것이다. 가믄장아기는 삶에 있어 대응되는 대상과 공감하는 능력, 타인을 수용하는 자애로움, 끈기와 독립성 등의 가치가 두드러진다. 이러한 가믄장아기의 여성적 영웅의 특성은 한국의 많은 무속신화에 나타나는 여성(여신)들과 같은 모습으로, 남성 중심의 질서를 거부하고 자신의 품 안에서 공동체를 완성하는 여성의 포용력으로 세계를 인식하려는 무속의 세계관이 반영된 것으로 이해된다.[22] 가믄장아기는 가부장적 질서와 현실에 얽매인 삶을 거부하고 한 인간으로 분명한 자아의식을 지니고 있었다. 이는 주체적인 삶을 살기 위해 적극적이고 긍정적인 사고를 하며 새로운 세계에 대한 희망으로 이어질 수 있다. 가믄장아기는 남성의 도움이나 협조를 구하

---

22) 강혜선, 「서사무가敍事巫歌 〈바리공주〉의 여성적 리더십 연구」, 『돈암어문학』 25집, 돈암어문학회, 2012, 111쪽.

지 않으며 자신의 상황과 처지에 맞는 삶의 모습을 받아들인다. 자신이 성취해야 할 목표가 분명하고 그것을 위해서 혼신의 노력을 한다. 운명에 굴복하지 않으며 스스로 운명을 개척하고 그것에 대한 확고한 신념을 보여준다.

여성에게 기대되는 '여성다운' 행위들은 남성에 대해 수동적이고 복종적인 역할을 하도록 강요하는 내용과 연결되기 때문에 결과적으로 남성에 대한 여성의 종속적인 측면을 강화한다. 그럼에도 불구하고 가믄장아기는 수동적인 고정관념을 탈피하여 능동적이고 적극적이며 유연한 사고를 한다. 여성으로 자신이 경험한 것들에서 기인하는 여성성을 부각시키고 있다. 결국 가믄장아기 서사속에는 한 여성이 시련과 고통에서 벗어나 새로운 존재로의 회복과 가능성을 보여주는 일련一連의 모습으로 설명된다.

여기에 가믄장아기 서사가 지속적으로 전승 유지될 수 있었던 힘은 그 유장한 서사의 질곡과 여러 세계관에 대한 포용력, 재생력, 강인한 생명력과 구원의 이미지가 민중들에게 많은 희망과 위안을 주었기 때문이다. 시공을 초월하여 문화적 환경이나 다양성에도 굴하지 않고, 가믄장아기 서사가 지닌 특수성이나 의미는 지속적으로 이어진다. 축소縮小되거나 소멸되지 않고 새로운 해석과 방법으로 서사와 주제를 확장하고 있으며 그 위치를 굳건히 다지고 있다.

5. 맺음말

이 글에서는 〈가믄장아기〉 서사 속에 투영된 여성적인 모습에 집중하고 사회적·문화적 문맥을 통하여 이해하고자 하였다. 또한 진취적이고 개성적인 여성의 면모에 집중하여 서사가 지니고 있는 관계적 가치를 풀어보고자 모색하였다. 이는 가믄장아기가 〈삼공본풀이〉에 담긴 단순하고 신이神異한 이야기가 아니라 그 당대의 사회에 대한 다양한 문화적 상황과 특수성이 담겨져 있다. 무엇보다 여성신이 지닌 활동적이고 적극적인 모습은 어려움을 극복하는 지혜로운 면모를 부각하고 있으며 아울러 가족, 경제의 생계를 위해 노력하는 모습을 통해 남성신보다 다양한 능력을 선보이고 있다. 제주의 여성신들은 주로 창조부터 운명, 농경과 풍요, 치병治病을 주로 관여하였다. 이런 여성신의 면모 등은 제주도 여성이 지닌 사회경제적 기반에서 비롯되며 이는 생활 환경이 반영된 결과로 볼 수 있다.

가믄장아기는 한국의 전통사회의 보편적인 여성과는 확연히 다르다. 또한 매우 이성적이며 확고한 자기표현을 하는 인물이다. 삶에 대한 주체로 자신을 인식하고 자신의 행복을 추구하는 모습을 강조한다. 이 서사에서는 여성이 감내해야 하는 고통이나 인내와 희생은 거의 찾아보기 힘들다. 무엇보다 자신의 감정이나 욕망을 강조하고 있다. 남성에 비해 우월하게 자신을 드러내고 자신을 긍정적인 존재로 나타낸다. 자신을 저버린 부모를 회생回生시키는 노력을 통해 자신의 처지를 올바르게 인식하는 당당한 여성 모습을 보여준다.

또한 자신의 운명을 당당히 개척하고 목표를 위해서 전진하는 모습은 기존의 여성과는 분명히 다른 지점이라고 할 수 있다. 이는 거친 바다와 척박한 땅을 일구며 다양한 존재와 상생相生한 제주의 여성이 지닌 '지혜와 노력'의 한 단면이며 산물産物이라고 볼 수 있다. 한국의 전통사회는 남성의 주도 하에 움직였으나 여성성을 존중하였으며, 주체적이고 능동적인 여성의 모습을 고전 서사문학 작품에 투영投影했다. 가믄장아기의 행보를 본다면 전통사회의 여성의 모습이 아니라 지금의 현실을 살아가는 여성의 특성까지도 포함되어 있다. 자신의 주장을 당당히 이야기 할 수 있는 존재이며 타인들의 어려움을 함께 수용하여 적극성을 펼치는 여성이다. 〈가믄장아기〉 서사는 여성인물이 지닌 생활이나 시대 상황의 특수성을 충분히 보여주고 있으며 여성이 갖추어야 할 주체성과 자애로움에 대하여 상세히 인식할 수 있게 한다.

참고문헌

강혜선, 「서사무가敍事巫歌 〈바리공주〉의 여성적 리더십 연구」, 『돈암어문학』25집, 돈암어문학회, 2012.

고순덕, 「아동극에서 제주무속신화의 희곡화 과정 연구 : '가믄장아기'의 여성의 몸에 대한 주체적 인식을 중심으로」, 한국예술종합학교 석사학위논문, 2004.

김신정, 「무속신화와 여성의 몸」, 『여성문학연구』 제27권, 한국여성문학학회, 2012.

김현화, 「홍계월전의 여성영웅 공간 양상과 문학적 의미」, 『한민족어문학』70집, 한민족어문학회, 2015.

송효섭, 『설화의 기호학』, 민음사, 1999.

신동흔, 「무속신화를 통해 본 한국적 신 관념의 단면 신과 인간의 동질성을 중심으로, 『비교민속학』제43집, 비교민속학회, 2010.

안효정, 「〈삼공본풀이〉의 서사와 전상의 의미」, 충북대학교 석사학위논문, 2010.

에스터 하딩 · 김정란 역, 『사랑의 이해－달 신화와 여성의 신비』, 문학동네, 1996.

이유경, 「여성영웅 형상의 신화적 원형과 서사문학사적 의미」, 숙명여자대학교 박사학위논문, 2006.

이지하, 「주체와 타자의 시각에서 바라본 여성영웅소설」, 『국문학연구』16권, 국문학연구학회, 2007.

장영란, 「한국 여성－영웅 서사의 희생의 원리와 자기 완성의 철학－'딸'의 원형적 이미지 분석과 '효' 이데올로기 비판」, 『한국여성철학』 제9권, 한국여성철학회, 2008.

정경민, 『여성이인 설화연구』, 이화여자대학교 박사학위논문, 2000.

정연정, 「서사무가와 소설의 구조적 상관관계 연구－서사무가 「바리공주」와 황석영의 바리데기를 중심으로」, 『한국문학과 예술』5, 숭실대학교 한국문예연구소, 2010.

조지프 캠벨·이윤기 역, 『신화의 힘』, 고려원, 1992.

조현설, 「동아시아에 나타난 여신창조원리의 지속과 의미」, 『구비문학연구』31, 한국구비문학회, 2010.

진은진, 「여성탐색담의 서사적 전통 연구」, 경희대학교 박사학위논문, 2002.

허남춘, 「제주 서사무가에 담긴 과학과 철학적 사유 일고찰」, 『국어국문학』 148, 국어국문학회, 2008.

현승환, 「삼공본풀이의 전승 의식」, 『탐라문화』13, 제주대학교 탐라문화연구소, 1993.

현용준·현승환 역주, 『제주도 무가』, 고려대학교 민족문화연구소, 1996.

황인덕, 「〈내복에 먹고 산다〉형 민담과 〈삼공본풀이〉무가의 상관성」, 『어문연구』제18집, 충남대학교 어문연구회, 1988.

제2장
「허황옥 설화」의 의미 양상과 인물의 특질

1. 머리말

신화와 역사는 서로를 비추는 내면의 거울로써, 안팎이 분리되어 있는 것처럼 보이지만, 사실은 하나로 엮여 있는 뫼비우스의 띠와 같다.[1] 허황옥은 허황후라고도 하며, 김해 김씨와 김해 허씨의 시조모이다. 『삼국유사三國遺事』에 전하는 '허황옥'의 이야기는 대단히 흥미로운 이야기이다. 허왕후에 대한 기록은 『三國遺事』「駕洛國記」와 「金官城 婆娑石塔」조에 수록되어 있다. "허왕후는 아유타국阿踰陀國의 공주이며 16세의 나이로 하늘의 계시를 받아서 왔다"고 되어있다.[2] 『삼국유사』 소재 설화에 나타나는 인물들의 특징은 대체로 사회적 범주가 넓고 활동이 많은 남성이 중심을 이루고

1) 이봉일, 「신화와 역사의 간극에 대한 한 연구: 김수로왕 신화의 역사적 이해」, 『국제한인문학연구』13호, 국제한인문학회, 2014, 174쪽.

2) 일연, 『삼국유사』, 「가락국기」조. "妾是阿踰陀國公主也, 姓許名黃玉, 年二八矣"

관심의 대상이 되었다. 여성을 주인공으로 삼아서 서술된 작품은 그다지 많지 않다. 특히 외국인이라는 특수한 인물을 다루고 있다는 사실은 매우 특별하다. 『삼국유사』의 〈기이편〉 마지막에 서술된 가야의 이야기의 핵심은 허황옥이라는 왕비가 출현한 것이다.

허황옥은 『삼국유사』 속에 존재하는 매력적인 여성인물로 대중들이 관심을 갖기에 충분한 여러 요소들이 있다. 또한 우리 고전서사에서 드물게 나타나는 외국인으로 여성인물인 허황옥에 대한 관심은 끊이지 않고 지속적으로 연구하고 있다. 각각의 학문적 배경과 다양한 논리를 바탕으로 다양한 분야에서 끊임없이 허왕후에 대한 관심을 표명하였다. 〈가락국기〉의 허황옥은 가야의 첫 번째 왕인 김수로의 '협력자'로 등장하는 것이 아니라 동반자의 위치에서 자신의 생각을 상세히 보여주고 있다. 허황옥은 지금으로 본다면 다문화이주 여성으로 볼 수 있다. 머나먼 아유타국의 공주가 꿈에 하늘의 계시를 받고 동쪽 나라의 왕비가 되고자 가야라는 나라에 들어온 것이다. 그녀가 타고 온 배에는 바사탑이 함께 전하는 것으로 볼 때 불교의 전래도 함께 이루어졌을 가능성도 농후하다.[3] 설화 텍스트 그 자체를 하나의 '상징symbol'으로 혹은 상징적인 텍스트로 간주할 수 있으며, 이런 텍스트를 해석하기 위해서는 다양한 사회·문화적 맥락을 고려할 수밖에 없다.[4]

역사적 진실 여부와 해석의 문제를 바탕으로 그간 역사학과 문학,

3) 표정옥, 「『삼국유사』에 재현된 여성의 양성성에 대한 현대적 문화 담론 연구 -〈기이편〉에 등장하는 여성을 중심으로」, 『인간연구』20호, 카톨릭대학교 인간학연구소, 2011, 181쪽.

4) 오세정, 「한국 건국신화의 정치 약호와 상징작용 연구」, 『Journal of Korean Culture』28, 한국어문학국제학술포럼, 2015, 153쪽.

철학, 민속학, 종교학 등 여러 방면에서 허황옥과 관련하여[5] 『三國遺事』에 쓰여진 허왕후의 실존에 대한 의문을 중심으로 가야국의 성립과 배경, 김해 김씨와 김해 허씨의 기원 그리고 인도 불교의 남방전래설 등 많은 논의가 있었다. 그러나 허황옥 설화를 단순히 허구의 이야기로 규정하기에는 이동과 정착의 경로가 선명했고, 교류와 충돌을 바탕으로 한 융합이라는 측면으로 바라보면 문화 현상이 분명하게 형상화되어 있다.

이글에서는 허황옥과 관련하여 당대 사회의 모습과 작품 속에 등장하는 여성 인물인 허황옥과 관련된 일련의 문제들, 상징, 배경, 문화적 측면 등을 상세히 밝혀 작품의 의미를 파악하는 한편 여성 인물이 지닌 특수한 상황을 규명하고자 한다. 그리고 이러한 작업을 통해 고대인이 지닌 의식 세계를 살펴보고, 오늘날 우리가 추구하는

5) 백창기, 「가락국 초기 왕비족의 연구 : 허황옥 집단의 성격과 관련하여」, 성균관대학교 석사논문, 2001; 민도안, 「문화 다원론적 관점에서 살펴본 구비설화의 교육적 가치 : '수로왕과 허황옥의 결혼', '선녀와 나무꾼'형 설화를 중심으로」, 경기대학교 석사논문, 2012; 이옥려, 「한·중 허황옥에 관한 문화관광콘텐츠 비교연구」한국외국어대학교 석사논문, 2011; 백승충, 「김해지역의 가야관련 전승자료 : 허왕후 설화를 중심으로」, 『향토사연구』제15집, 효원사학회, 2003; 이광수, 「가락국 허왕후 渡來 說話의 재검토 : 부산-경남 지역 佛敎寺刹 說話를 중심으로」, 『한국고대사연구』제31집, 한국고대사학회, 2003; 이광수, 「古代 印度-韓國 文化 接觸에 관한 연구 : 駕洛國 許王后 說話를 중심으로」, 『비교민속학』제10집, 비교민속학회, 2003; 이창식, 「허황옥 전승의 비교민속학적 가치」, 『비교민속학』제49집, 비교민속학회, 2012; 김경복·이희근, 『이야기 가야사』, 청아출판사, 2010; 이희근, 『한국사 그 끝나지 않는 의문』, 다우, 2001; 조원영, 『가야 그 끝나지 않은 신화』, 혜안, 2008;김병모, 『한국문화 분석』, 통천문화사, 2009; 김병기, 『가락국의 후예들』, 역사의 아침, 2008; 이광수, 『인도사에서 종교와 역사 만들기』, 산지니, 2006; 강평원, 『임나가야』, 뿌리출판사, 2005.

삶의 목적과 방향 속 여성들이 가진 역할과 그 세계관에 관하여 점검하고자 한다.

2. 「허황옥 설화」의 특질과 의미

『삼국유사』는 다분히 일상적인 삶의 모습을 상세히 나타낸다. 한 편의 설화 속에 나타난 삶의 형태는 한 방향으로 고정되어 설명하는 것이 아니라, 집단이 처한 현실과 가치관의 변화에 따라 다양하게 재현된다.

무엇보다 『삼국유사』 속에 등장하는 여성 중에서 가장 특이한 이력을 보이는 이가 허황옥이다. 가야국의 김수로왕과 아유타국의 허황옥이 결연하는 시기, 중국 보주지역은 삼국 중 촉이라고 볼 수 있는 지역이다. 허황옥이 실제 보주로 이동이 된 것인지, 혹은 인도 조상을 둔 보주 출신의 아유타국 공주인지 명확하게 밝혀진 바는 없다.[6] 이를 밝히기 위해 그간 지속적인 노력을 했고, 이는 김해지역의 역사가 고대 해상 교류를 통한 문물의 교류와 문화 교류의 모습을 그릴 수 있는 하나의 증거로 제시되었다. 이를 통해 해양 교류가 문화전달과 유입에 큰 축을 이루고 있다는 것을 알 수 있다. 〈허황옥 설화〉의 내용은 다음과 같다.

1. 수로왕이 배필이 없어 신하들이 근심하던 차에 허황옥 일행을 태운 배가 바다에 나타난다.

---

6) 김병모, 『허황옥 루트 인도에서 가야까지』, 역사의아침, 2008.

2. 신하들이 일행을 맞이하려 하자 허황옥은 이를 거부한다.
3. 이 소식을 듣고 수로왕이 직접 나가 일행을 맞이하고 극진히 대접한다.
4. 아유타국의 공주였던 허황옥이 가락국에 오게 된 내력을 이야기한다.
   - 부왕과 모후의 꿈에 상제上帝가 동시에 나타나 허황옥을 가락국으로 보내어 김수로왕의 배필로 삼으라고 했다.
   - 허황옥은 잉신媵臣내외와 노비 20여명과 함께 배를 타고 가락국에 왔으며 금수, 능라옷, 필단, 금은, 주옥, 경구, 장신구 등을 배에 가득 싣고 왔다.
   - 수로왕 역시 본국으로 돌아가는 뱃사공들에게 곡식을 주었으며 가락국에 남게된 일행들에게 거처를 마련해주고 일용품을 넉넉하게 내주었다.
5. 수로왕과 허황옥은 결연을 맺고 이후 둘은 합심하여 가락국의 문물과 제도를 완비하였다.

수로왕과 결혼하기 위해 멀리 아유타국에서 배를 타고 온 허황옥의 이야기는 고대의 '국제國際결연담'으로 손색이 없다. 허황옥은 수로왕의 배필이 되라는 상제의 계시를 받았고 수로왕은 자신의 배필이 먼 곳에서 올 것을 예견하였다. 수로왕은 공주가 먼 곳에서 찾아오리라는 것을 미리 알고 있었다. 이것은 유수에 의해 왕망의 세력이 토멸되자 먼저 떠나온 수로가 뒤늦게 찾아올 일족이 있을 것을 예측했던 것이며, 결국 허황옥과의 혼인은 혈족혼으로 해석할 수 있다.7)

중요한 것은 설화에 드러나는 외적인 양상이 아니라 외부에서 이

주해 온 허황옥의 '이주'가 지닌 문화의 혼재의 한 유형이라고 볼 수 있다는 점이다. 현재 북인도의 아요디야가 아유타국이라는 설이며, 다른 하나는 아유타국이 남인도의 어떤 지명을 가리킨다는 것이다. 즉 『삼국유사』의 아유타국 즉 갠지스 강 유역에 있었던 고대 인도의 아요디야Ayodhya가 현재의 아요디야이며, 허황옥은 바로 이 아요디야의 공주였다는 것이다. 이러한 주장은 수로왕릉 정문과 안향각安香閣에 남아있는 쌍어문雙魚文이 인도의 아요디야 지역에서 널리 볼 수 있는 쌍어문과 동일하다는 사실을 중심으로 전개되었다.[8] 쌍어문은 이들의 이주의 특성을 추측하는 의미로 작용한다.

쌍어신앙이 내포하고 있는 역사, 종교, 문화 의미를 확인할 수 있다. 일반적으로 물고기를 나타내는 한자 어漁가 여유롭다는 한자 여餘와 중국어 발음이 유사하여 풍요를 상징하기 때문에 길상의 의미로 여겼다. 이외에도 한 번에 많은 알을 낳는다는 생태적 특성으로 다산多産을 의미하기도 한다. 불교에서는 부지런한 수행의 의미로 인식되어 사찰의 기둥이나 벽, 천장 등을 물고기무늬로 장식하였다. 인류의 수렵활동에서도 물고기는 중요한 식량 자원이었기에 중국 채도 등 선사시대 그릇에서도 물고기무늬를 쉽게 찾아 볼 수 있다. 이는 더 많은 물고기를 포획하여 풍족한 먹거리를 확보하고자 했던 욕망이 표출된 것으로 해석할 수 있다. 도자기 등 공예품에 나타난 물고기문은 쌍을 이루고 있는 것이 많다. 쌍어무늬는 조화 또는 부부의 화합을 상징한다. 또한 귀중한 것을 간직하는 다락문에 물고기

7) 김인배, 「해류를 통해 본 한국 고대 민족의 이동－가락국 허황후 출자에 대한 기존학설 비판」, 『역사비평』, 역사비평사, 1989, 125쪽.

8) 김병모, 「고대 한국과 西域관계: 아유타국考 Ⅱ」, 『동아시아 문화연구』14집, 동아시아문화연구소, 1998, 8쪽.

그림을 붙이거나 물고기 모양을 자물쇠 또는 손잡이에 사용하였다. 이는 물고기가 항상 눈을 뜨고 있어 이것을 지켜줄 것이라고 믿기 때문이었다. 삼국시대에 요패에 달린 여러 장식 중에 물고기가 있어 밝은 눈, 여유, 평화 등을 상징하고 있다.[9)]

수로왕릉과 아요디야 쌍어문이 같다고 가정하지만 그것을 선명하게 뒷받침할 증거가 충분하지 않다. 또한 수로왕릉의 쌍어문 뿐만 아니라 현재 아요디야 지역에 존재하는 쌍어문의 등장이나 변화 등 역사적 배경도 정확히 말하기 어렵다. 수로왕릉의 쌍어문이 옛 가락국의 중요한 상징이었다는 증거가 없을 뿐만 아니라, 현재 아요디야의 쌍어문이 허황옥 시대에도 존재했다는 것은 정확히 밝히기 어렵다. 다만 「가락국기」 또는 『삼국유사』가 기록될 당시에 아유타국은 이미 일정 이상 알려진 국가이며 도시였다는 사실을 짐작할 수 있다. 다시 말해 쌍어는 허황옥 설화를 풀어가는 중요한 지점이다. 쌍어신앙을 믿는 사람들은 지중해에서부터 한반도까지 넓은 지역에 살았으며, 기원전 7세기경부터 서기 1세기경까지 육로를 통해 서로 접촉했다. 아시리아, 바빌로니아, 스키타이, 간다라, 마가다, 위난, 쓰촨, 가락국, 일본의 야마대국 등지에 걸치는 광범한 내륙지방을 오간 사람들의 마음속에 쌍어는 만물을 보호하는 수호신이었다.[10)] 우리나라 김해지역 전설에도 쌍어와 관련한 신성물고기, 법공양 신수로 남아있다. 김해 신어산(진산), 은하사, 동림사 대웅전 수미단과 들보, 납릉정문 등이 있다. 한국에서는 왕릉의 대문과 부처님을 모시는 수미단에 장식되었고, 왜국에서는 여왕의 옷을 장식하는 무늬

9) http://culture.go.kr/tradition/patternView.do.did=28181

10) 김병모, 『허황옥루트, 인도에서 가야까지』, 역사의 아침, 2008, 300~320쪽.

로, 후세에는 재물신을 모시는 이나리 신사神社를 지키는 수호신으로 뚜렷하게 새겨져 있다.[11]

허황옥 전승의 코드에는 교역시대 이후 탑, 무덤, 붉은 기, 신어神魚가 있다. 주요 물품코드에는 비단(능라), 금, 차, 소금, 쌀 등의 흔적을 읽을 수 있다.[12] 여기에 『삼국유사』에 허황옥이 금수錦繡와 능라綾羅 등을 많이 갖고 왔다는 기록도 이들이 중국산일 개연성이 높다는 점에서 허황후의 중국 경유설이 설득력 있게 보인다.[13] 허황옥이 가락국에 도착할 때 비단바지를 벗어 산신령에게 폐백으로 바치는 것은 가락국駕洛國에 산신을 숭배하는 신앙의 형태가 존재했다는 것을 의미한다는 견해도 있다.[14] 허황옥이 인도에서 바로 한반도로 왔다고 볼 수 있는 근거가 있다. 『삼국유사』에서 허황옥이 가락국에 올 때 항해의 안전을 위해 '파사석탑'을 배에 싣고 왔는데, 그 석탑의 돌이 우리나라에 나지 않는 것이라고 전한다.[15]

고대 인도와 한국과의 문화관계는 고인돌과 쌀의 관계, 농업관계 어휘 등에서 특히 고대 드라비다어와 한국어와의 관계를 고려해 보면 밀접한 연관성이 있다.[16]

---

11) 이창식, 「허황옥승의 비교민속학 가치」, 『비교민속학』49집, 비교민속학회, 2012, 20~24쪽.

12) 김병모, 앞의 책, 43~89쪽.

13) 조흥국, 「고대 한반도와 동남아시아 및 인도의 해양교류에 관한 고찰」, 『해항도시문화교섭학』3호, 한국해양대학교 국제해양문제연구소, 2010, 99쪽.

14) 이창식, 『허황옥 전승의 비교민속학적 가치」, 『비교민속학』49집, 비교민속학회, 2012, 22쪽.

15) 조흥국, 「고대 한반도와 동남아시아 및 인도의 해양교류에 관한 고찰」, 『태항도시문화교섭학』3권, 한국해양대학교 국제해양문제연구소, 2010, 99쪽.

16) 김인배, 앞의 책, 122쪽.

이처럼 〈허황옥 설화〉에서는 지금의 현실과 극명히 다른 인물이 출현하지는 않지만 나름의 특수한 사연을 지니고 있을 것으로 추정하고 있다. 김수로와 허황옥, 가락국과 아유타국, 산신숭배의 토착신앙과 초기의 남방불교, 북방계와 남방계, 쇠 금金 자의 철기문화와 바다海를 건너온 도래문화 등의 이질적인 다문화의 융합이 형상화되어 있다.[17] 그러나 그것을 규명하는 작업은 쉽지 않다. 무엇보다 주지할 사실은 허황옥은 타지他地에서 이방인異邦人이라는 평범하지 않은 처지에도 불구하고 문화적 상황을 수용하고 풀어가는 노력을 결코 아끼지 않았다.

3. 「허황옥 설화」에 형상화된 여성 인물의 양상

설화를 주목하고 활용하는 것은 민중의 의식과 변화과정을 파악하는 것에 유용한 방법으로 진정한 생활사의 한 방법이 될 수 있다.[18] 〈허황옥 설화〉에 등장하는 서사 내적 관계망과 그것을 통해 형성되는 의미에 주목할 필요가 있다.[19] 이 서사는 배경적 현실을 구체적으로 재구성하고 그 의미를 부여함에 있어서, 허황옥의 신분, 수로왕과 허황옥의 결연담 등 서사표면에 배치되어 있는 사실을 바

17) 송희복, 『외국 소설 속에 그려진 김해의 여인－허황옥과 백파선』, 『국제언어문학』38호, 국제언어문학회, 2017, 43쪽.

18) 임재해, 「설화 자료에 의한 역사연구의 방법 모색」, 『설화와 역사』, 집문당, 2002, 44~46쪽.

19) 오세정, 「수로부인조의 원형성과 재조명된 여성상－『삼국유사』 〈수로부인〉과 극 〈꽃이다〉를 중심으로」, 『한국고전 여성문학연구』28권, 한국고전여성문학회, 2014, 264쪽.

탕으로 다양한 상상과 추론을 할 수 있다. 그러나 허황옥이 이주하면서 배에 싣고 온 진기한 물품들은 그녀가 이제껏 향유했던 높은 선진의 문화를 상징하는 것이기도 하지만 오로지 가야인伽倻人들의 입장에서 본다면 낯선 문화로 설명할 수 있을 것이다. 가야인은 생소하고 낯선 것들을 긍정하고 포용함으로써 가야의 문화는 성숙하는 계기를 마련할 수 있었다.

1) 여성평등의 실천

서기 48년 인도 아유타국의 공주 허황옥은 친오빠 장유화상과 수행원들과 함께 배를 타고 가락국으로 시집을 와 가락국의 초대왕 김수로왕의 왕비가 되었고, 이듬해, 거등왕(재위 199~253)을 비롯하여 자식 10명을 낳았다. 이후 허황옥은 가락국에서 주요한 위치를 갖게 되며 김수로왕에게 다양한 협조를 한다. 남편 김수로보다 나이가 열 살 연상이다. 서사 내 등장하는 인물들이 다양하고 그 수가 아무리 많다 하더라도 행위 범주는 제한적이며 행위 범주들은 각각 특정한 관계를 맺고 있다.[20] 수로왕은 처음에는 신하를 시켜 허황옥 일행을 맞이하였으나 허황옥이 이를 거부하자 그 뜻을 존중하여 몸소 일행을 맞이하였다. 허황후는 가락국 성립의 중심축을 담당했던 왕비족 수장으로 볼 수 있다. 허황후는 혼자 이주한 것이 아니라 20여 명의 동행을 〈가락국기〉에서 설명하고 있고, 허황후 집단의 존재를 전하고 있다. 허황후 뿐만 아니라 조관, 신보의 여식들은 2대 거등왕, 3대 마품왕의 왕비로 선택했다. 이를 통해 허황후 집단이 가진 성격

20) 테렌스, 『구조주의와 기호학』, 오원교 역, 신아사, 1998, 126~128쪽.

중 하나가 왕비족이라는 것이다. 가락국 성립기의 왕권은 수로왕의 왕족과 치왕후의 왕비족으로 구성되었다.

〈가락국기〉의 허황옥은 가야의 첫 번째 왕인 김수로의 조력자助力者가 아니라 동반자의 모습을 보이고 있다. 지금으로 말하면 허황옥은 다문화 이주 여성이다. 즉 머나먼 아유타국의 공주가 꿈에 하늘의 계시를 받고 동쪽 나라의 왕비가 되고자 가야라는 나라에 들어온 것이다. 그녀가 이주할 때 사용된 배 바사탑이 함께 전하는 것으로 볼 때 불교의 전래도 함께 이루어졌을 확률이 높다. 일연이 〈가락국기〉 텍스트 안에서 주목한 허황옥의 특징은 양성兩性적인 인간이라는 점이다.[21]

또한 두 아들에게 자신의 성姓을 이어주는 인물이다. 허황옥은 아들 일곱 명을 낳았고 그중 네 명은 아버지 수로왕의 성을 따르고 나머지 세 명은 어머니 허許씨의 성을 따르게 했다고 한다. 이는 아버지의 성을 따르지 않고 여성인 자신의 성을 따르게 하여 여성의 주체성과 평등을 실현한 것으로 보인다. 허황옥은 다문화 여성이면서 호주제를 시행한 여성이라 볼 수 있다. 고대 사회에서 여성은 남성중심적 이데올로기에서 자유로울 수 없었다. 이는 여성들의 신체적 심리적, 정서적으로 좌절하게 하는 요인으로 작용했다. 그럼에도 불구하고 이 설화에서 허황옥은 자신의 뜻을 펼치는 자신감을 보여 준다. 허황옥을 황후로 받아들인 김수로왕은 구간 등의 이름을 보다 존엄하게 바꾸고 제도와 가옥을 정비하면서 나라의 틀을 재정비한다. 이러한 일들이 허황옥의 가야국으로 이주한 이후로 보아 제도의

21) 표정옥, 「『삼국유사』에 재현된 여성의 양성성에 대한 현대적 문화 담론 연구 －〈기이편〉에 등장하는 여성을 중심으로」, 『인간연구』20호, 카톨릭대학교 인간학연구소, 2011. 181쪽.

역할과 비중이 매우 실질적이고 중요했다는 것을 알려준다. 불교와 다양한 선진 문화를 먼저 경험한 여성으로 자신의 능력을 발휘하고, 여성 평등의 힘을 보여준 것이다.

고대 여성이 사회적으로 중요한 위치를 차지하는 것은 사제로서의 역할을 수행하는 것에서 보여진다. 가야는 수로왕의 8대손 질지왕(김질왕)이 허황후의 명복을 빌기 위해 원가元嘉 29년 임진에 수로왕과 허황후가 합혼한 곳에 절을 세우고 왕후사王后寺를 세웠다는 기록이 있다.[22] 이 왕후사王后寺는 후에 붙여진 것이고 그 신은 허왕후를 기리는 사당 즉 왕후사王后祠였는데, 수로왕과 허황후가 합혼한 곳은 곧 생산의 상징이 된 장소였으며 허황후는 곧 제의를 주관하는 사제였기 때문일 것으로 보고 있다.[23] 생산이 중요한 고대 사회에서 사제인 여성은 생산 그 자체로 보거나 혹은 상징주체로 받아들여진다. 이는 제의를 주관하는 여성이나 제의의 주체가 되는 여신들을 위해 祠가 생겨난 것이 이러한 신앙행위라고 설명할 수 있다. 허왕후를 '황후'라고 칭한 것이나 그녀의 죽음을 '崩'[24]이라고

22) 元君八代孫金銍王 克勤爲政 又切崇眞 爲世祖母許皇后奉資冥福 以元嘉二十九年壬辰 於 元君皇后合婚之地創寺 額曰王后寺. 遣使審量近側平田十結 以爲供三寶之費. (中略) 銍知王 一云金銍王. 元嘉二十八年卽位. 明年 爲世祖許黃玉王后 奉資冥福 於初世祖合 御之地創寺 曰王后寺.(三國遺事 卷2 紀異2 駕洛國記) 首露王聘迎之 同御國一百五十餘年. 然于時海東 未有創寺奉法之事. 蓋像敎未至 而土人不 信伏 故本記無創寺之文. 逮第八代銍知王二年壬辰 置寺於其地 又創王后寺[在阿道訥祇王 之世 法王之前.] 至今奉福焉 兼以鎭南倭 具見本國本記.(三國遺事 卷3 塔像4 金官城 婆娑石塔)

23) 권주현, 「「王后寺」와 가야의 불교전래문제－加耶社의 관련하여」, 『대구사학』95권, 대구사학회, 2009, 50~51쪽.

24) 靈帝中平六年己巳三月一日 后崩 壽一百五十七. 國人如嘆坤崩 葬於龜

한 것은 사후死後에 신앙상이 되었기 때문으로 보여진다. 사제로서의 허왕후는 정사政事에도 관여했을 것이다.

이 설화에서 여성이 자신의 뜻과 목적을 이루며 현실을 수용하고 존중한다. 기존 사회와 대립하지 않고 소통과 상생相生하는 모습을 찾아볼 수 있다. 이를 통해 여성의 주체적 상황과 평등의 가치를 인식하게 하고, 고대 사회에서 여성의 역할과 위상을 재정립하는 계기가 되었다. 비록 고대 사회의 여성이지만 허황옥은 자신이 능력을 갖추고 주변과 동화하는 삶을 살아가는 지혜로운 이주민이며, 여성 리더로서의 능력을 여과없이 보여준다.

2) 모험자의 면모

〈허황옥〉설화는 한국 스토리 원천으로 작용하여 대중들에게 끊임없는 상상력과 호기심의 절정을 보여준다. 고대의 세계에 대한 편견 중 우리가 오해하고 있었던 것 중의 하나가 고대인들의 생활 공간과 공간 의식이다. 이들은 특정한 공간에 갇혀서 생활했을 것이라는 편견을 지니고 있다. 그러나 허황옥 일행의 이주를 통해 이들이 다양한 공간 의식과 다양한 이동의 범주를 가지고 있었다는 것을 알 수 있다. 허황옥이 이동한 공간은 사실적으로 구성할 수 있는 근거가 다양하게 남아있다. 이전에 여성은 반드시 남성에게 자신을 맡기고 보호를 원하며, 위장하는 것이 대부분이었다. 그러나 허황옥은 제도

旨東北塢 遂欲志子 愛下民之惠 因號初來纜渡頭村 曰主浦村 解陵袴高岡 曰綾峴 茜旗行入海涯 曰旗出邊(中略)元君乃每歌鰥枕 悲歎嘆良多 隔二五歲 以獻帝建安四年己卯三月二十三日而殂落 壽一 百五十八歲矣. 國中之人 若亡天只 悲慟甚於后崩之日.(三國遺事 卷2 紀異2 駕洛國記)

속에서 안일하게 생활하지 않고, 다양한 삶의 판로販路를 개척하고 이주하는 여성의 특징을 고스란히 보여주고 있다.

허황옥 설화는 여로가 선명하게 나타나 있는 것으로 보아 이주 스토리의 특성이 충분히 드러난다. 모험담은 영웅이 위험을 극복하고 임무를 완수하여 그 보상을 받는 이야기인 신화에 뿌리를 두고 있는 서사물이다.[25] "위험을 무릅쓰고 하는 일" 정도로 모험이란 단어의 개념을 설명하고 있어서 모험이 위험과 관련이 있는 단어라는 것을 알게 한다. 모험은 재미, 유쾌, 유머를 동반하기보다 비장, 스릴, 공포의 정서가 주도한다. 모험은 재미나는 장난과 흥미진진한 탐험 이전에, 목표 달성을 위해 반드시 감수해야 하는 위험을 품고 있다.[26] 수로가 선주 세력이기 때문에 새롭게 가야로 이주해 온 허황옥은 선진 문화를 전수해 주는 역할을 한다. 건국신화에서 왕가를 구성하는 새로운 구성인물이 이주해 올 때 그들은 부분 기존의 세계 질서에 비해 우월한 문화를 수호하는 역할을 한다.[27]

낯선 지역으로의 이동 과정에서 생겨나는 특이한 경험이나 일련의 일들이 모험의 중심이 된다. 허황옥은 익숙한 공간을 떠나 새로운 환경으로 이주하는 순간 피할 수 없는 위험에 노출되는 것은 당연하다. 익숙하지 않은 환경과 불규칙한 숙식은 사람을 긴장하게 만들고, 때로는 적대감을 드러내는 대상과 마주치기도 한다.[28] 그러나

25) 김열규, 『한국민속과 문학연구』, 일조각, 1975, 45쪽.

26) 최애순, 「30년대 모험탐정소설과 김내성 『백가면』의 관계」, 『동양학』44권, 단국대학교 동양학연구소, 2008, 7쪽.

27) 오세정, 「한국 신화에 나타난 바다의 의미」, 『한국고전연구』26, 한국고전연구학회, 2012, 322~323쪽.

28) 고운기, 「모험스토리 개발을 위한 『삼국유사』 설화의 연구」, 『신라문화』41,

모험이 단순히 무섭고 공포스러운 경험에 그치지 않고, 주어진 상황을 극복하는 목표를 삼는다면 〈허황옥〉 설화는 이러한 요소가 포함되어 있다.

서사의 내용은 안정된 장소에서 벗어나 미지의 공간으로 옮겨가는 것으로 구성되어 있다. 이러한 상황이 단편적인 것이라고 보기 어려운 공포와 혼란에 이르는 것이다. 허황옥에게 정면으로 다가온 다양한 위험을 지나쳐 '가야국의 입성, 새로운 문물 전달'이라는 목적을 이루기 위해 어려움을 하나씩 해결해 나가고, 이는 일련의 특별한 경험으로 축척되는 것이다. 모험의 스토리는 가볍고 쉬운 흥미만을 지닌 이야기가 아니라 가볍고 흥미로우면서 시대적인 의의를 드러내는 힘을 지니고 있다.[29] 여기에 허황옥을 황후로 받아들인 김수로왕은 구간 등의 이름이 위엄이 없음을 알고 이름을 보다 존귀하게 바꾸고 제도와 가옥을 정비하면서 국가의 틀이 잡혀가는 것을 알게 해준다.

허황옥과 관련된 이야기는 단순하거나 단편적으로 해석할 수 없고, 다양한 상징들이 요소에 숨어있어 흥미롭다. 여기에 '허황옥'이라는 인물을 단순히 평범한 이주 여성으로 한정할 것이 아니라 고대 가야와 인도의 문화적 교류를 제공하는 역할로 보아야 한다. 무엇보다도 그 전승傳承에는 실증적 생활문화의 모습이 고스란히 담겨있어 당대의 기제와 세계관을 파악 할 수 있다. 허황옥의 이주는 모험冒險을 넘어서 새로운 문화를 유입하는 과정이다. 허황옥 집단이 해로海路를 통해 가락국에 도래하였고 인명人名 등에서 중국과의 연관성을

동국대학교 신라문화연구소, 2013, 310쪽.

29) 고운기, 위의 논문, 327쪽.

보여주는 표현들이 나타나고 있으며, 가지고 온 물품들 역시 위세威勢품(정치적 권력을 상징하는 물건)이라는 점에 주목할 수 있다. 여기서 이들 양 집단간의 이해 관계 및 문화적 동질성을 엿볼 수 있다.

4. 「허황옥 설화」에 나타난 여성 인물의 특성

남성 시각이나 남성의 언어, 남성의 해석에서 벗어나 언술의 표면, 틈, 이면, 행간을 통해서 기존의 시각에서 놓쳤거나 고의적으로 무신경하게 넘어갔던 것을 찾아 규명한다면 우리 선조들의 여성의 면모는 다양하고 많다고 결론내릴 수 있다.[30] 이런 방식으로 볼 때 여성 인물들은 형식 주체적인 남성들에게 특정한 자질을 갖추게 하거나 행위를 하게 하는 실질적인 행위 주체인 것이다.[31]

설화라는 것이 구전되고 채록되는 과정에서 수많은 사람들의 흥밋거리나 거쳐 오는 시대의 여러 요소들이 가미됨으로써 본래의 완벽한 형태를 알 수도 없으며, 정확한 사건이나 시기 역시 불분명하기[32] 때문에 명확한 역사적 사실을 찾기가 어렵다. 허황옥 서사는 인물의 실존 여부를 떠나서 역사적 인물로 비중을 두기보다는 설화적 인물에 초점을 맞추어 상징적으로 해석하는 경우가 있고, 이러한

30) 강명혜, 「고전문학에 투영된 한국 여성 영웅의 담론적 특성」, 『한국문하과 예술』11, 숭실대학교 한국문학과 예술연구소, 2013, 97쪽.

31) 오세정, 「고려건축신화의 여성 인물 연구」, 『우리문학연구』48집, 우리문학회, 2015, 26쪽.

32) 김지영, 「고구려의 혼속－한씨 미녀 설화를 중심으로」, 『역사와 현실』106권, 한국역사연구회, 2017, 58쪽.

경우가 대체적이다. 현재는 이를 기반으로 허황옥 집단의 실존과 김해 지역의 문화콘텐츠로의 가능성을 바탕으로 지속적으로 규명하고 있다.

〈삼국유사〉 '가락국기' 등을 단순한 설화로 간주하는 것은 정밀한 관련사료 과정을 거친 결과이기도 하지만, 현재까지 김해에서 수많은 발굴조사가 진행이 되었지만 인도 계통 유물, 유적으로 볼 수 있는 자료를 발견하지 못했기 때문이다.

허황옥의 경우 최초의 이주 여성으로 삶을 살면서, 선진 문물을 경험하고 이를 가야라는 국가에 유입해주는 특수한 역할을 맡았고, 국가의 완성과 새로운 정비에 주체적으로 노력한 인물이다. 자신이 경험한 문화나 체험을 외부인들에게 전달하고 문화의 주체가 되는 뛰어난 능력을 지닌 인물이다. 그는 고정된 환경에 얽매이지 않고 외부세계로 나아가 개인이나 사회, 나아가 국가적 고난과 역경까지 극복해 내는 능력으로 확대할 수 있다. 그럼으로써 자아와 세계와의 일치된 정점을 향해 나아가는 유동적인 존재로 보여진다.[33] 전통적인 이념이 지배하는 사회에서 여성은 핵심으로 존재하기 어려웠고, 대체적으로 자신의 능력을 외부로 표출하기 쉽지 않았다.

〈허황옥 설화〉에는 다양한 상징성이 내포되어 있다. 그것에 대한 설명은 확정된 것이 없다. 여기에 투영된 상징적인 사실들을 놓고 본다면 허황옥은 표면적으로 비현실에 가까운 인물로 보일 수 있는 부분들이 많이 있지만, 세밀히 점검하면 현실의 인물들과 결코 다르지 않다. 〈허황옥 설화〉에는 이주 여성이라는 특수한 신분으로 다양

33) 김현화, 「홍계월전의 여성영웅 공간 양상과 문학적 의미」, 『한민족어문학』70, 한민족어문학회, 2015, 255쪽.

한 사회적 면모를 경험하고 여러 제도에 적극적으로 개입하는 여성의 모습이 나타난다. 허황옥 설화를 해석할 수 있는 다양한 상징속에는 새로운 문화, 문화의 혼재 양상, 자신의 주체성 강조라는 적극성을 지닌 인물 등 사회가 가지고 있는 문제를 표면으로 드러내게 한다. 여성 인물들은 고려가계의 형식 주체인 남성들에게 특정한 자질을 갖추게 하거나 행위를 하게 하는 실질인 행위주체인 것이다.[34]

허황옥이라는 새로운 문화 유입자를 통해 선진 문물을 접하고 그 속에서 다산이나 풍요에 대한 기원의 흔적도 엿볼 수 있다. 특히 '쌍어'가 서사를 풀어가는 핵심이 되는데 이는 종교의 혼재로도 볼 수 있다. 이 속에는 민중民衆들이 바라는 소망所望이 나타나며 현상적 인간이라는 제한을 넘어 새로운 문화적 능력을 전파하는 여성인물로 형상화할 수 있다.

여성성과 관련된 특성들은 감성과 감정에 의지하고 관계중심적 성향을 지니고 있다고 설명한다. 하지만 이것들은 여성이 지니고 있는 특성이라고 하기에는 근거가 미약하다. 이러한 측면에서 보면 주로 사회에서 규정하는 '여성다운' 행동들로 남성에게 의탁하고 복종적인 역할을 하도록 강요하는 내용과 연결될 수 있다. 결과적으로 남성에 대한 여성의 종속적인 측면을 강화하는 것이다. 그럼에도 불구하고 허황옥은 여성에게 주어진 수동적인 고정관념을 탈피하여 주체성을 찾고, 이주 여성으로 어려움을 극복하고 능동적이고 적극적이며 여성의 위치를 확고히 하는 행동을 보여준다. 단순히 일탈이나 반란의 행위가 아니라 소통과 공존을 모색하는 삶의 한 유형이다.

---

34) 오세정, 「고려건국신화의 여성인물 연구」, 『우리문학연구』48집, 우리문학회, 2015, 26쪽.

여성과 남성이 지닌 개인적 사회적 위치나 활동의 범위는 매우 다르다. 여성은 남성과의 대비나 대응이 아니라 그 속에서 자신의 구심점을 찾고 실현해야 한다.

허황옥은 여성이었지만 제정과 같은 공적인 영역에서 주요한 비중을 가졌다. 자신의 활동에 자유가 보장되었던 사회에서 살면서 적극적이고 능동적 주체로서 자신을 드러낼 수 있었을 것이다. 이를 통해 여성으로 자신이 경험한 것들에서 기인하는 여성성을 부각시키고 있다. 결국 허황옥의 서사과정은 한 여성이 새로운 문화를 전파하고, 이주 여성으로 당당한 삶을 살아가는 회복의 과정과 새로운 문화 유입의 가능성을 보여주는 것이다.

여성 리더로서 자신의 신하들을 이끌고 외국으로 시집을 왔고, 당당하게 왕에게 예의를 갖추어 신부를 맞이하라고 자신의 의견을 요구한 것, 아들에게 자신의 성을 물려주는 모습은 매우 진보적인 여성의 형태라 할 수 있다. 다시 말해 허황옥이 지닌 주체성과 독립성은 여성이 지닌 근원적 생산성과 풍요성과 전혀 무관한 것은 아니다. 다만 기존 사회의 질서와는 다른 실천적인 여성으로 스스로의 삶을 구현한 것이다.

5. 맺음말

여성의 역할은 변별하는 주체나 사회적 상황에 따라 다양한 모습으로 나타난다. 허황옥은 아유타국의 공주로 가야에 와서 김수로왕과 혼인을 하고 아들 열 명을 낳고, 백성들을 다스리고 세상을 편안하게 했다.

수로왕과 결혼하기 위해 멀리 아유타국에서 배를 타고 온 허황옥의 이야기는 고대의 '국제國際결연담'이라는 의미와 이주 여성, 문화의 혼재, 선진 문물의 수용이라는 다양한 측면을 부각하고 있다. 〈허황옥 설화〉에도 기원에 대한 신성화와 새로운 문화를 창조한다는 신화적 특성이 보여진다. 허황옥은 수로왕의 배필이 되라는 상제의 계시를 받았고 수로왕은 자신의 배필이 먼 곳에서 올 것을 예견하는 것에서 이야기는 시작된다. 허황옥 집단은 해로를 통해 가락국에 도착하였는데, 이는 뚜렷한 목적이 있는 행동이었던 것으로 보인다. 또한 이미 이들은 일정 이상 항해에 익숙했던 세력으로 볼 수 있다.

〈허황옥 설화〉를 통해 고대사의 역사를 밝힐 수 있으며, 고대 해상 교류를 통한 문물의 교류와 문화 교류의 모습을 그릴 수 있는 증거가 나타난다. 이전 여성은 유명무실한 권력을 가지고 있을 뿐, 엄격한 권위를 확립하기에 사회적으로 다양한 어려움이 존재했다. 그러나 〈허황옥 설화〉에는 이주민이라는 특수한 신분을 지닌 평범하지 않은 여성이 다양한 사회적 면모를 경험하고 이에 적극적으로 개입하는 모습을 상세히 보여준다. 다시 말해 여성은 소극적이고 이타적인 모습으로 삶의 의미가 한정되어있던 상황을 벗어나 주체적이고 자유의지를 지닌 존재로 변화하였다. 또한 새로운 사회적 역할 모델로 전환시켰다는 점에서 그 특수성을 찾을 수 있다.

허황옥이라는 새로운 문화 유입자를 통해 선진 문물을 접하고 그 속에서 다산이나 풍요에 대한 기원의 흔적을 찾을 수 있다. 특히 이 서사에서 '쌍어'는 서사의 중요한 역할로 볼 수 있는데, 다양한 종교의 혼재의 흔적으로 여겨진다. 이 속에는 민중民衆들이 바라는 소망所望이 나타나며, 현상적 인간이라는 제한을 넘어 새로운 문화적 능력을 전파하는 여성인물로 형상화할 수 있다.

〈허황옥 설화〉에는 다양한 상징이 나타난다. 새로운 문화, 문화의 혼재, 자신의 주체성 강조라는 적극적이고 능동적인 새로운 여성 인물이 사회가 가지고 있는 문제를 표면으로 드러나게 한다. 허황옥이 지닌 주체성과 독립성은 여성이 지닌 근원적 생산과 풍요와 별개로 작용하는 것이 아니라 기존 사회의 질서와는 다른 실천적인 여성으로의 삶을 구현한 것이다. 고대 사회에서 여성은 남성중심적 이데올로기에서 자유로울 수 없었다. 이는 여성들의 신체적 심리적, 정서적으로 좌절하게 하는 요인으로 작용했다. 그럼에도 불구하고 고대 가야의 여성인 허황옥은 여성 평등을 실천하고, 모험자의 면모를 여실하게 보여주고 있다. 현실에서 자기의 목소리를 내며 주체적인 삶을 실현하는 현대의 여성들과 다르지 않다는 사실을 찾을 수 있다.

참고문헌

일연, 『삼국유사』, 「가락국기」조.

강명혜, 「고전문학에 투영된 한국 여성 영웅의 담론적 특성」, 『한국문학과 예술』11, 숭실대학교 한국문학과예술연구소, 2013.

고운기, 「모험스토리 개발을 위한 『삼국유사』 설화의 연구」, 『신라문화』41, 동국대학교 신라문화연구소, 2013.

김병모, 『허황옥루트, 인도에서 가야까지』, 역사의 아침, 2008.

김병모, 「고대 한국과 西域관계: 아유타국考 Ⅱ」, 『동아시아 문화연구』14집, 동아시아문화연구소, 1998.

김열규, 『한국민속과 문학연구』, 일조각, 1975.

김현화, 「홍계월전의 여성영웅 공간 양상과 문학적 의미」, 『한민족어문학』70집, 한민족어문학회, 2015.

김혜숙 외, 『여성과 철학』, 철학과 현실사, 1999.
박상영, 「고전시가 속 여성 형상의 제시 양상과 그 시가사적 함의」, 『한민족어문학』64, 한민족어문학회, 2013.
백창기, 「가락국 초기 왕비족의 연구: 허황옥 집단의 성격과 관련하여」, 성균관대학교 석사논문, 2001.
송효섭, 『설화의 기호학』, 민음사, 1999.
송희복, 『외국 소설 속에 그려진 김해의 여인－허황옥과 백파선』, 『국제언어문학』38호, 국제언어문학회, 2017.
오세정, 「고려건국신화의 여성인물 연구」, 『우리문학연구』48집, 우리문학회, 2015.
오세정, 「수로부인조의 원형성과 재조명된 여성상－『삼국유사』 〈수로부인〉과 극 〈꽃이다〉를 중심으로」, 『한국고전여성문학연구』28권, 한국고전여성문학회, 2014.
이봉일, 「신화와 역사의 간극에 대한 한 연구: 김수로왕 신화의 역사적 이해」, 『국제한인문학연구』13호, 국제한인문학회, 2014.
이유경, 『고전문학 속의 여성영웅형상연구』, 보고사, 2012.
이창식, 「허황옥승의 비교민속학 가치」, 『비교민속학』49집, 비교민속학회, 2012.
이창식, 『허황옥 전승의 비교민속학적 가치」, 『비교민속학』49집, 비교민속학회, 2012.
정경민, 『여성이인 설화연구』, 이화여자대학교 박사학위논문, 2000.
조흥국, 「고대 한반도와 동남아시아 및 인도의 해양교류에 관한 고찰」, 『해항도시문화교섭학』3호, 한국해양대학교 국제해양문제연구소, 2010.
테렌스, 『구조주의와 기호학』, 오원교 역, 신아사, 1998.
표정옥, 「『삼국유사』에 재현된 여성의 양성성에 대한 현대적 문화 담론 연구－〈기이편〉에 등장하는 여성을 중심으로」, 『인간연구』20호, 카톨릭대학교 인간학연구소, 2011.
하경숙, 「『삼국유사』「수로부인水路夫人」 조條에 구현된 여성인물의 형상과 특질」, 『한국문학과 예술』18, 숭실대학교 문학과예술연구소, 2013.
하경숙, 「여성 악인惡人의 형상화와 특질－뺑덕어미형 인물을 중심으로」, 『온지논총』51권, 온지학회, 2017.

제3장

여성 악인惡人의 형상화와 특질

ㅡ뺑덕어미 인물형을 중심으로

1. 머리말

인간이 생활하고 있는 삶의 공간은 일정하다. 그 일정함은 누구에게나 공평하게 열려 있는 대상이며 이야기의 원천이다. 문학에서의 악惡은 항상 존재하는 것이므로 우리가 삶에서 구체적인 대상으로 접하게 되는 것이다. 우리가 실생활에서 접하는 악은 살인, 강도, 강간, 도둑질 등 타인에게 구체적인 피해를 주거나 심지어는 목숨을 빼앗는 행위들로 볼 수 있다.[1)]

뺑덕어미는 〈심청전〉 작품군 중 100여 종에 이르는 이본에 나타난다.[2)] 뺑덕어미라는 인물은 〈심청전〉의 주변 인물 가운데 가장 인상적인 인물이다. 그는 심봉사와 한 동네에 사는 과부로, 재물에 대한 욕심으로 심봉사를 선택하여 후처後妻로 머물다가 결국 그 가산

1) 신연우, 「제주도 일반 신본풀이에 보이는 악에의 대응과 그 의의」, 『실천민속학 연구』26호, 실천민속학회, 2015, 72쪽.

2) 이대중, 「뺑덕어미 삽화의 더늠화 양상과 의미」, 판소리 연구 17, 판소리학회, 2004, 261쪽.

을 탕진하게 하는 장본인이다. 지금까지 뺑덕어미의 신분이나 사연은 명확하지 않으며, 다만 3·40대의 젊은 여자로 추측할 뿐 정확한 정보를 알기는 어렵다. 뺑덕어미는 〈심청전〉의 서사구조에 필수적인 존재도 아니다. 뺑덕어미가 전혀 등장하지 않는 경판본의 경우는 오히려 서사적으로 더 견고한 모습을 보이기도 한다. 대부분 작품 속에서 뺑덕어미는 전형적인 악인으로 묘사되고 있다. 뺑덕어미가 현대적인 시각에서 아무리 긍정적 측면을 지닌다고 해도 악인일 수밖에 없는 이유는 그들이 당시 민중들이 생각하는 악인의 전형적인 유형으로 형상화되어 있기 때문이다.[3] 따라서 그들이 하는 행위가 악한 것이 아니라 그들이 하기 때문에 악한 행위가 된다. 많은 인물들이 이러한 나름의 특수한 의미를 가지게 된다.

무엇보다 뺑덕어미는 절대 선을 상징하는 심청이라는 인물과 달리 악을 저지르는 인물로 표상되고 있다. 심봉사의 재산을 탕진蕩盡하게 만들고, 약자弱子인 심봉사를 이용하여 자신의 사리사욕私利私慾을 채우는 인물로 규정되고 있다. 뺑덕어미란 '심술궂고 수다스러운 못생긴 여자를 낮잡아 이르는 말'로 극명한 부정의 뜻을 지니고 있다. 또한 이러한 부정의 모습을 지닌 여인상의 총칭으로 통용되었다. '뺑덕어미'라는 이름에서 느껴지는 이미지도 그러하고, 작품 속에서 '이 년', '게집', '져만 연' 등으로 불리는 것도 그녀가 비속한 존재임을 간접적으로 드러내는 것이다.[4] 각 이본異本에서 다양하게 형상화된 뺑덕어미는 그 표현 방식이나 비중, 특질이 모두 다른 모

3) 김창현, 「「심청전」의 주제 연구 : 完板과 京板을 중심으로」, 성균관대학교 석사학위논문, 1995, 89~92쪽.

4) 유귀영, 「「심청전」에 나타난 인물 형상화 연구」, 경북대학교 석사학위논문, 2009, 50쪽.

습으로 표현되어 있다. 그러나 대부분 〈심청전〉에서 사건 전개에 가속성을 더해주는 인물로 작품의 비극성을 강조하기 보다는 해학을 가미하는 역할을 하였다. 한편 조선 후기 유랑하는 하층 부녀자의 한 정형으로 보기도 한다.[5)]

무엇보다 뺑덕어미는 완판계 작품의 후반부에 나타난다. 조선 후기에 확립된 유교적 가부장제와 판소리의 형성과정을 통해 비록 악역惡役이지만 대체로 희화적이고 현실적 인물로 규정할 수 있다.[6)] 이런 상황에서 뺑덕어미라는 인물의 특수성은 부각되고 있으며, 다양하게 유통되어 지금까지 지속적으로 다양한 콘텐츠로의 변용을 통해 재생산되고 있다. 그 안에는 인물이 단순히 악인의 면모만을 지니는 것이 아니라 다른 특수한 모습을 지녔을 것으로 예상할 수 있다. 기존의 논의에서 뺑덕어미는 악인으로 취급하여 추악醜惡하고 부도덕함을 지닌 유랑流浪민으로 보거나 혹은 반항과 보복적 특성을 지닌 인물로 설정했다. 또한 주변인물로 인식되던 뺑덕어미에 대한 연구는 지속적으로 이루어지고 있다.[7)]

5) 정출헌, 「심청전의 민중정서와 그 형상화 방식」, 『민족문학사 연구』9권, 민족문화사 연구소, 1996, 140~170쪽.

6) 윤종선, 「〈심청전〉의 현대적 수용 양상 연구」, 고려대학교 박사학위논문, 2011, 73쪽.

7) 정하영, 「심청전에 나타난 악인상－뺑덕어미론」, 최동현·유영대 편, 『심청전 연구』, 태학사, 1999; 정출헌, 「심청전의 민중정서와 그 형상화 방식」, 『민족문학사 연구』9권, 민족문학사 연구소, 1996; 길진숙, 「뺑덕어미와 괴똥어미의 일탈과 그 성격 : 〈용부가〉·〈복선화음가〉·〈심청가〉의 일탈형 여성인물에 대한 고찰」, 『한국고전연구』19집, 한국고전연구학회, 2009; 정양, 「뺑덕어미 소고」, 『한국민속학』31권, 한국민속학회, 1999; 이대중, 「뺑덕어미 삽화의 더늠화 양상과 의미」, 『판소리학회지』17집, 판소리학회, 2004; 고종민, 「심청전의 보조인물 연구, 2: 곽씨부인, 뺑덕어미, 안씨맹인의 속뜻을 중심으로」, 『경상어문』

그러나 뺑덕어미는 현실에 대한 강한 집착을 가진 인물로 작품 후반부의 골계미 획득을 위해 존재한다고 보는 경우와 곽씨부인이 지닌 이념을 부각하여 그 대비를 통해 뺑덕어미가 현실의 욕망에 집중하는 측면을 지적한 논의가 있다. 그 외에도 뺑덕어미는 심봉사의 마지막 피난처로서 단순한 쾌락을 함께하는 인물이 아니라 심봉사의 처지를 더욱 비참하게 만들고 개안開眼의 감동을 극대화하는 역할을 지닌 여인으로 보는 설명이 이어지고 있다.[8] 그러나 소설 〈심청전〉에서 조차 뺑덕어미의 행적에 대하여 분명하게 밝혀지지 않았다. 다만 '저 건너 동네 뺑덕어미 상부하고' 혹은 '그 동네 뺑덕어미라 하는 홀어미', '저 부인', '남문 밖 뺑덕어미'[9]로 그가 처한 상황을 추리해볼 수 있다. 이러한 사실을 통해 뺑덕어미는 사회와 동떨어진 특수한 인물이 아니라 그 시대에는 자주 접할 수 있고 사실적인 모습을 지닌 여성형의 일종이라는 것을 알게 된다.

문학에 형상된 여성 악인은 조선 후기 모든 악인 여성의 삶을 완전하게 반영했다기보다 작가나 독자 대중에 의해 의도된 '선택적 재현'에 의한 것이라 할 수 있다. 그러므로 여성 악인의 다양한 삶의 모습에서 어떤 부분이 특징적 국면으로 선택되었는지는 작품을 통해 우선적으로 읽어낼 수 있어야 한다. 이를 통해 이후 더 깊이 있는

13집, 경상어문학회, 2007; 김석배, 「〈심청가〉 결말부의 지평전환 연구」, 『판소리학회지』29집, 판소리학회, 2010; 김재용, 「가짜 주인공의 서사적 변주에 관한 연구」, 『한국고전연구』25집, 한국고전연구학회, 2012.

8) 유귀영, 「〈심청전〉에 나타난 인물형상화 연구」, 경북대학교 석사학위논문, 2009, 3쪽.

9) 길진숙, 「뺑덕어미와 괴똥어미의 일탈과 그 성격－〈용부가〉·〈복선화음가〉·〈심청가〉의 일탈형 여성인물에 대한 고찰－」, 『한국고전연구』19집, 한국고전연구학회, 2009, 90쪽.

논의가 가능할 것이라 생각된다. 빵덕어미 인물형은 다양한 전승 방법을 통해, 그것을 향유하는 개인 또는 집단의 이해관계에 따라 다른 모습으로 전달되어 온 것이다. 이 글에서는 빵덕어미 인물형에 집중하고자 한다. 이와 관련하여 다양한 논의를 바탕으로 그 특수성과 의미를 모색하여 인물의 실체를 찾고자 한다.

2. 빵덕어미의 수용 양상

'악'에는 크게 두 종류가 있는데, 그 하나는 '도덕적 악moral evil'이고, 다른 하나는 '자연적 악natural evil'이다. 전자는 악을 범한 주체를 상정하면서, 그에 대한 책임 소재를 주로 다룬다는 점에서 '(도덕적으로)범한 악'이라고 불리기도 한다. 반면, 후자는 불행·질병·천재지변 등 인간의 의지와 상관없이 다가오는 고통을 지칭한다는 점에서 '당한 악'이라고 불린다.[10] 악이란 존재한 물건이나 사건이 아니라 인간의 사물과 사건에 대한 태도일 뿐으로 보았다.[11] 그렇다면 빵덕어미 인물형들에게 보여지는 '악'의 모습은 과연 어떠한 측면인지 규명할 필요가 있다. 빵덕어미 인물형은 당대에서 규범에 익숙한 여성의 모습을 거부하고 있다는 점에서 악인으로 분류된 것은 아닌지 고민할 수 있다.

부인으로서 유순한 자는 시부모에게 순종하고 집안 식구들과 화목

10) 김형효, 「물학·심학·실학—맹자와 순자를 통해 본 유학의 사유」, 청계, 2003, 17~19쪽.

11) 박이문, 「악이란 무엇인가」, 『문학 속의 철학』, 일조각, 1975, 55쪽.

하며 그런 뒤에 남편에게 알맞게 행동한다. 그리고 길쌈을 하고 옷감을 마름질하며, 식량을 모으고 저장하여 가산家産을 잘 살펴 지킨다. 이런 까닭으로 부인이 유순한 덕이 갖추어진 뒤에 가정이 화목하게 다스려지고, 가정이 화목하게 다스려진 뒤에야 집안이 오래도록 유지될 것이다.[12]

위의 글은 한나라 때 편찬된 『예기禮記』의 내용으로 가부장제의 사회 질서 속에서 여성이 지녀야 할 순종적인 면모를 요구하는 것을 보여준다. 아울러 여성이 하는 집안일을 사회적 역할로 규정하여 그것을 충실히 수행할 것을 강요하고 있다. 요컨대 이러한 예치 시스템을 바탕으로 여성을 종족宗族 공동체의 주변으로 밀어내고 구조적인 열등자로 규정하여 멸시하는 것이 유교적 가부장제의 권력 작용이었다.[13] 여성의 게으름을 모티프로 하여 창작된 우리의 한시는 16편인데, 이 중에서 5편은 19세기 후반~20세기 초반에 지어진 것이다. 이는 당시 나부懶婦를 모티프로 한 한시의 창작이 꽤 유행했음을 말해준다. 그런데 이때의 작품들은 모두 칠언율시의 형태로 18세기 이후 강조되기 시작한 나부의 모습을 부정적인 시선으로 부각하고 있으며 이를 재현하는 방식으로 표현하고 있다. 이는 조선 후기에 이르러 유교적 가부장제의 규범화가 매우 강고해지는 현상이 반영된 결과라고 할 수 있다.[14]

---

12) 〈昏義〉, 『禮記』, "婦順者, 順於舅姑, 和於室人, 而後當於夫, 以成絲麻布帛之事, 以審守委積蓋藏. 是故 婦順備而後內和理, 內和理而後家可長久也."

13) 무라타 유지로, 「중국 근대 혁명과 유교 사회의 반전」, 『중국의 예치 시스템』, 청계, 2001, 227~229쪽.

14) 이국진, 「나부를 모티프로 한 한국 한시와 국문 가사의 대비적 고찰」, 『고전문

단순히 뺑덕어미라는 인물은 〈심청가〉에만 등장하는 것이 아니다. 뺑덕어미는 〈초당문답가〉 중 〈용부편〉에 나타[15]나기도 한다. 조선 후기에 유통되었던 가사 작품 〈초당문답가〉와 〈나부가류〉 작품에 등장하는 여성들 중 다수는 윤리倫理의식과 규범이 결여된 인물이었다. 이들 작품군에서 인물들의 행동 양상을 신랄하게 비판하였다. 특히 여성이 사회가 규정하는 방식을 따를 것을 강조하면서 교훈敎訓적 성격을 강하게 나타내는 작품들 속에는 뺑덕어미 인물형이 다수 출현한다. 이는 당대 사회 분위기와 깊은 관련이 있어 보인다. 당시의 유교 이념은 사회 전반을 다스리는 근간이 되었다. 이에 가부장제는 가정의 질서를 강화시키는 근본으로 작용하였으며, 그 과정에서 여성은 수동적이고 나약한 인물로 전락하였으며, 그들이 지닌 위치도 미비했다.

뺑덕어미는 〈용부가庸婦歌〉 뿐만 아니라 판소리계 소설인 〈심청전〉에도 같은 이름과 기질을 가진 하층여성으로 등장한다. 특히, 〈심청전〉의 뺑덕어미는 시기에 따라 변화를 거치는데, 그 중에서도 〈신재효본 심청가〉의 뺑덕어미는 〈용부가庸婦歌〉의 뺑덕어미와 매우 흡사한 모습을 보여주고 있다. 이는 뺑덕어미와 같은 유형이 당시 하나의 인물형으로 정착되어 갔음을 짐작할 수 있다. 문학 작품 속에 표현된 게으른 여성은 식탐食貪과 낭비벽浪費癖이 강한 인물로 보여지고 있다. 이들은 노동을 싫어하고 게으른 생활 태도를 가지고 있지만 구경이나 나들이에는 강한 집착을 보이며 적극적인 태도를

학연구』50집, 고전문학연구학회, 2016, 8~23쪽.

15) 김기형, 「뺑파전의 전승 과정과 구성적 특징」, 『어문논집』67집, 민족어문학회, 2013, 48쪽.

나타낸다. 규방가사 〈회인가〉에 등장하는 '어떤 부인'은 나태하고 청결하지 못하며 음식에 탐욕을 갖는 인물로 표현되었다. 규방가사 〈훈민가〉에 등장하는 '못된 사람'은 길쌈은 전폐하고 동지섣달 긴긴 밤에 등잔불 밝혀두고 잠만 자는 등 일하기를 싫어하고 살림살이에는 흥미가 없지만 화전놀이를 간다하면 가장 먼저 나서고 굿 구경도 좋아하는 적극적인 인물로 그려진다.[16)]

뺑덕어미에 대한 사회적인 시선도 매우 다른 태도로 작품 속에 서술되었다. 이러한 내용이 포함된 이본에서 그 내용을 확인할 수 있다. 뺑덕어미에게 '능지처참'이라는 육체적 형벌을 가하는 완판본에서 '분노'와 '보복'이 느껴진다면, 뺑덕어미의 최후가 거론되지 않는 신재효본에서는 차라리 뺑덕어미야 어떻게 살든 상관없다는 식의 '무관심'이 느껴지기도 한다.[17)] 이처럼 시대별로 뺑덕어미라는 인물에 가해지는 판단이 달라지고 있는데, 이는 시대 상황과 무관하지 않다. 뺑덕어미의 모습은 〈심청전〉을 비롯한 조선 후기의 다양한 문학 작품에서 전형적인 인물로 등장하여 매우 익숙하다.

〈심청전〉은 지속적으로 사랑을 받는 작품이다. 19세기 전반 전기수傳奇叟가 즐겨 구송口誦하는 작품 목록에 이름을 올릴 정도로 인기 있는 작품이었고, 1935년에도 6만권이 팔릴 정도로 그 인기가 지속되었다.[18)] 그동안의 연구에서 보면 초기 심청가에서 심청은 하층

16) 정인숙, 「나부가류에 나타난 게으른 여성 형상과 그 의미」, 『한국고전여성문학연구』26집, 한국고전여성문학회, 2013, 215쪽.

17) 최어진, 「뺑덕어미 삽화 전승의 차이와 그 의미」, 『판소리연구』40, 판소리학회, 2015, 240쪽.

18) 서경희, 「〈심청전〉에 나타난 가장의 표상과 역설적 실체」, 『동방학』30집, 한서대학교 동양고전연구소, 2014, 33~67쪽.

민의 신분을 지닌 비극적 인물형으로 강조하였고, 후대에 와서 심청은 이와는 다소 다른 모습을 지닌 인물로 표현하고 있다. 심청의 신분을 상승시키는 한편 그 근본에는 효孝라는 관념이 자리하고 있었다. 이처럼 다양한 변모 양상을 보였는데, 이러한 변화가 후기의 판소리에 양반층이 참여하면서 나타나는 변화라고 하였다.[19]

뺑덕어미와 관련된 가사가 19세기에 형성되었으며, 판소리 〈심청가〉에 뺑덕어미 사설이 등장한 것도 〈심청가〉의 형성기를 지나서였다고 설명한다.[20] 그러나 시조와 가사라는 장르는 당대의 변화를 완전하게 설명하기에는 다소 부족했다. 시조와 가사도 시대의 다양한 요구와 복잡한 현실을 수용하기 위해서 양식의 변화가 필요했다. 이 과정에서 시조와 가사는 문학을 담당하는 계층의 확대와 더불어 평민시조나 규방가사 등의 모습으로 사회 전반에 출현했다. 또한 사설시조나 서민가사의 출현은 시정市井의 사실적인 모습을 읊을 수 있는 계기가 되었다. 이들 조선 후기의 가사는 새로운 내용을 나타내기 위해서 그 장르적 성격이 변화된 것이 아니라 모든 양식을 담아낼 수 있는 가장 유연하고 보편적인 표현 도구로 가사체가 선택되었다.[21] 이처럼 실제로 대중이라는 의미는 수적으로 많은 사람들이 개입되어 있다는 의미가 아니라, 사회의 모든 계층이 개입介入되어 있다는 의미로 이해해야 할 필요성이 있다.[22] 18세기 이후 게으른 여

19) 유영대, 「〈심청전〉의 계통과 주제」, 고려대학교 박사학위논문, 1990, 30쪽.

20) 정하영, 「심청전에 나타난 악인상」, 『국어국문학』97, 국어국문학회, 1987, 5~29쪽 참조.

21) 구사회, 「충무공 이순신가의 문중 교육과 〈나부가〉류 가사 작품들」, 『국어국문학』171, 국어국문학회, 2015, 235~257쪽.

22) 박성봉, 『대중예술의 미학』, 동연, 1995, 6쪽.

성을 모티프로 표현한 우리나라 한시와 국문가사에는 창작 동기와 예상 독자층의 차이가 나타난다. 한시는 창작수법이 정형화되었으며 본인의 생각을 그대로 나타내었다. 특히 한시에서 남성의 시선과 사상을 선명하게 나타내며 나부懶婦를 독특한 인물형으로 보고 형상화하였다. 반면 국문가사의 목적은 여성을 선도하기 위한 것이었으며, 이를 수용하는 계층도 사대부 여성으로 18세기 이후 보편화된 나부의 부정적인 전형을 모티프로 삼아, 여성 화자를 내세워 여성이 처한 상황과 의식을 드러내는 방법에 집중하고 있다. 이는 여성들의 입장을 충실히 표현하고 작품에 흥미를 갖게 하는 요소로 작용하였다.

> 건넌마을 뺑덕어미가 홀로 되어 지내더니 심청 죽을 때에 남경장사 선인들이 백미 백석 돈 백냥을 주고 갔단 말을 듣고 청치 아니하여도 서로 살자고 청하여 심봉사 가실되어 전곡을 모두 먹고 그렁저렁 지내올 제, 맹인 잔치명을 듣고 뺑덕어미 앞세우고 발행하여 황성으로 가더니 뺑덕어미 무정하여 중도에서 심봉사를 배반하고 나이 젊고 수족 가진 황봉사를 따라가네.

초기본에서 뺑덕어미에 대한 표현은 위의 내용이 전부이다. 대단히 간단한 서사로 되어있지만, 뺑덕어미가 지니는 특성을 분명히 나타낸다. 또 후대본도 위의 사건 설정에서 크게 벗어나지 않음을 알 수 있다.[23] 다른 심청전 이본異本은 후기로 갈수록 뺑덕어미의 행실이 점차 악독해지고 인물의 비중이 커져간다. 이는 양반들이 자신의 지위와 체면을 지키려고 하는 노력이 강할수록 뺑덕어미라는 인물을 자신들의 목적에 맞게 형상화하여 대중을 선도하려는 의도로 보

23) 최혜진, 「심청가 창본 비교 연구」, 숙명여자대학교 석사학위논문, 1994, 13쪽.

보인다. 여기서 뺑덕어미는 단순히 악인으로 작용하는 것이 아니라 대중을 계도啓導하기 위한 자극적인 인물로 표현되었다. 양반들은 자신의 입맛에 맞게 대중을 통제하고 싶어 했다. 이에 도덕적인 삶과는 매우 괴리된 뺑덕어미라는 인물을 내세워 그를 악인으로 규정하고 도덕이라는 잣대를 통해 그들을 선도善導하고자 했다. 도덕이라는 측면이 오랫동안 사회를 유지하는 틀이 되거나 권력층에 의해 자신의 이권을 지키기 위한 방법으로 작용하면 집단의 안정安定은 한층 강화強化될 수 있지만 개인의 자유와 행복은 크게 위축된다.[24]

> 뺑덕엄미라 하는 계집이 있어 행실이 괴악한데 심봉사의 가세 넉넉한 줄 알고 자원하고 첩이 되어 심봉사와 사는데 이 계집의 버릇은 아조 인중지말이라 그렇듯 어둔 중에도 심봉사를 더욱 고생되게 가세를 결단내난데 쌀을 주고 엿사먹기 벼를 주고 고기사기 잡곡으로 낭초를 사서 술집에 술사먹기와 이웃집에 밥 부치기 빈 담뱃대 손에 들고 보는 대로 담배 청키 이웃집을 욕 잘하고 동무들과 쌈 잘하고 정자 밑에 낮잠 자기 술 취하면 한밤중의 울음 울고 동리 남자 유인하기 일 년 삼백 육십 일을 입을 잠시 안 놀리고 집안에 살림살이 홍시감 빨듯 홀작 업시하되.[25]

이 대목에 나타나는 뺑덕어미는 조선시대의 여성들과는 매우 다른 모습을 지닌다. 그는 끝없는 식탐을 가지고 생산보다는 소비를 중심으로 하는 인물로 보여진다. 여기에 뺑덕어미는 성性적으로 문란할 뿐만 아니라 남편을 봉양奉養하지 않는 부덕한 여인으로 형상화하고 있다. 다시 말해 본능적 욕구에 충실하며 감정의 충동을 억

---

24) 김일렬, 『문학의 본질－고전문학의 이해를 위하여』, 새문사, 2006, 144쪽.
25) 김진영 외 편저, 『심청전전집』7, 박이정, 1997, 59~60쪽.

제하지 못하는 여성의 모습을 사실적으로 보여준다. 욕망이 개인의 문제에 국한되지 않고 타자에게 전이 혹은 확장되었을 경우 사회적 갈등을 야기할 수 있다는 것이다. 더불어 이러한 욕망의 문제는 주인공에게서 비롯되지 않는다. 여기에는 텍스트로 이미지화된 작자의 욕망, 그런 이미지를 통해 상징성을 획득하려는 독자의 욕망까지도 포괄되어 있다고 볼 수 있다.

바로 이러한 욕망의 중층들 틈에서 이루어지는 충돌이 바로 갈등의 양상으로 표상되는 것이다. 뺑덕어미는 게으르고 성욕과 식욕이 왕성하여 자신의 식욕食慾을 채우기 위해 가산家産을 탕진하였으며 또 집안 살림보다는 유흥遊興을 즐겼다.[26] 다시 말해 뺑덕어미는 게으르고 낭비벽浪費癖이 심하고 성적인 쾌락快樂을 즐기는 여인이기는 하지만 그 자체를 악인이라고 단정하기에는 근거가 미약하다. 다만 당시 현숙賢淑한 여인과는 전혀 다른 특성을 지닌 여성으로 볼 수도 있다.

3. 뺑덕어미 인물형의 형상화

조선 후기에는 유통 경제의 발달, 신분 질서의 변동, 사회 생산력의 발달 등으로 인하여 도시문화가 발달하였고 민중 의식도 급속히 성장하였다. 조선 후기 하층 여성들 대부분은 궁핍한 현실과 불합리한 사회 제도로부터 보호받지 못하고 힘겹게 살아가는 경우가 많았

26) 서경희, 「〈심청전〉에 나타난 가장의 표상과 역설적 실체」, 『동방학』30권, 한서대학교 동양고전연구소, 2014, 46쪽,

지만, 한편으로는 봉건적 사회 질서가 흔들리며 급변하는 시대의 흐름을 틈타 시정을 중심으로 자유롭게 본능을 표출하며 살아가는 하층여성들도 있었다. 보수적인 사회 윤리 규범이 더욱 강화되었던 조선 후기에 본능에 충실하게 살아가는 하층여성들의 거침없는 행동은 사회적으로 용인될 수 없었다.[27] 특히, 여성들에게 있어 일차적인 사회 제도의 기주는 가정이었기 때문에 그녀들의 탈규범적 행동은 가족 질서 체제를 유지하는 데 방해가 되었던 것이다. 그래서 이들의 문학적 형상을 보면 대체로 악녀惡女로 규정하는 경우가 많다. 문학에는 형상하고자 했던 사람들의 의식과 욕망을 읽어냄으로써 새로운 시대로 나아가는 변화의 움직임을 발견할 수 있다.

1) 사회적 규범規範의 일탈

전통적인 규범의 여성은 근면 검소함이 필수적이며 특히 결혼한 여성은 가정을 잘 이끌어 나가며 부지런히 생활하고 검소와 절약을 습관화하도록 교육받았다. 가정에서 어머니의 근면하고 성실한 모습은 자녀들이 그대로 본받게 된다고 보고, 이는 자녀교육에 있어서 가장 중요한 덕목으로 받아 들여졌다. 그래서 남성이 지은 여성들의 향장이나 묘비문墓碑文류에는 한평생 근면 절약하며 살았던 모범적인 여성들이 대부분이다. 대체적으로 이러한 여성들의 특징은 남편에게 순종하며 근검절약勤儉節約을 실천한 여성이었고, 부유富裕한 가정에서 성장했지만 일생동안 근면하고 검소함을 몸에 익혀 모범

27) 주정화, 「조선후기 시가의 하층여성 형상과 문학적 의미」, 한국교원대 석사학위논문, 2009, 29쪽.

적인 모습을 보였다. 이들 가운데는 타고난 성품 자체가 세속에 연연하지 않는 여사의 풍모를 갖춘 인물로 칭송되는 경우도 많다.[28] 조선 후기에는 유교적 가부장제의 강화로 인하여 남성의 입장만을 강조하는 분위기였다. 이에 부녀자가 게으름을 피우는 등의 행동은 비판의 강도가 매우 거셌다.

이러한 사회적인 분위기에서 〈복선화음가福善禍淫歌〉의 괴똥어미와 〈용부가庸婦歌〉의 뺑덕어미, 〈나부가〉의 금세부인 모두 거센 비판을 피하기 어려운 인물이다. 이들의 특징은 평범한 가정으로 시집을 간 후, 도덕적이지 못한 행동을 일삼아 집안을 몰락하게 만드는 여성들이다. 무엇보다 사회가 요구하는 부덕을 지닌 여성과는 거리가 멀게 형상화되어 있다. 일반적으로 하층여성들은 외부로부터 오는 수난에 의해 어려운 환경에 놓이는 반면, 괴똥어미와 뺑덕어미는 자발적으로 반윤리적 행동을 하고 궁핍한 현실에 빠져서 살아간다. 그러나 문학 작품에서 이들이 지닌 특이한 행실만을 강조할 뿐 그 원인이나 사연에 대해서는 특별한 언급을 하지 않는다.

「복선화음가」의 괴똥어미

져건너 괴똥어미 시집ᄉᆞ리 ᄒᆞ던 말은/ 너도익히 알년이와 다시 일너 겡게ᄒᆞ마…… ᄉᆞᆷ일을 갓지니고 힝ᄉᆞ더옥 망측ᄒᆞ다/ 담의올ᄂᆞ ᄉᆞ람귀경 문틈으로 여어보기/ 마루젼의 침밧기와 바람벽의 코풀기와/ 등잔압희 불쓰기와 화로압희 불쬐기며/ 어른말ᄉᆞᆷ 깃달기와 어룬압희 숑젹기/ 일가친쳑 말젼쥬며 이웃부인 흉보기와/ 졀문죵의 셔방질과 늘근죵의 노구질을/ 아른체 시비ᄒᆞ며 젼쥬ᄒᆞ여 일을삼고

28) 정인숙, 「조선후기 도시의 발달과 여성의 소비문화에 대한 담론의 성격」, 『한국고전여성문학연구』24, 한국고전여성문학회, 2012, 236~244쪽.

> / 휘건치마 불ᄐᆡ기와 고흔의복 기름칠과/ 졔ᄉᆞ음식 쥬젼부리 탕긔 ᄃᆡ졉 일져질기/ ᄇᆡ켜셔셔 이졉기며 드러누어 낫좀ᄌᆞ기/ 달리일코 방ᄌᆞᄒᆞ기 바리일코 악담ᄒᆞ며/ 허다좌셕 박장ᄃᆡ소 남편압희 옷벗기와/ 쳔셕군 부ᄌᆞ및고 굼ᄂᆞᆫᄉᆞ람 숭보기와/ 시부모의 걱졍소릐 죵죵거려 ᄃᆡ답ᄒᆞ고/ 발굴너 토악소릐 숨동ᄂᆡ가 요란ᄒᆞ다/ 제힝실 그러ᄒᆞ니 침션인들 잇실손가/ 인ᄉᆞ체모 몰ᄂᆞ씨니 셔방인덜 괴일손야/ 되ᄂᆞᆫᄉᆞ람 시기ᄒᆞ기 불붓ᄂᆞᆫᄃᆡ 키질ᄒᆞ기/ 구고상ᄉᆞ 만ᄂᆞᆫ후의 문부ᄒᆞ고도라오니/ 양반의 법으로셔 ᄎᆞ마웃지 ᄂᆡ칠손가/ 그러ᄂᆞ 안ᄒᆡ라고 가ᄉᆞ를 막겻더니/ 져보소 이엽편ᄂᆡ 셰간ᄉᆞ리 범졀보소 ……

괴똥어미의 행동은 매우 파격적이다. 시집 온 날부터 이상하고 망측한 행동으로 주위 사람들을 놀라게 한다. 배고픔을 참지 못해 국을 물처럼 마시고, 떡을 먹고 트림하고, 방귀를 뀌는 등 추잡스러운 행동을 거침없이 한다. 여기에 부정한 행위를 저지르기도 한다. 또 남편 앞에서 몸가짐도 바르지 않고, 시부모의 말씀에도 말대꾸하고 참견하며 양가집으로 시집간 부녀자라고는 생각할 수 없을 정도로 막무가내일 뿐만 아니라 소비적이고 유흥적인 행동을 계속 일삼는다.

또한 유교를 기본 이념으로 내세운 조선 사회에서는 불교를 배척하고, 굿과 같은 행위는 풍기 문란의 이유로 국가에서 금지하였는데, 괴똥어미는 규제된 행위인 굿을 스스럼없이 하고 있다. 그녀의 반윤리적 행위와 방탕한 생활로 인해 많은 재산을 탕진하게 되고 결국은 한 집안을 패가망신에 이르게 한다. 특히, 괴똥어미는 온갖 전염병과 질병이 사회 전체적으로 유행하던 시기에 시부모님과 남편, 그리고 자식을 모두 잃게 되는 비극을 맞이한다. 괴똥어미의 비참한 인생은 혼인 후 제대로 시집살이를 하지 못한 그녀로부터 시작된 것이다. 그러나 이 작품에서는 괴똥어미의 일탈의 원인은 전혀 언급하고 있지 않다. 다만 사회가 요구하는 모습과 다른 행동을 한다는 의미로 철저하게 나쁜 사람으로 몰아갈 뿐이다.

시대적으로 많은 여성들이 시집살이라는 명목으로 자신을 억누르며 강요된 삶을 살았을 때, 그러한 상황에서 이탈을 한 괴똥어미는 다소 과장되기 하지만 자신이 원하는 욕망을 우위에 두고 살아간 여성으로 보여진다.

「용부가」의 뺑덕어미

> 남문밖 뺑덕어미 천성이 저러한가 배워서 그러한가/ (본 데 없이 자라나서 여기저기 무릎맞침/ 싸홈질로 세월이며 남의 말 말전주와 들며는 음식공논/ 조상은 부지하고 불공하기 위업할 제/ 무당 소경 푸닥거리 의복가지 다 내주고/ 남편모양 볼작시면 삽삽개 뒷다리요/ 자식거동 볼작시면 털벗은 솔개미라/ 엿장사야 떡장사야 아이 핑게 다 부르고/ 물레 앞에 선하품과 씨아 앞에 기지개라/ 이집 저집 이간질과 음담패설 일삼는다 모함 잡고 똥 먹이기/ 세간은 줄어가고 걱정은 늘어간다/ 치마는 절러가고 허리통이 길어진다/ 총 없는 헌 집신에 어린 자식 들쳐 업고/ 혼인장사 집집마다 음식추심 일을 삼고/ 아이 싸움 어른 쌈에 남의 죄에 매맞치기/ 까닭 없이 성을 내고 이쁜 자식 두다리며/ 며느리를 쫓았으니 아들은 홀아비라/ 딸자식을 다려오니 남의 집은 결단이라/ 두 손뼉을 두다리며 방성대곡 괴이하다/ 무슨 꼴에 생트집에 머리 싸고 드러눕기/ 간부 달고 달아나기 관비정속 몇 번인가/ 무식한 창생들아 저 거동을 자세보고/ 그런 일을 알았거든 고칠개 자 힘을 쓰소/ 오른 말을 들었거든 행하기를 위업하소.

이 시기에 강요되는 여성의 모습은 살림을 잘하고 근검해야만 하는 것이다. 그러나 〈용부가〉에 출현한 '뺑덕어미'의 행실은 당시의 남성들이나 사회적으로 용인되기 어려운 부정적이고 파격적으로 인식되기에 충분했다. 이와 같은 행실은 비록 같은 여성이라도 조선시대의 여성들에게 결코 정상적으로 보여지지 않는 행동들이다. 이 작품에서는 뺑덕어미의 탈선만을 열거할 뿐, 화자는 그 이유에 대해서는 언급하거나 관심을 전혀 기울이지 않는다. 여성의 비정상적인 행실로 인해 가정이 제대로 영위될 수 없다는 것을 강조하기 위하여, 당대 사회에서 여성들에게 금기시되었던 행태들을 나열하고 있을 뿐이다. 즉 뺑덕어미의 형상은 한 가정에서의 아내로서 부적절한 행실을 제시하고 그로인한 패망의 결과를 이끌고 있다.[29]

「나부가」의 금세부인

가소롭다 금세 부인 쳐음의 혼인ᄒᆞᆯᄃᆡ/ 논팔고 밧팔어셔 ᄂᆞᆨ네갓초아 다려오니/ 어골이 은근ᄒᆞ니 싀부모의 거동보소/ 나리사랑 유달나셔 상ᄒᆞᆯ세라 병들세라/ 신혼정셩 그만ᄒᆞ라 어엿부다 ᄂᆡ며ᄂᆞ리/ 빈감ᄒᆞ기 용정ᄒᆞ기 말이 더니/ 부모 뜻즐 젼혀 몰라 하로잇틀 졈졈 달나 나ᄐᆡᄒᆞ기 숭상ᄒᆞᄂᆡ....../ 칠팔월七八月 찰닌 버들 셧달가지 그져 두고/ 초싱의 짓던 보션 금음가지 뒤ᄎᆞ니네/ 가ᄌᆞᆼ家長니 ᄭᅮ지즐졔 쳔연天然니 승을 ᄂᆡ여/ 보난 바의 알건니와 혼져 손의 틈니 잇소/ 어린 ᄋᆞ희 우ᄂᆞᆫ 소ᄅᆡ 젓 먹닌ᄃᆞ 의탁依託ᄒᆞ고/ 삼ᄉᆞ월三四月 ᄃᆡᄂᆞ지외 네 폭 속것 펼쳐 놋고/ 자ᄂᆞᆫ 아희 젼 물니고 ᄒᆡ가 난 쥴 모를젹의/ 시부모媤父母의 지침 소ᄅᆡ 짬짝 놀ᄂᆞ 니러 ᄋᆞᆫ져/ 눈쏩 뜻고 부비며 허턴 머리 ᄃᆞ시 언고/ 잠 ᄌᆞᆫ 흔젹痕跡 속기랴고 바날 그릇 만치ᄂᆞᆫ 듯/ 션 하품 못니긔여서 지ᄃᆡ기 부두둑 써며/ 한 손으로 무

29) 김용찬, 「중세적 관념의 틀로 여성을 재단하다, 〈용부가〉」, 『오늘의 가사문학』 5, 고요아침, 2015, 83쪽.

> 릅 집고 강작強作ᄒᆞ여 니러션니/ 치마폭의 아희 쫑은 여긔 져긔 발ᄂᆞ 닛고/ 방 구셕의 기져귀ᄂᆞᆫ 사방四方으로 ᄊᆞ여시니/ 마구馬廐 갓튼 방 구셕은 ᄂᆞ음ᄉᆡ도 고히ᄒᆞ다/ 니웃집 초ᄉᆞᆼ初喪 나면 졔 ᄒᆡ害롭ᄃᆞ 닐을 안고/ 앞집의 뵈틀소릐 연병의 가마귀 솔리/ ᄀᆡ소可笑롭ᄃᆞ 하ᄂᆞᆫ 말니 졀니ᄒᆞ면 부ᄌᆞ富者되ᄂᆞ/ 제 팔ᄌᆞ八字 죠흘진ᄃᆡᆫ 오난 복福 어ᄃᆡ 가리/ 남의 집 졔ᄉᆞ祭祀 음식飮食 누은 자리 바ᄃᆞ 먹고/ 귀경니ᄅᆞ ᄒᆞ져더면 남버담 우질기고/ 아희 션ᄃᆞ 핑겨ᄒᆞ면 신것 단것 고로 찻네/ 물네 갈니 조흘기와 양의陽地 짝의 니좁기와/ 여러 농군農軍 ᄉᆡ벽밥의 단잠 찌기 귀貴치 안고/ 무당巫堂 보면 살풀기ᄂᆞᆫ 어니 글니 힘스던고/ 일즉 ᄌᆞ기 염쳬廉恥 읍셔 헛불 켜고 밤ᄉᆡ니고/ 약간若干 것 할랴 하며 혼져 안져 군소릐로ᄃᆡ/ 부모父母 실하膝下 고히 ᄌᆞ라 시집니ᄅᆞ 와닛더니/ 별닐도 ᄃᆞ 식니고 별걱졍도 ᄃᆞ 듯겟네/ 졀구ᄶᅵ도 몰ᄅᆞ던니 듸들방ᄋᆞ 찌으라네……/ 제그른줄 제모로고 ᄉᆡ부모ᄂᆞᆫ 어진마음/ 습습히 경게ᄒᆞ면 못된고집 더욱 ᄶᅵ여/ 기동안고 돌아셔셔 종종이면 ᄒᆞ난말이/ 본ᄐᆡ상 글어ᄒᆞᆫ거로 지금 어이 고칠너고/ 그 가장 어더 듯고 ᄒᆞᆫ말 겨오 ᄭᅮ지시면/ 이불 쓰고 들너누어 사흘나흘 말안고/ 조곰ᄒᆞ면 힛쥬ᄒᆞ고 ᄒᆞᆫᄃᆡᄌᆞ면 간간ᄒᆞ니/ ᄌᆞ른 언문 능ᄒᆞᆫ 다시 풍운젼과 츈향젼을/ 무릅우희 언져노코 남부르고 흥흥하며/ 그간의 안된투기 ᄶᅵ모ᄅᆞ고 강ᄉᆡ암ᄒᆞᄂᆡ/ 어와세상 나부더라 이ᄂᆡ말ᄉᆞᆷ 젹어시니/ 부ᄃᆡ부ᄃᆡ 경게ᄒᆞ여 현쳘부인 되어셔라……

게으른 여성을 소재로 한 국문가사에 출현하는 나부 '금세부인' 역시 주목할 만한 인물형이다.[30] 금세부인은 온갖 부정적 행태를 보

30) 「나부가」는 '인간의 職位에 따른 직분 → 士婦人의 직분 → 금세 부인의 행위'의 순서로 나타난다. 정인숙은 이정환본이 다른 두 이본에 비해 풍부한 내용과 '금세부인'의 목소리가 사실적으로 반영되어 있다고 보았다.(정인숙, 「〈나부가〉에 나타난 게으른 여성 형상과 그 의미」, 『한국고전여성문학연구』 26집, 한국고전여성문학회, 2013, 196쪽)

이는 문제적 인물이다. 의복을 친척에게 맡겨 짓도록 하고 베틀은 있지만 베는 짜지 않으며 버선 짓는 일을 한 달이나 하는 게으른 여성이다. 아침에 늦게 기상하고 밤에는 불만 켜 놓은 채 일찍 잠자리에 드는 것, 입성이 깔끔하지 못하고 주변도 지저분한 모습은 게으른 여성의 전형적인 모습이다. 게으름을 피우는 것 이외에도 식탐 역시 문제가 된다. 고기, 과일, 수제비, 범벅, 신 것, 단 것 등의 음식을 몰래 숨어서 취하는 행동은 몹시 게걸스럽고 추하다. 이런 탐욕적인 모습들이 절제하는 생활을 하지 못하게 한다. 즉 식탐 역시 금세부인을 더욱 문제적인 인물로 만든다.

이처럼 금세부인은 여성에게 강요된 사회적 상황에 순응하지 않는 특징을 보인다. '본성이 그러하니 지금 어찌 고치겠냐'는 것은 한 여성이 지닌 본성을 사회적 규범과 강요로 더 이상은 제어할 수 없다는 것을 보여준다. 금세부인은 전통 사회에서 바라볼 때는 문제로 대두될 수 있는 소지가 충분하지만, 도시가 발달하고 상업화가 발달되는 세태가 오면서 여성 자신이 중심이 되어서 이야기를 하고 있는 것이다. 〈나부가〉에서는 '부정적 형상'을 보여주면서 오히려 근검勤儉의 중요성을 강조하여 여성을 선도하고자 했다.

〈복선화음가福善禍淫歌〉의 괴똥어미, 〈나부가懶婦歌〉의 금세부인, 〈용부가庸婦歌〉의 뺑덕어미는 기존의 제도에 대한 거부와 여성에게 강요된 사회적 규범과 시선에서 일탈을 시도하였다. 당시 여성에게 주어진 임무는 가정에 충실하고, 근검과 절약으로 살림에 힘써 부지런히 생활하는 것이었다. 이는 중세적 이념에 갇혀있던 사회에서 여성은 자신의 삶을 살아가는 한 명의 인간으로 존중되는 것이 아니라, 가부장제를 이어가는 역할에 충실히 해야하는 구성원으로 대우하며 지속적인 강요와 억압을 받았다. 어쩌면 당대의 여성들이 진심으로 원했던 삶은 가사 노동과 온갖 중세적 압력으로부터 탈피하는 것일 수 있다.

위의 괴똥어미, 금세부인, 뺑덕어미가 보이는 태도는 부도덕할 뿐만 아니라, 한 가정의 몰락을 가져올 만큼의 파격적인 것이다. 이들은 시집살이나 가족 간의 관계에 있어서 반윤리적인 행동을 보이며 나태하여 근검한 생활태도를 부정하고 소비를 중심으로 하고 있다. 특히 문학 작품에서 이들 인물이 지닌 사연이나 원인을 규명하기보다 호기심만을 부추겨 내용을 유통시키고 나쁜 인물로 규정한다. 이는 일반 평범한 여성들에게 생활태도의 견제를 강화하게 하려는 것이다. 여기에는 당대 남성들이나 집권층의 의도가 선명하게 보인다. 그러나 주목할 것은 작품속에 형상화된 세 인물의 행태가 지극히 관념적인 것이 아니라, 당시 구체적인 생활의 공간에서 흔히 볼 수 있는 생생한 문제들을 가지고 있다는 점이다. 그리하여 이들의 부정적인 행동이 더욱 강화되고 부정적 인물로 형상화되는 것이다. 이처럼 뺑덕어미 인물형은 음모와 범행으로 사람을 해하는 '치명적이고 무서운' 악인이 아니다. 부도덕하고 윤리의식이 결핍된 자들로 표현되어 부정적 인물형상의 독립된 계열을 이룬다.[31)]

2) 개인적 욕망慾望의 표출

문학에서 문제되는 것은 욕망慾望 원칙이며, 반대로 사회에서 문제되는 것은 현실 원칙, 즉 이념의 충돌이라고 할 수 있다. 이러한 연유로 문학은 사회적 상황을 사실적으로 표현하여 부정적인 면모를 부각할 수 있다. 뺑덕어미는 그동안 작품에서 비극적인 인물인

31) 길진숙, 앞의 논문, 85쪽.

심봉사를 전략적으로 이용한 악인惡人으로 평가받았다. 여러 이본에서 묘사된 뺑덕어미의 외모는 그야말로 추녀醜女이다. 이러한 이유가 단순히 악인을 추악하게 표현하는 고전소설의 특징이라고 하기에는 근거가 미약하다. 단지 추녀라는 이유만으로 뺑덕어미는 타인들의 관심과 애정의 대상이 되기에는 역부족이었다. 이러한 처지인 그녀의 일상이 순탄하지 않았을 것은 자명하다. 미인美人은 사회적으로 발탁의 기회가 증가하고, 이를 통해 높은 지위를 점유하며, 사회적 인맥 역시 광범위하게 형성할 수 있다.[32]

남들보다 불리한 조건에서 태어난 그녀로서는 빼어난 매력이라도 있어야 살아 갈 수 있는 것으로 판단된다. 무조건 음란淫亂한 악녀惡女라고 규정하기 보다는 뺑덕어미가 처한 상황을 고려할 필요가 있다. 뺑덕어미는 추한 외모가 약점으로 작용하기 때문에 자신이 가진 매력을 분명히 드러내야 하고, 그것이 삶의 방편으로 이용된 것이다. 이것이 봉사를 유혹하는 계기가 되었다. 그녀는 타인을 의식하여 고단하고 불행한 삶을 살기보다는 불리한 상황을 과감하게 탈출하였다. 이는 뺑덕어미가 추구하는 삶의 형태이며 욕망을 이루는 방법이다. 이러한 상황을 고려하지 않고 남성을 이용했다는 사실만으로 뺑덕어미를 악인으로만 규정할 것이 아니라 새로운 여성상으로 평가[33]해야 한다.

뺑덕어미가 남성을 유혹하거나 혹은 혼인 생활을 하는 중에도 자신의 유흥을 위해서 성적인 욕망도 절제하지 않는 인물이라는 점은

32) 하경숙, 「한국 여성 미인의 의미와 특질」, 『동양문화연구』23권, 영산대학교 동양문화연구원, 2016, 227쪽.

33) 박윤희, 「조선후기 여성 자의식의 형상화 양상 : 판소리 소재 반열녀적 인물을 중심으로」, 동국대학교 석사학위논문, 2010, 52~53쪽.

지탄받아야 한다. 다만 이러한 인물이 고전소설에서는 찾을 수 없는 새로운 여성의 모습이다.[34] 이는 욕망을 과감없이 표출하고 자신이 추구하는 삶의 방향으로 이끌어가는 여성의 강인함으로 볼 수 있다. 그간 고전 작품에서 추구하는 여성의 모습은 사회적으로 용인되지 않는 금기禁忌와 제한制限은 순응하고 소극적인 자세를 보이는 수동적受動的인 인물형이 대체적이었다.

그러나 뺑덕어미의 감각적 쾌락과 욕망을 추구하는 태도는 비판의 표적이 되기도 한다.[35] 무엇보다 당대의 사회적 제도나 관념은 여성이 자신의 운명을 개척하거나 욕망을 이루기에 매우 폐쇄적이고 비순환의 구조였다.

문학에서의 사회적 갈등이란 등장인물의 행위가 어떤 갈등 요인에 의해 사회적 환경과 충돌을 일으키면서 발생되는 문제를 말한다. 이런 사회적 갈등의 요인은 매우 다양할 것이나, 우선 문학적으로만 보자면 그것은 '욕망'의 문제와 결부되어 있다.

> 잇ᄶᅵ ᄲᅢᆼ덕어미 심봉사 눈 쓰고 부원군이 된 말을 듣고 왕봉사 쌀아가믈 잣탄하며 하난 말이 심봉사은 부원군이 되엿건만 우리 왕봉사은 은졔나 부원군 되나 하며 잣탄 자가하며 할로 한 번식 함박쪽박을 치며 한숨 진고 한난 말이 부원군을 쌀아 갓데면 나도 부인이 될 걸 이게 웬 일이야 부부인도 팔자로다 예이 졍칠 것 담ᄇᆡ나 만이 먹고 슐이나 먹고 의관 반반한 사ᄂᆡ 보면 할로밤 지워 보고 십위 부부 도지 안이힛지 횃찝의 셔방질이나 하리라 우리 나라 이

34) 하경숙, 「뺑덕어미의 인물형상과 현대적 변용 양상」, 『동양문화연구』19권, 영산대학교 동양문화연구원, 2014, 230~231쪽.

35) 최기숙, 「돈의 윤리와 문화 가치 – 조선후기 서사 문학의 경제적 상상력」, 『현대문학의 연구』32, 한국문학연구학회, 2007, 202쪽.

쳔만 동포야 심쳥갗치 효힝 잇셔 부모의 눈쓰게 하고 부귀장록을 누일게 한이 우리 이와 갓치 효셩 잇시면 국타민안하고 셰화연풍 하난니라 등셔한 ᄉᆞ롬이 만히셔 오ᄌᆞ낙셔가 만한이 보시난 졈군ᄌᆞ 여ᄌᆞ라도 숭보지 말르시오 숭보면 입이 곰난다 하더라.

국립중앙도서관 소장 23장본 〈심청젼 권지단〉, 심청전 전집 3, 407쪽.

무절제한 사람은 후회가 없고 치유治癒가 불가능하다.[36] 위의 예문에서 뺑덕어미는 여성에게 금기된 행동들에 대해 서슴없이 언급한다. 또한 매우 세속적인 행태를 보인다. 그의 행실은 다양한 장르에서 부정적인 시선으로 서술되었는데, 특히 여성이 성과 관련된 욕망 자체를 언급한다는 사실만으로 당대의 사회 분위기에서 인정하기 어렵고, 매우 파격적이라고 할 수 있다.

재 너머 莫德의 어마네 莫德이 쟈랑 마라

내 품에 드러셔 돌겻좀쟈다가 니 ᄀᆞᆯ고 코 고오고 오좀 ᄊᆞ고 放氣 ᄲᅱ니 ᄎᆞᆷ盟誓

개지 모진 내 맛기 하 즈즐ᄒᆞ다 어셔 다려 니거라 莫德의 어마 莫德의 어미년 내ᄃᆞ라 發明ᄒᆞ야 니르되

우리의 아기ᄯᆞᆯ이 고림症 ᄇᆡ아리와 잇다감 제症 밧긔 녀나믄 雜病은 어려셔브터 업ᄂᆞ니.

〈진본 청구영언 567〉

이 사설시조에는 뺑덕어미 인물형이 나타난다. 막덕이라는 인물의 부정한 행실과 딸의 부정을 감싸주는 막덕어미가 등장한다. 막덕

36) 미셸 푸코 저, 문정자·신은경 공역, 『성의 역사: 쾌락의 활용』, 나남출판사, 1990, 80쪽.

어미와 막덕의 남편이 나누는 대화에서 막덕이라는 인물의 추한 행실行實이 드러난다. 오히려 막덕어미가 하는 변명이 딸을 궁지에 몰아 넣는다. 막덕은 혼인 전 이미 다른 남성들과 관계가 있었는데, 막덕어미가 말하는 병명病名에서 알 수 있다. 막덕과 막덕어미는 성性을 생계生計의 방편으로 살아갔다. 그러나 딸이 혼인婚姻하여 안정된 가정을 꾸리게 되고 어머니는 그러한 막덕을 보호해주고자 했으나, 그녀의 경망輕妄스러운 언행言行으로 인해 오히려 딸의 행실을 드러내고야 만다.

위의 여성은 가부장권이 강화된 가족 질서 체제의 억압된 현실에서 인내하거나 희생하는 여성들과는 달리 자기 본능에 충실한 삶을 살았다. 그녀들의 본연으로부터 나온 행동들은 의도하지 않았지만, 가정이나 사회에서 요구하는 여성의 도리에 어긋나는 것이었기에 부정적인 악처惡妻로 규정되어 해학적이고 희극적으로 형상되고 있다. 그 결과 그녀들의 인생은 비극적이거나 처참한 징치懲治의 결말에 이르게 된다. 비록 반윤리적이고 부도덕한 행실이지만, 거침이 없는 과감한 행동과 현실적인 욕구에 충실하게 반응하는 그녀들의 모습에서 여성이 지닌 발랄하고 개성적인 삶의 일면을 포착할 수 있었다. 개인이 욕망을 추구하는 것은 현실에서 만족하지 못하는 것을 스스로 소유하고자 하는 것이다.

뺑덕어미형 인물은 기존의 윤리와 도덕이라는 체제에서 탈출脫出하여 적극적으로 자신의 욕망을 표출하였다. 욕망의 추구와 윤리 사이에서 갈등했던 일련의 독자들은 뺑덕어미를 통해서 욕망을 분출함으로써 억압되었던 윤리의식에서 다소 해방감을 맛보았을 것으로 보인다.[37]

뺑덕어미 인물형은 사회와 이념의 체제에서 수동적인 고정관념을 탈피한 적극적인 태도를 지녔다. 결국 이들은 여성 자신이 지닌 욕망을 당당히 표출하지만 사회적으로 나쁜 여성으로 낙인되었다. 그러나 뺑덕어미 인물형이 보여주는 욕망의 성격은 사회적인 상황에 반反할 수밖에 없는 것들이고 지속적인 억압에 대한 거부이다. 이것이 지속적으로 악인이라는 굴레에서 벗어날 수 없도록 만든 것이다. 그러나 이들은 오랫동안 고정되어 있던 사회적 억압이나 체제에서 체념하지 않고 자신만의 방식으로 자아를 표출하고 새로운 삶으로의 전환을 이루고자 하는 것이다.[38] 뺑덕어미 인물형은 욕망에 충실한 삶을 살았고, 여성에게 부여된 가치인 근면보다는 소비에 탐닉하였다. 이들이 지닌 특성이 당대의 사회적 분위기와 맞지 않는다는 이유만으로 그간 올바르게 평가되지 않았다. 또한 후대에 와서 지속적으로 가사, 시조, 한시, 소설 등으로 유통流通되면서 악인으로 단정을 짓고 정형화하였다. 중요한 것은 뺑덕어미 인물형은 사람에게 위해危害를 가하거나 폭력暴力적인 방법으로 접근하지는 않는다. 인간의 욕망을 달성하고 새로운 희망을 찾아가는 독립적인 여성의 이야기를 담고 있다. 이들은 자신의 사리사욕私利私慾을 채우는 폭력적이고 체제를 전복시키는 전형적인 악인이 아니라 특별한 개성을 지닌 인물이다.

뺑덕어미 인물형은 여성에게 주어진 사회적 기준으로 자신을 재단하지 않고, 삶을 주체적으로 살아가고자 노력하는 한편 주체적이며 독립적인 모습을 보여주었다. 뺑덕어미 인물형은 단순히 악인이

37) 진은진, 「〈흥부전〉에 나타난 악과 세속적 욕망」, 『판소리연구』26, 판소리학회, 2008, 245쪽.

38) 임완혁, 「입신출세의 상경길, 욕망의 길－야담을 통해 본」, 『고전문학연구』38권, 한국고전문학회, 2010, 100쪽.

라는 평가에서 벗어나서 시대에 국한局限하지 않고 자신의 진정한 행복과 즐거움을 찾는 인간형이라는 사실을 인식해야 한다.

4. 맺음말

이글에서는 빼덕어미를 중심으로 이와 유사한 인물형의 특징을 찾고 그 가치와 의미를 설명하고자 하였다. 그동안 악인惡人의 모습으로 규정되었던 빼덕어미와 빼덕어미 인물형을 어떤 방식으로 이해해야 하는 지에 대한 문제에서 출발하였다. 이는 그간의 인물들에 대한 고정된 시선에서 벗어나 사실적인 접근을 하기 위해서이다.

빼덕어미 인물형은 조선 후기의 소설, 가사, 한시, 사설시조에서 광범위하게 유통되어 다양한 형태로 출현한다. 이들은 사회의 체제에서 일탈하는 개성을 지녔고, 자신이 추구하는 욕망을 위해 살아가는 인물로 그려지고 있다. 무엇보다 여성들에게 강요된 가족 질서, 체제의 억압된 현실에서 인내하거나 희생하기를 바라는 시대적 요구와는 매우 다른 행태를 보인다. 이들은 자기 본능에 충실한 삶을 살았고 그것이 때로는 향락적이고 소비적으로 보이기도 했다. 그러나 이러한 행동은 그녀들이 꼭 의도한 것은 아니지만, 가정이나 사회에서 요구하는 여성의 덕목과 일치하지 않았다. 이러한 상황이 이들을 부정적인 악인惡人으로 인식하게 하였다.

이들이 지닌 일탈과 갈등의 표출은 여성 개인이 지닌 자신의 욕망을 보여주는 것으로 설명하고 있다. 이는 여성에게 주어진 '사회社會'적 상황을 배제하고 이루어질 수 없는 것이다. 무엇보다 빼덕어미 인물형이 지닌 갈등과 욕망은 표면적으로는 '가정'이라는 울타리에 갇혀서 생긴 것으로 보인다. 여기어 당대에서 강요하고 있는 여성에 대한 규범의 강요라는 사회의 문제에서 비롯된 것이고, 여성에게 주어진 사회적 환경으로 자신을 살피지 않았다. 또한 이들은 삶을 적극적으로 수용하는 독립적인 힘을 가졌다.

아울러 이들은 인간이 지닌 본래적인 욕망을 달성하고 새로운 희망을 찾아가는 적극적인 태도를 가진 여성이다. 이제는 이들이 악인惡人이라는 평가에서 벗어나서 상황에 알맞은 올바른 평가를 받아야 한다. 또한 뺑덕어미 인물형은 시대에 국한하지 않고 자신의 진정한 행복과 즐거움을 찾는 여성이며 주체적인 인간형이라는 사실을 잊지 말아야 한다.

참고문헌

구사회, 「충무공 이순신가의 문중 교육과 〈나부가〉류 가사 작품들」, 『국어국문학』171, 국어국문학회, 2015.

길진숙, 「뺑덕어미와 괴똥어미의 일탈과 그 성격-〈용부가〉·〈복선화음가〉·〈심청가〉의 일탈형 여성인물에 대한 고찰-」, 『한국고전연구』19집, 한국고전연구학회, 2009.

김기형, 「뺑파전의 전승 과정과 구성적 특징」, 『어문논집』67집, 민족어문학회, 2013.

김동건, 「〈심청전〉에 나타나는 욕망과 윤리의 공존의식」, 『판소리연구』32권, 판소리학회, 2011.

김일렬, 『문학의 본질-고전문학의 이해를 위하여』, 새문사, 2006.

김창남, 『대중문화의 이해』, 한울, 2003.

박상석, 「고소설 선악이야기의 서사규범 연구」, 연세대학교 박사학위논문, 2012.

박성봉, 『대중예술의 미학』, 동연, 1995.

박윤희, 「조선후기 여성 자의식의 형상화 양상: 판소리 소재 반열녀적 인물을 중심으로」, 동국대학교 석사학위논문, 2010.

박일용, 「가사체 〈심청전〉 이본과 초기 판소리 창본계 〈심청전〉의 관련 양상」, 『판소리학회지』7집, 판소리학회, 1996.

배영순, 「심청전을 변용한 아동청소년 서사 창작 연구」, 동아대학교 박사학위논문, 2012.

서경희, 「〈심청전〉에 나타난 가장의 표상과 역설적 실체」, 『동방학』30집, 한서대학교 동양고전연구소, 2014.

설성경, 『구운몽 연구』, 국학자료원, 1999.

오세영, 「판소리계 소설의 심층심리학적 연구」, 대전대학교 박사학위논문, 2006.

유귀영, 「〈심청전〉에 나타난 인물형상화 연구」, 경북대학교 석사학위논문, 2009.

유영대, 「〈심청전〉의 계통과 주제」, 고려대학교 박사학위논문, 1990.

이국진, 「나부를 모티프로 한 한국 한시와 국문 가사의 대비적 고찰」, 『고전문학연구』50집, 고전문학연구학회, 2016.

이대중, 「뺑덕어미 삽화의 더늠화 양상과 의미」, 『판소리 연구』17, 판소리학회, 2004.

임완혁, 「입신출세의 상경길, 욕망의 길－야담을 통해 본」, 『고전문학연구』38권, 한국고전문학회, 2010.

정인숙, 「〈나부가〉에 나타난 게으른 여성 형상과 그 의미」, 『한국고전여성문학연구』26집, 한국고전여성문학회, 2013.

정인숙, 「조선후기 도시의 발달과 여성의 소비문화에 대한 담론의 성격」, 『한국고전여성문학연구』24, 한국고전여성문학회, 2012.

정출헌, 「〈심청전〉의 전승 양상과 작품세계에 대한 고찰」, 『한국민족문화』22권, 한국민족문화연구소, 2003.

정하영, 「심청전에 나타난 악인상」, 『국어국문학』97, 국어국문학회, 1987.

주정화, 「조선후기 시가의 하층여성 형상과 문학적 의미」, 한국교원대 석사학위논문, 2009.

진은진, 「〈흥부전〉에 나타난 악과 세속적 욕망」, 『판소리연구』26, 판소리학회,

2008.
최동현, 『소리꾼』, 문학동네, 2011.
최윤자, 「〈심청전〉의 신성혼신화적 연구」, 단국대학교 석사학위논문, 2008.
하경숙, 「뺑덕어미의 인물형상과 현대적 변용 양상」, 『동양문화연구』19권, 영산대학교 동양문화연구원, 2014.
하경숙, 「한국 여성 미인의 의미와 특질」, 『동양문화연구』23권, 영산대학교 동양문화연구원, 2016.

제4장

여성 인물의 현실인식과 의미 양상

—금원錦園의 문학 작품을 중심으로

1. 머리말

인간이 생활하면서 살아가는 삶의 공간은 균일하다. 이러한 공간은 누구에게나 적용되며 열려 있는 것으로 스토리의 근원이 된다. 무엇보다 18~19세기 조선은 급격한 사회, 경제적 변화와 그로 인한 문화적 격변기였다. 문학에서도 새로운 시대를 향한 다양한 사유와 모색이 보여지기 시작했다. 지역, 당색, 신분의 유대관계를 바탕으로 문학 창작의 다양성, 문학 담당계층의 확대와 의미 변화가 뚜렷하게 나타난 것이다. 문학계 전반에 걸친 변화의 다양성은 여성 문학계도 여러가지 변화를 가져온 것은 사실이다. 조선 전기에는 소극적이었던 여성의 문학 활동은 이 시기에 이르러 비교적 적극적으로 이루어지면서 다양한 양상을 가져왔다. 이는 다양한 작가군의 출현, 문집 편찬과 그에 따른 작품의 양적 증대, 시사의 형태를 갖춘 문학 집단의 등장이라는 가시적인 성과가 나타나게 되었다.[1] 이러한 사실은 여성 문학이 사회 외적으로만 보여지는 변화가 아니라 내실 있는 성장을 추구하고 새로운 변모를 가져왔다는 사실이다. 그 결과 여성 작가들이 여성의 목소리를 주체적으로 담아내기 시작했다. 금원 역시 이러한 상황과 연결할 수 있다.

금원錦園(1817~1850년 이후)은 조선시대의 여류 문인이다. 다만 생존연대를 정확히 알기가 어려워서 1817년에 태어나서 1850년대 이후까지 살았던 것으로 알려졌다. 조선 양반 가문에서 태어나 조선시대 여성들에게는 금기禁忌시되던 여행을 홀로 떠났으며 여행기록서 『호동서락기湖東西洛記』를 남겼다. 어려서부터 몸이 허약하여 부녀자들의 일을 하지 않고 글을 배우고 경서經書와 사서四書를 익히며 자랐다. 1830년 오랜 설득 끝에 부모님의 허락을 받고 남장을 한 처녀로 여행을 떠난다. 넓은 세상을 보고 싶다는 일념으로 제천 의림지를 거쳐 금강산, 관동팔경, 설악산, 서울을 여행하고 돌아와 새로운 세계에 대한 견문을 알리고 자기 자신에 대한 자각을 하게 되었다.

이후 그녀는 규방으로 돌아가지 않았으며 자신의 처지를 깊이 깨닫고 기생이 되어 시기詩妓(시를 잘 짓는 기생)로 이름을 널리 알리고, 1845년 김덕희金德喜의 소실이 되었다. 그가 어떤 연유로 첩이 되었는지 확인하기 어렵다. 헌종11년(1845)인 29세에 용만윤龍灣尹을 지낸 남편과 함께 부임지에 갔다가 정미년(1847)에 다시 한양으로 돌아왔다. 이후 용산 삼호정에서 죽서, 운초, 경산, 그의 동생인 경춘과 함께 자주 모여 시회詩會를 열었으며, 철종 원년(1850)에 『호동서락기湖洞西洛記』를 탈고하였다. 불분명한 생존生存연대와 신분상의 사연으로 인하여 그동안 금원은 사람들에게 그다지 많은 주목을 받지

1) 백민자, 「『호동서락기』 일고」, 『국어문학』50집, 국어문학회, 2011, 218쪽.

못한 인물이었으나 꾸준한 연구는 시도되었다.[2] 그러나 그간의 연구는 '『호동서락기湖東西洛記』'를 중심으로 이루어진 것이 대부분이다. 『호동서락기』는 기녀 출신의 소실이 지은 여성 최초의 '산수유람기山水遊覽記'라는 특이점으로 인하여 비교적 활발하게 논의되어졌다. 무엇보다 금원은 자신의 인생의 꿈이었던 유람의 전말과 자신이 쓴 시편詩篇을 정리하지 않으면 잃을까 걱정하여 한곳에 모아놓고 즐기는 자산資産으로 삼고자 『호동서락기』에 정리했음을 밝히기도 하였다.

금원은 급속도로 붕괴되는 신분제의 소용돌이 속에서 사대부가 여성들의 문학 작품에서 나타나기 어려운 진솔한 마음을 시어로 표현하였다. 또한 첩이라는 신분적 한계를 지닌 주변성을 수용하였다. 한편 금원이 기녀로서 지녔던 개방성과 사대부의 첩으로서의 경제적, 신분적 안정을 바탕으로 최초의 여류 시단의 일원으로 의미 있는 업적을 남겼다.

무엇보다 금원이 보여준 시대를 초월하는 뛰어난 문학적 재능이나 열정, '삼호정시단三湖亭詩壇'에서 주도적 역할을 수행하고 시작詩作

2) 이효숙, 「〈湖東西洛記〉의 산수문학적 특징과 김금원의 유람관」, 한국고전여성문학연구 20, 한국고전여성문학회, 2010; 안낙웅, 「김금원의 호동서락기에 관한 연구」, 성균관대학교 교육대학원 석사학위논문, 1999; 안순옥, 「호동서락기의 글쓰기 방식과 제재적 특질」, 동국대학교 대학원 석사학위논문, 2010; 손앵화, 「조선조 여성되기의 새로운 모색－金錦園의〈湖東西洛記〉를중심으로」, 『국어국문학』39집, 국어국문학회, 2004; 이효숙, 「湖東西洛記의 산수문학적 특징과 금원의 유람관」, 『운곡학회 연구논총』제5집, 운곡학회, 2013; 서현아, 「『湖東西洛記』에 나타난 金錦園의 삶과 의식 지향 연구」, 고려대학교 석사학위논문, 2011; 백민자, 「『湖東西洛記』와 금원의 傳世 열망」, 어문연구 75권, 어문연구학회, 2013.

활동에 대한 열정, 남장을 하고 여행을 떠나는 독립적인 모습은 다양한 의미를 보여준다. 무엇보다 그가 지닌 신분적 한계와 사회적인 한계를 극복하는 진취적인 여성의 모습은 지금의 여성에게 많은 영향을 준다. 이 글에서는 금원이라는 여성인물이 지닌 시대를 초월한 현실인식과 삶의 태도를 그의 작품 속에서 살펴보고자 한다.

2. 금원의 생애와 특질

기생은 지배층 남성의 쾌락을 강요받던 집단이다. 그들의 섹슈얼리티와 기예, 교양은 단순히 남성권력의 소유물이자 유희遊戱적 대상으로의 기능할 수 밖에 없었다.[3] 이런 의식이 팽배한 상황에서 금원에 대한 평가는 제대로 이루어지지 않았다. 금원은 원주의 영기 시절, 1845년에 시랑 김덕희金德喜를 만나 인연을 맺었다.

금원은 관동의 봉래산蓬萊山 사람이며 스스로 금원이라 호號하였다. 어려서 잔병이 많아 부모님께서 불쌍히 여기고 가사나 바느질은 시키지 않고 글을 가르쳤다고 밝히고 있다. 이에 글이 나날이 발전하여 경사經史에 통달하게 되고 고금 문장을 본받을 수 있게 되었으며, 흥이 나면 시를 읊었다고 했다.[4] 마음으로 계획을 정하고서 여러 차례 부모님께 간청하여 한참 후에야 허락을 얻으니 이에 마음이

3) 서지영, 「조선시대 기녀섹슈얼리티와 사랑의 담론」, 『한국고전여성문학연구』 5집, 한국고전여성문학회, 2002, 298쪽.

4) 余關東蓬萊山人也. 自號錦園. 兒小善病, 父母愛憐之, 不事女工, 教以文字. 日有聞悟, 未幾年, 略通經史, 思効古今文章, 有時乘興, 題花詠月.(金錦園, 『湖東西洛記』, 태학사, 1988, 428~429쪽.)

후련하기가 마치 새장에 갇혀 있던 새가 새장을 나와 끝없는 푸른 하늘을 날아오르는 기분이고, 천리마가 굴레를 벗은 채 곧 천리를 달리는 기분이다. 그날로 남자 옷으로 갈아입고 행장을 꾸려 먼저 四郡를 향해 길을 떠났다. 때는 경인년 춘삼월로 내 나이 14살이었다.[5]

금원의 유람遊覽은 두 차례로 나눌 수 있다. 1차 유람은 14살이던 1830년에 시작되었다. 금원은 김덕희와 결연結緣하기 전까지 호서지방 4군의 명승지, 금강산, 관동팔경, 설악산, 서울을 돌아보고 1차 유람을 마친다. 금원과 김덕희와의 혼인은 22세에서 29세 사이로 추정할 수 있으며, 김덕희의 소실이 되어 1845년 2차 유람을 시작한다.[6] 금원은 금강산·관동팔경·설악산 등 대표적인 승경勝景과 산하山河를 두루 탐방하며 적극적이고 능동적인 태도로 견문 활동을 전개했다. 자연 풍광에 대한 인상은 물론 지리·역사·일화·유적 등을 세밀하게 파악하며 국토의 산수山水와 풍물風物을 인식하는 자세를 보였다. 승경의 정확한 이해를 위해 선인들의 감상평을 고증하고 현장을 세밀하게 답사하는 실증적인 자세를 취하였다.

금원의 삶에서 시를 짓는 일과 여행을 다니는 것은 큰 비중으로 자리 잡았다. 또한 신분에 있어 금원은 자신의 위치를 보전하기 위

5) 心既定計, 屢懇于親堂, 久而後黽勉許之., 於是胸次浩然如鷙鳥出籠, 有直上九霄之氣, 良驥脫勒, 有便馳千里之志.卽日改着男衣裝, 東行, 其先向四郡, 時庚寅春三月, 余方二七年犯也.(金錦園, 「湖東西洛記」, 태학사, 1988, 429~430쪽)

6) 今余壯觀, 庶償宿昔之願, 斯可止矣. 還他本分, 從事女工, 不亦可乎? 遂脫去男服, 依舊是未笄女子也. 子眞之簫能致仙鶴, 長卿之琹自召祥鳳, 奎堂學士, 遂結小星之緣居, 然過屢年月矣. 學士承恩, 除龍灣伯, 時乙巳初春也.(金錦園, 『湖東西洛記』, 태학사, 1988, 469쪽)

해서 많은 제약을 받으며 살아야 했고, 첩이라는 불운을 지녀야 했다. 금원 역시 다른 첩들과 처한 환경이 특별히 다를 것이었다고 예상되지 않는다. 첩으로 겪는 외로움, 향수, 소실小室이라는 위치에서 얻어지는 소외감, 시재에 대한 갈구 등의 감정은 그녀의 작품 세계의 근원根源으로 작용하였다.

또한 『호동서락기』는 금원이 호중湖中 사군四郡과 관동關東, 관서關西지역을 차례로 기행한 소감과 서울로 돌아와서의 삶을 적었다. 1850년 한문으로 시와 산문을 아울러 저술한 견문 성격이 강한 기행문이자 자전적自傳的인 글이다. 이 책은 기행에 앞서 출생 배경을 간략하게 적은 뒤 1830년과 1845년 두 차례의 기행을 주로 서술하고 있으며, 기행 이후 한성에서의 삶과 시상으로 구성되어 있다. 기행 과정에서 상황 묘사는 주로 산문으로 서술하고, 감흥이 절정에 올랐을 때를 시의 형식에 담아 26수의 절구나 율시를 남겼다.

조선 후기 다양한 계층의 여성들이 문학 창작의 주체로 활약하기 시작하면서, 이들은 개인의 창작만을 중요하게 여기지 않고 동인 집단의 결성을 통해 적극적으로 문학을 창작하고 향유하기에 이르렀다.[7] 금원은 주목할 필요가 있는 여성문인文人이었다. 그와 함께 활동했던 이들이 '삼호정시단三湖亭詩壇'이라 이름을 짓고 시대를 앞서가는 여성 예술 공동체로 자리매김하였다. '삼호정시단'은 대부분 사대부인 남편들의 영향을 받았다. 이들은 '기생첩'이라는 신분의 특수성으로 인해 다른 사대부들과 시를 주고 받을 수 있었고, 이 때문에 풍부한 시작활동이 가능했다. 그러나 '첩'이라는 신분 때문에 사대부의 영향에서 완전히 자유로울 수 없었다. 또한 운초그룹[8]은

7) 정옥자, 『조선후기 문학사상사』, 서울대학교 출판부, 1990, 22쪽.

그들의 신분이 높지 않음에도 불구하고 당대의 예술에 있어서 핵심을 담당한 사대부 및 중인층과 문화 예술 교류와 소통을 활발하게 했다. 이들은 자신들만의 문화 예술을 완성하였다는 점에서 그 의미를 찾을 수 있다.

금원은 예술성과 시대에 좌절하지 않는 도전의식을 지녔다. 자신의 신분을 사회적 시선으로만 고정하여 좌절하지 않고, 예술에 대한 열망과 여성이 지닌 독창성에 집중하였다. 금원이 지닌 생각과 적극적인 태도는 현대의 여성과 견주어도 손색이 없을 만큼 창의적이고 독창적이라고 할 수 있다. 그 중심에는 그가 작성한 견문록을 꼽을 수 있는데 이는 다른 기록과 달리 강렬한 사회의식을 반영하고 있다. 담장 밖으로는 목소리조차 넘지 말아야 했던 시대를 살던 여성이 여행을 하기 시작한 것은 알랭바디우Alain Badiou적인 의미에서 볼 때 하나의 '사건'이다. 알랭바디우에게 사건이란 "상황 의견 및 제도화된 지식과는 '다른'것을 도래시키는 것"이다.[9]

금원은 다양한 문학적 가치관을 지녔다. 금원은 시적 재능을 갖고 있었고, 이는 문학에 대한 열정을 통해 나타났다. 그의 작품은 인간의 본래적인 감성에만 치우치는 것이 아니라 사물을 객관적이고 섬세하게 표현하여 사실적으로 형상화하였다. 그간 여성이 지녔던 소극적이고 정적인 태도에서 벗어나 적극적이며 긍정적인 시선으로

8) 박영민은 '삼호정시단'을 운초그룹이라 명명하고 이들의 공통점을 같은 신분, 이방인의 향수, 소외감, 시재에 빼어난 인재들이라는 자긍심, 동지 의식, 여행과 산수를 경험할 수 있는 계층, 당대 명문가의 소실이 되어 살고 있다는 자부심, 한강변에 이웃하여 정자를 가지고 있다는 점을 들었다.(박영민, 「19세기 여성詩會와 문학공간－운초그룹을 중심으로」, 『민족문화연구』제46호, 고려대학교 민족문화연구소, 2007.)

9) 알랭바디우 저, 이종원 역, 『윤리학』, 동문선, 2001, 84쪽.

작품을 창작하여 문학세계의 중심이 되었다. 그녀의 작품 속에는 적극성과 절제가 나타났지만 다른 소실小室과 교류한 작품에는 존재의 의미와 자기 절제의 가치를 한층 강조하였다. 또한 그들과 주고받은 시에는 존재에 대한 강한 통찰력을 보여주었다. 자아를 한층 강화하고 있으며, 성찰이 표현되어 있다. 최초의 여성 시회를 결성하여 큰 업적을 보여준, 삼호정시회三湖亭詩會 시인들은 시작 활동과 교류를 통해 그들 집단만의 고유한 문화를 형성했던 것으로 보인다.[10)]

그러나 금원은 첩이라는 신분에 굴하지 않고, 그 안에서 다양한 체험을 하고 작품의 근원으로 삼는 뛰어난 예술가였다. 무엇보다 남성 중심의 사회, 제도의 근간에서 소실에 대한 시선을 한층 변화하게 하는 가교架橋의 역할을 했을 것으로 예상된다. 금원의 작품은 현실에 대한 섬세한 시선과 높은 이상에 대한 강한 열망을 모두 보여주고 있다. 특히 그녀가 지닌 신분이나 사회적 특성이 현실에서 일정 이상의 제약으로 분명히 존재했을 것으로 예상하고 이러한 강박을 작품에서 자유롭게 풀어내고자 했다.

3. 금원 문학 작품의 양상

금원은 조선 사회의 예교적禮敎的 속박으로부터 조금은 자유로울 수 있었던 신분과 시문詩文이 중인층으로 확산되어가던 당시 문단

10) 조연숙, 「삼호정 시회 시인의 의식 연구」, 『한국사상과 문화』74권, 한국사상과문화학회, 2014, 39쪽.

의 흐름속에서 여성들을 주축으로 하는 시회詩會를 조직하고 그 시명詩名을 떨치기도 했다. 글쓰기는 자신의 실존實存을 인식하고 당대 사회와의 연관 속에 자신의 인식을 조정하는 양상을 갖는다.[11] 그러나 금원의 시 전편에는 고향과 가족에 대한 사랑이나 그리움이 직접적으로 드러나지는 않는다. 또한 상사想思의 괴로움이나 고독을 읊은 시도 찾기가 드물다.[12] 다만 여성적 호탕함을 보여준다. 조선의 사회 현실은 극복할 수 있는 대상이 아니었음을 인지한 금원은 현실을 수용한 것이다.

1) 순수한 세계에 대한 표상

> 월출을 보려고 정자에 앉았다. 닭이 울때가 되자 홀연히 바다에 낀 구름이 영롱해지면서 반원의 달이 숨을 듯 드러날 듯 하다 살포시 얼굴을 드러냈다. 찬란한 빛줄기가 구름 끝에서 토해져 나온다. 하얀 연꽃 한 송이가 바다 위를 두루 비추자 드넓은 바다는 파란 유리처럼 보인다. 아름다운 정자 모퉁이에서 바라보니 정자 앞에 호화로운 집의 맑은 행랑처럼 정자 앞에 월출의 장관이 펼쳐졌다. 달이 완전하게 모습을 드러내자 청풍淸風은 서늘하고 마음이 날 듯 가벼워져 밤 깊도록 잠들지 못하고 어린 종에게 차를 부탁하고 시 한 수를 쓴다.[13]

---

11) 선주원, 「자기체험으로서의 여성적 글쓰기와 소설교육 지하련의 단편소설을 중심으로」, 『새국어교육』69호, 한국국어교육학회 2005, 5~7쪽.

12) 양희, 「삼호정시단의 한시 연구」, 중부대학교 박사학위논문, 2008, 36쪽.

13) 坐亭上 欲看月出 到鷄鳴時 忽見海雲玲瓏 半輪氷玉若隱若現 漸露眞面光色晃朗 吐出雲端 惶疑白蓮花一朶 遍照海面 忽若碧琉璃萬頃 玉字澄廓 端倪畢露 淸風冷冷 意想仙仙 夜深不能眠 命茶童進茶 磨墨題詩.(金錦園, 『湖東西洛記』)

자연의 한 가운데 위치하여 정자에 있는 사람과 바깥에 펼쳐진 자연을 하나로 맺어주는 공간인 청간정淸澗亭에서 시시각각으로 변하는 자연은 금원에게 아름다움 그 자체로 인식되었다. 자연과 정신적으로 합일合一되는 최고의 경지에 이르자 시상이 떠올라 자연이 주는 감동을 그대로 표출하고 있다. 이는 남성 사대부들의 전유물이라 할 수 있는 정자亭子에서 즉흥적인 감흥으로 시문을 지으며 자연의 아름다움에 공감을 하고 있다.

저녁 구름가로 푸른 조각하늘 터졌네	片天靑綻暮雲邊
천지의 모든 만물은 천지개벽의 순간처럼 새로워라.	萬象新同開闢年
눈치 빠른 아이종은 차를 달이려고	解事奚童將煎茗
소나무 숲사이 조각달 비친 맑은 샘물 기른다네.	漏松缺月汲淸泉

자연의 순수함이 존재하는 절경絶景에 위치한 청간정에서 자연이 만들어낸 장관은 세속을 벗어난 공간이었고, 아름다운 자연의 세계였다. 월출月出을 보면서 맑고 고요한 심성이 일어난 금원은 삶의 겸허함을 깨달았다. 또한 자연과의 교감 속에서 풍류風流를 즐겼다. 금원은 여행지에서의 자연의 아름다움을 통해 자신의 삶을 적극적으로 돌아보게 되었다. 평범한 양가규수나 여염집 아낙네에 비해 다소 많은 자유를 가진 그녀가 가질 수 있는 그 시대의 특권으로 다양한 시 작품을 만들 수 있는 것이다.

다섯 사람은 서로 마음을 알아주는 벗이 되었고 또 아름답고 한가로운 곳에 살고 있으니 꽃과 새, 구름과 안개, 바람과 비, 눈 덮인 정원이 아름답지 않은 때가 없어서 하루도 즐기지 않는 날이 없었다. 때로는 함께 거문고를 뜯고, 음악을 들으며 맑은 흥을 풀어내다가 웃고

> 떠드는 틈에 천기가 흘러넘치면 그것을 풀어 시를 썼다. 그 가운데는 맑은 것도 있고, 고상한 것도 있고, 굳센 것, 예스러운 것도 있고, 호방豪放한 것, 강개慷慨한 것이 있었다. 비록 그 우열은 알 수 없지만 성정性情을 도야해서 쓰고 여유롭게 즐기는 것은 한가지였다.14)

금원은 자연과 음악을 즐기고 시를 지으며 여유롭게 삶을 즐길 수 있었다. 금원을 중심으로 교류하던 이들은 시를 지으며 서로를 적극적으로 인정해주었다. 이들이 서로를 높이 평가하는 것은 학문의 넓음과 시적인 재주로 보여진다. 금원은 자연의 풍경을 노래한 시가 많으며 그 아름다운 자연의 풍광에 일상의 삶에서 일어나는 마음을 표현하였다.

> 갑자기 버들 사이로 어부의 노래가 조금 들리고 멀리 낚시터 위에 한 노인이 푸른 사립에 푸른 도롱이를 입고 낚싯대를 드리우고 앉아 푸른 물결 가운데 물고기를 잡아 올리는 것이 보였다. 드디어 고깃배를 빌려와 소리나는 곳을 찾아갔다. 바람은 고요하고 물결은 평온하여 그림 같은 배에 앉으니 푸른 옥같이 깨끗한 물결이 완연히 연못 속의 보석 거울을 연 듯했다. 아름다운 마름과 박하 물풀과 물새는 하늘빛 구름 그림자 사이에서 나왔다 드러났다 하여 진실로 그림 속의 경치였다.15)

---

14) 五人相爲知心益友 又占勝地閒區 花鳥雲煙 風雨雪月 無時不佳 無日不樂 或與彈琴 聽樂以遣淸興 而談笑之暇 天機流動 則發而爲詩 有淸者 有雅者 健者 古者 澹宕者 慷慨者 雖知其甲乙 而陶寫性情優游自適 則一也.(金錦園, 『湖東西洛記』, 태학사, 1988, 482쪽.)

15) 忽於楊柳間 微聞漁歌聲 遙見苔磯上有一老翁 靑蒻笠綠蓑 衣 垂竿而坐 釣出金鱗玉尺於滄波之中 遂借來漁船 尋聲而往 風靜浪平 坐如 畵舫 碧玉澄波 宛開方塘寶鑑 菱藻薄荷 水草水鳥 出沒於天光雲影之間 眞 畵中景也.(金錦園, 『湖東西洛記』)

위 시는 금원이 여행에서 맨 처음 도착한 제천 의림지의 풍경을 묘사한 것이다. 靑, 綠, 滄波, 碧, 水草 등 색채어가 나열되어 있음을 주의 깊게 볼 수 있다. 이는 여행에 대한 심정을 자연에서 가지는 감상으로 표현하려는 것으로 이 시에서 '푸름'을 나타낼 수 있는 색채어를 사용하여 의미를 증폭하고 있다. 금원이 처한 현실은 그리 녹녹치 않았다. 계급과 신분, 여성으로서 겪는 다양한 차별을 극복해야 했던 그녀는 희망의 세계를 향한 출발을 '푸름'이라는 색상을 나타내는 어휘를 통해 구체적으로 나타내고 있다. 희망을 상징하는 푸른색의 이미지를 시 전면에 내세워 현실속에서 겪어야 하는 차별에서 벗어나 이상의 세계를 꿈꾸는 자신의 의지를 섬세하게 보여주고 있다.

봄바람 다 보냈는데 객 아직 돌아오지 못해　　送盡東風容未還
한 시절 봄 괴로움 많은데 또 한가롭기도 하네　　一春多痕更多閒
술잔 기울여 함께 읊조리며 장외의 명성 얻었으나　　觴吟共許名場外
덧없는 인생 들여다보니 한바탕 꿈이네　　透淂浮生夢覺關

서호의 형승이 누각에 있어　　西湖形勝在斯樓
뜻 좇아 올라 논다　　隨意登臨作邀遊
양 언덕 아름다운 경치 봄풀과 어우러졌는데　　西岸綺羅春草合
푸른 강물 위에 넘실거리는 황금 물결　　一江金碧夕陽流
석양 타고 흐르네

구름 끝 작은 마을 일엽편주 가물가물　　雲垂短巷孤帆隱
꽃떨어지고 고요한 물가 피리소리 구성지네　　花落閒磯遠篴愁
끝없는 바람 안개 모두 다 걷히고　　無限風烟收拾盡
금낭화가 그림 그려진 난간에서 곱게 피었네　　錦囊生色畵欄頭

삼호정三湖亭앞에 펼쳐진 호수湖水의 아름다움을 보면서 그 절경을 즐긴다. 호수뿐만 아니라 봄풀과 푸른 강물과 석양이 어우러지면서 멀리 보이는 마을의 풍경 또한 평화롭기만 하다. 이 시는 금원의 남편이 벼슬에서 물러나 용산의 삼호정에서 함께 기거할 때 읊은 것이다. 시속에서 단순히 자연의 아름다움만을 표현한 것이 아니라 금원 자신이 생활하는 곳의 아름다움을 사실적으로 보여주고 있다.

뱃노래에 노를 저어 쪽배에 타니	櫓歌聖裏棹扁舟
저녁 안개 자욱하여 어디로 가려는가	斜日雲霞遠欲流
하얀 물은 삼십리 안개로 한 빛	一色烟波三十里
강언덕 버들 숲엔 누각 모두 이름났다.	近江垂柳盡名樓

금원은 여행이나 생활 속에서 볼 수 있는 풍경을 그대로 묘사했다. 무엇보다 그의 작품의 근간根幹이 되는 삼호정의 계절적인 변화와 아름다움, 저녁의 한가로운 자연 풍광을 노래하였다. 자신의 감정에 치우치지 않고 아름다운 자연의 광경을 그대로 표현하였다. 이는 심성心性이 밝고 막힘이 없어 세속으로부터 초연한 그의 심성을 잘 보여주는 것이다. 자연의 아름다움을 완상玩賞하면서 주어진 일상의 삶을 자족하고 즐기는 모습을 볼 수 있다. 금원의 시에서는 삼호정시사의 다른 시인들과는 다른 면모가 드러난다. 삼호정시사의 작가들은 대체로 임에 대한 연정戀情이나 내적 갈등을 주로 노래하고 있다. 그러나 금원의 시에서는 자연의 아름다움을 노래한 시가 대부분으로 이는 그녀가 이상적인 것만을 추구하는 것이 아니라 현실의 삶에서 의미를 찾고자 한 것으로 보인다.

2) 새로운 세계에 대한 도전

여행旅行은 제한된 생활에서 오는 억압된 욕망을 조금이나마 해소할 수 있는 기회이다. 여행을 경험한 여성들은 이를 통해 유교적인 규범과 자유로움 사이에 갈등을 하였고, 여행에서 돌아와 자신의 경험을 기록하면서 주어진 삶을 돌아보는 계기가 되었다. 금원 역시 마찬가지로 건강한 여행을 통해 주체적 자아를 거듭 인식하면서 삶의 의미를 찾았고 미래에 대한 계획을 도모할 수 있게 한다.

> 남자는 집밖의 세상에 뜻을 가지고 있는 것을 귀하게 여겼지만 여자는 규문 밖을 나가지 못하고 오직 음식 만드는 일이나 논하는 것으로 만족해야 했다…… 여자는 세상과는 절연된 깊숙한 규방에서 생활한 탓에 스스로 그 총명함과 식견을 넓힐 수 있는 기회를 갖지 못한 채 자취 없이 사라지고 만다면 참으로 슬픈 일이 아니겠는가…… 남자로 태어나지 않고 여자로 태어난 것은 불행한 일이요 부귀한 집안에 태어나지 못하고 가난한 집안에 태어난 것 또한 불행이다…… 여자로 태어났다고 규방 깊숙이 들어 앉아 여자의 삶을 살아가는 것이 옳은 일인가 한미한 집안에서 태어났다고 세상에 이름을 떨칠 꿈을 단념하고 분수대로 사는 것이 옳은 일인가 세상에는 詹尹의 거북이 없으니 屈子가 점친 것을 본받는 것 또한 어렵다 이르기를 책략은 짧으나 지략은 넉넉하거든 그 뜻대로 결행하라 하였으니 내 뜻은 이에 결정되었다.[16]

---

16) 而男子所以貴有四方之志也 若女子 則足不出閨門之外 惟酒食是議 在昔文武及孔孟之母 皆有聖德 又誕聖子 故名顯萬世下 此而赫赫可稱者 絶無而僅有 豈女子中出類拔萃者 獨無其人耶 抑深居閨中 無以自廣其聰明識見 而終歸於泯泯沒沒 則可不悲哉 …… 窃念吾之生也 不爲禽獸而爲人 幸也 不生於薙髮之城 而生於吾東文明之邦 幸也 不爲男而爲女 不幸也 不生於富貴而生於寒微 不幸也.(金錦園, 『湖東西洛記』, 태학사, 1988, 469쪽.)

금원은 가부장적 질서 속에서 여성으로서의 윤리, 한미寒微한 집안의 자녀로서의 제약 등 일찍부터 삶의 한계를 인식하여 사회 전반에 흐르는 규범에 순응順應하는 것에 관하여 문제를 시작했다. 집안에 갇혀 가사일만 강요하는 사회적 분위기와 여성들이 처한 현실적 한계는 자신의 재능을 펼 수 없는 것에 대한 불만을 더욱 가중시킨다. 이를 극복하기 위해서 세상과 단절된 규방閨房에서의 삶을 벗어나야 한다는 생각을 갖게 된다. 또한 금원은 부당한 제도에 삶을 맡기지 않고 여행을 생각하고 실천하는 주체적 의지를 보인다.[17] 조선 후기에 이르러 여성의 자아自我를 왜곡시키는 방향으로 변질된 규범과 행동방식은 남성중심의 제도를 강화시키고 여성들의 능력을 축소하게 하는 원인으로 작용한다. 또한 여성들은 남성 중심의 제도 속에서 느끼는 심리적 부담으로 인해 위축되고 소외감을 느끼며 자신감을 상실하게 되었다. 이러한 분위기 속에서 금원은 사회적 압박을 극복하고 의연하게 자신의 뜻을 실천한다. 특히 여행을 통해 새로운 삶의 의지를 다지게 된다. 돌아옴을 전제로 한 여행이지만 일시적이나마 바깥세상에서의 생활은 그녀에게 건강한 심신心身을 가질 수 있게 한 계기로 작용하였다.

> 반평생 돌이켜 생각해보니 기괴하고 수려한 산수를 탐색하여 맑은 곳에서 놀고 기이한 곳에 자취를 남기며 이름난 곳을 거의 다 살펴보았으니 남자가 할 수 없는 것을 했다고 생각된다. 그러니 내 분수에도 족하고 소원 역시 풀었다 할 수 있다.[18]

17) 정은희, 「19세기 조선 사대부가 여성의 차문화 연구」, 원광대학교 박사학위논문, 2010, 108쪽.

18) 回念半生 淸遊寄跡於流峙之間 搜奇探怪 殆遍勝區 能爲男子之所難 爲

> 京鄕을 유람함에 스스로 복색을 돌아보니 홀연히 처연함을 깨닫게 되어 혼자 속으로 말하기를 여자가 남자의 복색을 하는 것은 예사로운 일이 아니다. 하물며 사람의 정이 무궁함에 있어서랴. 군자는 족한 줄 알고서 그칠 수 있어 절도에 맞고 지나치지 않으나 小人은 情을 徑하여 곧바로 행하기 때문에 계속 흘러 근본으로 돌아오는 것을 잃어버린다. 지금 나의 아름다운 경치에 대한 풍성한 보상은 숙석의 願이었으니 여기서 그침이 옳을 것이다. 그리하여 다시 본분으로 돌아가 女工에 종사하는 것이 옳지 않겠는가. 마침내 남장을 벗어버리고 옛모습으로 돌아오니 이는 아직 쪽지지 아니한 여자이다. 子眞의 피리는 仙鶴을 부를 수 있고 長卿의 거문고는 스스로 상서로운 봉황을 부를 수 있으니 규당 김학사와 마침내 小星의 인연을 맺게 되어 몇 년이 되었다.[19]

금원은 당시의 여인들이 시도하기 어려운 여행을 하면서 한 인간으로서 살아가고자 하는 꿈을 꾸었다. 그러나 이 여행도 남장男裝을 하고서야 가능했던 상황을 통해 조선 사회의 예교적 구속을 한층 느끼게 되었다. 이는 그가 혼자서 넘을 수 없는 벽이라는 것을 인식하고 현실을 받아들인 것이다. 그러나 금원은 가부장적 질서와 제도의 틀에 갇힌 현실을 극복하고 처한 상황에 집중하여 수동적인 태도를 극복하고, 스스로 추구하는 삶의 방향을 모색했다. 자신이 추구하는 삶을 위해 능동적이고 유연한 사고를 했고, 이는 새로운 세계에 대

分已足矣 願亦償矣.(金錦園, 『湖東西洛記』, 태학사, 1988, 483쪽.)

19) 遊覽京鄕 自顧巾服 忽覺悽然 自語于心 曰 女兒男裝 極非常事 况人之情 無窮已焉 君子知足而能止 故節而不過 小人徑情而直行 故流而忘返 今余壯觀庶償 宿昔之願 斯可止矣 還他 本分 從事女工 不亦可乎 遂脫去男服 依舊是未笄女子也 子眞之簫 能厶致仙鶴 長卿之琴 自召祥鳳 奎堂金學士 遂結小星之緣 居然過屢年月矣.(金錦園, 『湖東西洛記』(이혜순·정하영 역편, 『한국 고전여성문학의 세계(산문편)』, 이화여대출판부, 2003, 437쪽.)

한 열망으로 연결될 수 있었다.

> 눈으로 넓고 큰 산하를 보지 못하고 마음으로 온갖 세상사를 겪지 못하면 변화무쌍함에 통달할 수가 없어 그 局量이 터지지 못하여 협소하고 식견識見이 넓을 리가 없다. 그런 탓으로 어진 사람은 산을 좋아하고 지혜로운 사람은 물을 좋아하여 남자는 집 밖의 넓은 세상에 뜻을 가지고 있는 것을 귀하게 여겼던 것이다.[20]

여행의 동기가 식견識見을 넓히고자 한다는 것을 밝히면서 금원은 조선 사회의 구조적 문제점을 지적한다. 조선의 사회에서 남자의 삶과 여자의 삶이 분명하게 다르고, 그 현실 속에 자신이 있다는 것을 인식한 동시에 사회가 지닌 구조의 희생물이 되었다. 이런 현실을 벗어나기 위해 식견을 넓혀야 한다는 당위성을 강조한다. 『호동서락기』는 조선조 여성의 본격적인 산수유기로서 현존하는 여성의 시문집 중 가장 진솔한 자기고백이 담겨있다고 보았다.[21] 여행이라는 것이 당대 여성으로서는 실현하기 어려운 일이었기 때문에 금원이 지닌 여행에 대한 기대와 포부는 그녀의 독창적인 삶의 방식을 드러내기에 충분했다.

> 봄물은 산속 멀리 무릉도원 맞닿았고 　　春水桃源路自通
> 사람을 만나도 동서길을 묻지 않네 　　逢人不復問西東

20) 目不睹山河之大 心不經事物之衆 則無以通其變而達其理 局量狹小 見識未暢 故仁者樂山 知者樂水 而男子所以貴有四方之志也.(金錦園, 『湖東西洛記』, 태학사, 1988, 428쪽)

21) 손앵화, 「조선조 여성되기의 새로운 모색 金錦園의 『湖東西洛記』를 중심으로」, 『국어국문학』제9집, 국어국문학회, 2004, 184~185쪽.

종일토록 오가며 꽃속에서 헤매자니 往來終日迷花氣
청산은 제 홀로 비단 속에 변함 없네 身在青山錦繡中[22]

위의 시는 자연의 아름다움을 노래한 시이다. 금원이 단양의 청산곡 입구 선암을 둘러싸고 있는 계곡의 절경을 읊은 시이다. 시에 나타난 아름다운 풍경이 결코 인간세계와는 같지 않다. 그러나 인간이 찾는 무릉도원武陵桃源은 멀리 존재하는 것이 아니라 자신이 서 있는 곳이라고 표현하고 있다. 결국 금원은 실현 불가능한 것을 찾는 것이 아니라 현실속에서 자신 자신의 소망을 실천하고자 했다.

3) 일상에 대한 세심한 설명

바닷가의 여자들은 모두 나이 먹은 사람들로 하나같이 맨발인데 산부추를 뜯는 것으로 생업을 삼고 있었다. 상선들이 자주 푸른 물결 속에 출몰하고 있었다. 포구 주변의 시골집들은 대부분 고래의 뼈로 절구를 만들었으니 그 고기의 크기를 알 수 있었다.

금원은 생업을 위해 산부추를 뜯고 있는 여인들의 모습과 시골집의 생활도구 중 특히 절구에 초점을 맞추어 설명하고 있다. 일상에서 접할 수 있는 소재들을 작은 것 하나까지 놓치지 않는 섬세함을 보이고 있다.

읍내는 번화한데 여염이 빽빽하여 조금의 공간도 없는데 쌓아 놓은 땔감과 간장 독들이 모두 누상에까지 솟구쳐 있다. 푸른 휘장 두른

22) 金錦園, 『湖東西洛記』, 태학사, 1988, 433쪽.

창과 붉은 색을 칠한 문에는 생황 소리 맑고 피리 소리 흐느끼는 듯하니, 이는 모두 창가의 교방이다. 강변에서는 솜을 표백하는 소리, 물레 돌아다는 소리가 종일토록 끊이지 않으니 진실로 이름난 고장이요 아름다운 땅이다.

위 부분은 금원이 의주義州로 가는 도중에 포착한 것이다. 그는 목적지에 가기 위해 평양을 거치는데 평양平壤 읍내의 화려한 모습과 평양의 여성들의 삶의 모습을 아주 세밀하게 설명하고 있다. 평양이라는 곳은 기생의 배출지로 유명한 곳이다. 금원은 이를 담담히 서술하고 있다. 모두 별로 특이하거나 유별난 것이 아니라 여자의 일상 생활과 관련된 것들이지만 그 시선에서 여성적 감수성이 묻어나온다. 금원이 이처럼 평범한 여성의 일상 생활의 모습을 눈여겨보고 관심을 가질 수 있었던 것은 자신이 바로 여성이기 때문에 같은 여성의 정서로 대상에 다가선 까닭이다.[23]

청부를 버리고 백어를 바꾸어 회를 쳐 씹으니, 송강松江의 농어도 그 맛이 아마도 더 낫지는 못할 듯했다. 또 순채蓴菜를 구해서 못가의 한 초가집을 찾으니 주인 노파가 나를 환영하며 순채를 먹는 법을 가르친다. 잠시 뜨거운 물에 넣어 오미자와 간을 맞추었다. 물맛이 심히 맑고 담박하여 장계응이 기억하던 것이 과연 이 순채인지 아닌지 모르겠으나 또한 목이 상쾌해짐을 느꼈다.[24]

---

23) 안난욱, 「김금원의 『호동서락기』에 관한 연구」, 성균관대학교 교육대학원 석사학위논문, 1999, 53쪽.

24) 捐靑蚨而換白魚 切鱠啗之 松江四鰓 恐未必勝此也 且求蓴菜 尋池邊一草屋 主婆歡迎之敎而服蓴之法 暫入熱水和五味子 水味甚淸淡 未知張季鷹所憶 果此蓴否也 而亦覺爽喉.(이혜순·정하영 역편, 앞의 책, 423쪽)

금원은 여성으로서 일상적으로 쉽게 접하는 음식飮食에 대한 관심을 상세히 기록했는데, 남성 작가가 지나칠 수 있는 부분이다. 기본적으로 자신이 여성이었기 때문에 여성의 입장에서 여성과 관련한 물건들에 주로 관심을 가지고 일상적인 것에서 소재를 취하여 글쓰기를 하였다. 뿐만 아니라 서울에서 의주로 가는 길에 역사적 사건과 관련된 유적 중 청석관과 서장대 등을 지목하여 기록한 것은 금원의 남다른 역사 의식과 백성들의 삶, 국방에 대한 관심을 단적으로 보여주는 것이다.

> 겨울이면 봉황성으로부터 사과를 무역해 오는데 맛이 상쾌하며 변하지 않는다. 비록 포도와 비슷한 종류이나 역시 모두 겨울을 지나도 색깔과 맛이 변하지 않아 특별히 기이하다 할 수 있다. 배의 맛 역시 우리나라 봉산에서 나는 배보다 맛이 뛰어나며 삼사월에 책문에서 장사해 들어온다. 청근菁根(무)이나 숭래菘萊(배추)는 우리나라에서 나는 것보다 커서 숭래는 서너 배 되며, 무는 색깔이 푸른 강석 같으나 연하기는 배와 비슷하다.[25]

위의 글은 의주에 관해 쓴 글로 의주는 예로부터 대북 무역의 전진前陣으로서 무역으로 인해 많은 이익이 발생하는 곳이다. 이 부분은 무역을 통해 들어오는 새로운 물건들을 보고 신기해하는 기록을 담고 있다. 의주에서는 관아의 내아 연식재燕息齋에 거처하면서 상당기간 머무르게 되는데 북방北方에서 수입해 온 조류, 과일, 채소

25) 冬月自鳳凰城貿來소果, 味爽不變, , 雖如葡萄之流, 亦皆經冬而色味不渝殊可奇也. 梨味亦大勝於我國之鳳山所産, 三四月自柵門貿來, 菁根菘來. 則大於我國所産, 菘三四倍. 菁則色 如靑鋼石, 其軟如梨矣.(이혜순·정하영 역편, 위의 책, 438쪽.)

등을 접하고 맛보며 북방 민족과의 무역 시장인 북관개시 등을 견문하게 된다.

금원은 여성들의 생활을 세심하게 관찰하면서 특유의 감수성으로 당대 여성들이 겪어야 하는 고단한 일상을 서술하고 있으며, 이를 잘 표현하고 있다.

4. 금원 문학 작품에 나타난 현실 인식

금원은 승경勝景을 유람하면서 물가의 풍경이나 정자에 올라 바라본 강산 등을 매우 서정적으로 표현하고 있다. 또한 유람 중에 방문한 절과 관련된 설화, 승려僧侶들의 생활에 이르기까지 불교에 대해 많은 부분을 기록하고 있으며 역사 의식과 식견이 매우 뛰어난 여성이다. 관방지關防地의 답사나 국방에 대한 관심 역시 표명하고 있다. 아울러 여성으로서 주변 여인들의 생활이나 일상에 대해 다양하고 섬세하게 기록하고 있다. 여성 기행문의 특징은 가족들과의 소통을 위해 서술되는 경우가 대체적이다. 이에 비해 금원은 유람의 기록이 오직 자신의 존재를 알리기 위한 것임을 설명하여 강한 자의식과 자아 표출에 대한 욕구를 짐작해 볼 수 있게 한다.[26)]

조선 후기의 여러 사회적인 변화는 문학에 나타난 여성들의 자의식의 표현에서도 알 수 있다. 여성이 자신의 생각을 글로 전한다는 것은 단순히 자기표현을 위한 방법이 아니라 가문내의 교육을 위한 목적일지라도 이는 결코 평범한 것은 아니다. 특히 여성이 문자를

26) 백민자, 앞의 논문, 229쪽.

익혀 기록을 남겼다는 것만으로도 이미 일정 이상의 범주에서 일탈하고 있는 것으로 볼 수 있다. 따라서 여성 문인들은 당대의 일반 여성보다는 견고한 주체적 자의식을 지녔다. 그렇지만 그들이 글을 통해 자신의 생각을 표현하는 것은 제도적 비난과 소외감을 참아내야 했던 험난한 일이었다.

그러나 금원은 자신이 겪어야 했던 다양한 한계를 일반 여성들과는 다른 방식으로 극복하고자 노력했다. 주로 현실을 비판하거나 잊으려는 경향이 강했던 다른 여성 문학인들과는 달리 금원은 현실을 극복하려는 강한 의지를 드러냈으며 강인한 자의식을 보여주었다. 금원은 감성이 풍부하면서도 대범하고 또한 활동적이면서 진취적이다. 동시에 다정다감하면서도 과감하고 추진력이 있어 지도자로의 용기와 품성을 지니고 있다. 시詩를 통해 꿈과 자아 의식이 있는 여성, 억압적 상황과 심리적인 자아 인식, 여성의 진솔한 사랑의 가시화, 우주적 존재로 확장하는 나, 여성시단의 풍류와 열악悅樂, 여성 자매애姉妹愛 정신을 드러낸 인물로 보았다.[27]

조선 후기의 여성은 각자의 개성과 자질을 자유롭게 발휘하기보다 사회체제의 틀속에 묶여서 훈육訓育되었다. 수많은 여성 교육서와 가부장제 이념 속에서 자신의 의지와 꿈을 제대로 펼 수 있는 기회는 거의 드물었다. 그럼에도 불구하고 금원은 여행을 경험한 후 남성도 못하는 일을 해냈다는 자부심을 가지는 동시에 남녀차별에 대한 갈등을 드러내고 있다. 여행 이후 여성 문인들이 적극 교류하는 시회詩會의 형태로 나타나고 여성으로부터 발문跋文을 받는 여

27) 차옥덕, 「김금원의 詩에 대하여 새로운 여성 정체성 세우기」, 『고전문학연구』 15집, 고전문학연구회, 1999, 352쪽.

성주체적인 문학 활동을 지향하고 있다.

고려 말엽이나 조선시대의 기행문학 가운데는 시와 산문이 분리되어 따로 문집에 놓인 예들이 상당히 되지만, 기행문학이나 산수유기는 일반적으로 한시漢詩와 산문散文을 짜임새 있게 직조하는 방식이 일반적인 것[28]이었고, 『호동서락기』도 그러한 전통 속에서 쓰인 것이라 보아야 할 것이다. 그리고 이는 여성적 감수성에 기반을 두고 유람지遊覽地에서 느낀 감회感懷를 착실히 시화詩化함으로써 가능한 것이었다. 조선시대 여성들에게 허락된 생활 공간은 철저히 규방으로 한정되었기 때문에 남성의 유람기보다 한층 여행에 대한 기대감이 구체화되어 나타나는 것이다. 금원은 여행을 떠나기 위한 결심과 부모님을 설득, 여행의 실천을 자신이 주관하고 있다는 점에서 매우 적극적이라는 것을 알 수 있다.

그가 지닌 신분의 특수한 상황을 바탕으로 남녀의 처지가 같지 않은 여성 현실을 인식하고 그것을 유람이라는 구체적인 방법으로 주체성을 실천하고자 했다. 여기에 금원이 지닌 주체적 모습이 나타난다. 이처럼 금원이 선택한 여행의 결심은 당대 제도가 여성에게 가했던 억압과 금기를 극복하고자 하는 형태인 동시에 스스로가 남성과 동등한 사회적 위치를 찾고자 한 것이다.

또한 금원은 스스로의 현실을 수용하고 여성의 임무를 위해 기꺼이 다시 규중閨中으로 복귀했다. 이러한 금원의 자세는 현실에 대한 체념이 아닌 삶을 적극적으로 개척하기 위한 것으로 볼 수 있다. 여행을 마치고 사회에서의 여성 위치와 역할에 대한 고민을 한다. 금

28) 김명호, 『한국의 고전을 읽는다 1－고전문학(상) 신화·민담·여행기』, 휴머니스트, 2006, 208쪽.

원은 창작하고 향유하는 방식에 있어서 현실과 소통하려는 의지를 보이고 있다. 금원은 견문에 대한 감탄이나 탄식, 감정 표출을 사실적으로 하고, 나아가 자기 삶에 대해 통찰하고 스스로에 대한 자각까지 이어지고 있다. 또한 사회적인 존재로서 여성을 인식하고 있다.

금원은 삼호정시사를 통해 개인의 자의식을 초월하는 여성으로서의 주체 의식, 여성 연대 의식의 확장을 가져왔다. 삼호정시사는 당대 남성이 주도하던 문화 공간에서 여성들을 위한 문화 공간을 찾아냈으며 가족이라는 울타리를 벗어나서 사회적 소통이 어려웠던 여성들에게 새로운 사회적 관계를 형성하고 있다는 점에서 각별한 의미를 갖는다.[29] 또한 이러한 활동은 금원이 지닌 신분적 제약과 한계에 의하여 매일 반복되는 현실에 대한 좌절이나 비애, 슬픔과 애수哀愁 또는 운명 등은 극복하기에 힘든 요소로 작용했다. 이에 심리적인 안정과 정신적인 위로를 찾으려는 태도가 작품 속에 첨가되어 창작한 것으로 추정할 수 있다.

금원이 살았던 당대의 여성들의 모습은 적극성을 지니기 보다는 수동적이면서 체념적이었다. 제도권 속에서 여성에게 기대되는 것은 '여성다운' 행위들이었다. 이는 여성에게 남성과 동등한 자격을 부여하기 보다는 수동적이고 복종의 역할을 강요하였다. 결과적으로 남성에 대한 여성의 종속적인 부분은 확대되었다. 그러나 금원은 여성에게 강요되었던 고정 관념을 극복하고 적극적이고 유연한 의지를 보여주고 실천한다. 결국 금원의 작품에는 여성에게 강요된 일상적이고 사회적인 규범에서 탈피하여 삶에 대한 독립적 의지를 지

29) 김경미, 「조선 후기의 새로운 여성 문화 공간, 삼호정시사」, 『여성이론』5호, 여성문화이론연구소, 2001, 241쪽.

니고 현실에 대한 다양한 소통의 가능성을 모색하였다.

5. 맺음말

금원은 조선시대의 신분의 차별과 남성 중심의 폐쇄적인 사회에서 자신의 의지를 분명하게 내세운 강인한 여성이다. 무엇보다 적극적인 행동과 예술에 대한 열정으로 자신의 작품 세계를 확립했다. 다만 여러 가지 불분명한 사연을 지닌 여성으로 신분의 특수성이나 작품 세계의 규명이 활발하게 이루어지지 못한 것이다. 그러나 그는 시대를 초월한 뛰어난 문학적 재능을 가지고, '삼호정시단三湖亭詩壇'에서 주도적 역할을 수행하였다. 특히 시작詩作활동에 대한 강한 열망을 보여주었다. 그가 연약한 여성임에도 불구하고 남장男裝을 하고 떠난 여행에서 진정한 인간으로 인정받을 수 있었다. 아울러 그가 지닌 여성이라는 신분적 한계와 사회적인 차별을 극복하는 하나의 계기로 작용하였다. 또한 진취적이고 적극적인 여성의 모습을 형상화하고 있다.

남녀가 동등한 대우를 받지 못하는 제도 속에서 여행을 통해 새로운 세계에 대한 열망을 표현하였을 뿐만 아니라 당대를 살아가는 여성으로서 겪는 한계를 세밀하게 묘사했다. 금원은 시대적 현실을 극복하기 위한 적극적인 태도를 보여주고 있다. 금원에게 여행은 자연과의 조화調和를 위한 한 부분이었으며, 여성에게 가해지는 부당한 현실을 타파하기 위한 적극적인 대응의 한 양상이었다. 당시 여성들이 대부분 주어진 사회적 현실에 체념하고 수동적인 인물로 전락하는 상황에서 본다면 금원이 지닌 사고와 실천은 매우 적극적이고 혁신적이었다.

그는 자신이 유람하는 승경勝景뿐만 아니라 유람 지역의 생활상이나 다양한 인물들의 일화를 서술하기도 한다. 그들에 대한 세심한 관찰과 관심은 그가 바라보는 현실에 대한 이해로 확대되었다. 또한 산수 유람을 중심으로 이야기를 펼쳐나가는 한편 그것의 이면에는 여성억압의 현실이 있음을 환기시키고, 벗어나고 싶어 하는 탁월한 여성의 욕망을 보여주고 있다.

금원은 기록을 남기지 않으면 자신의 유람遊覽의 행적行蹟이나, 자신의 글이 소실消失될 것을 걱정하여 『호동서락기』를 남긴다고 밝히고 있다. 금원의 문학과 여행을 통한 의식 세계의 확장, 동인同寅이었던 '삼호정시단'까지 열정적으로 생生을 살았던 부분들은 높이 평가되기 시작했다. 무엇보다 여성들의 활동이 강조되고 있는 지금의 현실에서 금원의 삶과 행적은 높이 평가받고 있다. 금원은 삶에 안주하거나 좌절하지 않고 시대를 초월한 적극적인 실천 의지를 보여주었다. 이는 현실에 체념하거나 좌절하지 않았던 강인한 모습이 '시詩'라는 장르에 투영된 결과물이다.

아울러 금원은 당대의 여성들과는 다른 방식으로 삶을 순응하고 개척했다. 여성에게 주어진 수동적인 고정관념을 탈피하고자 노력하였으며, 능동적이고 적극적인 사고의 유연을 실천했다. 결국 금원의 작품에는 여성이 일상에서 벗어나 삶에 대한 독립적 의지를 지니고 현실에 대한 소통의 가능성을 상세히 보여주고 있는 것이다.

참고문헌

금원, 『호동서락기』.

김경미, 「조선 후기의 새로운 여성 문화 공간, 삼호정시사」, 『여성이론』5호, 여성문화이론연구소, 2001.

김명호, 『한국의 고전을 읽는다 1－고전문학(상) 신화·민담·여행기』, 휴머니스트, 2006.

박영민, 「19세기 여성詩會와 문학공간－운초그룹을 중심으로」, 『민족문화연구』제46호, 고려대학교 민족문화연구소, 2007.

백민자, 「호동서락기」 일고, 『국어문학』50집, 국어문학회, 2011.

서지영, 「조선시대 기녀섹슈얼리티와 사랑의 담론」, 『한국고전여성문학연구』5집, 한국고전여성문학회, 2002.

선주원, 「자기체험으로서의 여성적 글쓰기와 소설교육 지하련의 단편소설을 중심으로」, 『새국어교육』69호, 한국국어교육학회 2005.

손앵화, 「조선조 여성되기의 새로운 모색 金錦園의 『湖東西洛記』를 중심으로」, 『국어국문학』제9집, 국어국문학회, 2004.

안난욱, 「김금원의 『호동서락기』에 관한 연구」, 성균관대학교 교육대학원 석사학위논문, 1999.

안순옥, 「『호동서락기』의 글쓰기 방식과 제재적 특질, 동국대학교 석사학위논문, 2010.

알랭바디우 저, 이종원 역, 『윤리학』, 동문선, 2001.

양희, 「「삼호정시단」의 한시 연구」, 중부대학교 박사학위논문, 2008.

이혜순·정하영 역편, 『한국 고전 여성 문학의 세계(산문편)』, 이화여대 출판부, 2003.

이효숙, 「〈湖東西洛記〉의 산수문학적 특징과 김금원의 유람관」, 한국고전여성문학연구 20, 한국고전여성문학회, 2010.

정옥자, 『조선후기 문학사상사』, 서울대학교 출판부, 1990.

정은희, 「19세기 조선 사대부가 여성의 차문화 연구」, 원광대학교 박사학위논문, 2010.

조연숙, 「삼호정 시회 시인의 의식 연구」, 『한국사상과 문화』74권, 한국사상과 문화학회, 2014.
차옥덕,「김금원의 詩에 대하여 새로운 여성 정체성 세우기」,『고전문학연구』 15집, 고전문학연구회, 1999.
허미자,『조선조여류시문전집』권4,『호동서락기』, 태학사, 1988.

제5장 한국 인어 서사의 형성과 현대적 변용

1. 머리말

이야기는 어떤 논리적인 것으로는 설명하기 어려운 다양한 상상의 근원이 된다. 우리가 대체적으로 '인어人魚'라는 단어를 듣고 상상하는 것은 미모를 지닌 아름다운 여성으로 하반신은 물고기의 형상을 지니고 있는 것이다. 그것은 대부분 고정된 생각이며 서구의 인어상과 비슷하다. 동양에서 언급하는 인어는 산해경山海經의 저인氐人과 같이 남성의 모습을 지니기도 하는데, 이것은 서양과 동양 문화권의 차이에서 비롯된 것이라는 견해이다.[1]

과거 동양에서는 유교적 가치가 주를 이룰 때는 상상의 존재들은 주변으로 인식되어 그다지 주목하지 않았다. 신화나 상상속에 존재하는 인물들은 널리 전승되지 못하고 그 본질적인 가치조차도 선명하게 논의되지 않았다. 인어 서사[2] 역시 그러한 맥락과 다르지 않

1) 정재서, 「중국신화에서의 파격적 상상력」, 『구비문학연구』29집, 한국구비문학회, 2009, 207쪽.

다. 인어에 대한 이야기는 지역마다 특수한 모습으로 나타난다. 다만 인어가 다양한 모습으로 나타나는 것은 현실에서 단순한 존재로 구분하고 무게를 두는 것이 아니다. 다시 말해 인어의 외적 모습은 고정된 것은 아니며 이분으로 나누어 물고기와 사람의 모습만으로 설명할 수 없다. 인어라는 존재가 보여주는 능력이나 상황, 인간과의 교류 역시 다양한 모습으로 전승된다.

이처럼 수많은 고전 전설 중에서 인어 이야기만큼 지속적으로 전해지는 이야기도 많지 않다. 인어서사의 특질은 단순하게 규정하기에는 무리가 있으며 이들은 어느 것도 확정된 것이 없고, 지속적인 흥미의 대상이다. 그러나 인어서사에 대한 연구는 문화, 지리, 문학에서 다층적으로 이루어지고 있다. 인어서사는 불명확한 사연을 가지고 있다는 것에 기반하여 설화 중에서 신비한 이야기로 손꼽히면서, 대중들에게 다양한 모습으로 전해지고 있다. 또한 최근에는 콘텐츠로의 다양한 변모를 통해 대중들에게 변함없는 관심을 받고 있다. 이처럼 인어서사는 전설 이상의 의미를 가지고 있으면서 여러 현대적인 변용을 통하여 대중들에게 일정 이상의 메시지를 전달해준다. 다양한 문화적 이해가 변화하고 매체의 발달이 급속도로 이루어지는 현실에서 인어서사의 의미가 퇴색하거나 소멸하는 것이 아니라 적극적으로 모색하여 주제가 확장되고 그 위치를 견고하게 만들었다.[3)]

이 글에서는 인어서사의 전승과 현대적인 변용變容의 의미와 특질

2) 인어의 개념과 서사에 대한 상세한 논의는 강민경, 「한국 인어 서사의 전승 양상과 그 의미 고찰」, 『도교문화연구』37, 한국도교문화학회, 2012을 참조하기 바람.

3) 하경숙, 『한국 고전시가의 후대 전승과 변용 연구』, 보고사, 2012, 217쪽.

을 점검해보고 인어서사가 지닌 의미를 살펴보고자 한다. 그리하여 인어서사의 가치를 명확하게 설명하여 그 위상을 살펴보고자 한다.

2. 인어 서사의 형성과 전승

그동안 인어와 관련한 이미지와 상징은 우리나라 수많은 문인文人들의 시문詩文에 지속적으로 등장한다. 그러나 문인들이 사용한 인어 이야기는 주체적으로 만들어진 것이 아니라 대체로 중국을 통해 유입되었다. 인어는 반인반수半人半獸의 동물로써 도교적인 의미에 바탕을 둔 존재로 볼 수 있다. 따라서 인어는 합리적이고 이성적인 사고에 바탕을 두는 유교 서적에서 주로 다루는 것이 아니라 초월적이고 신비한 동식물이 주로 설명되는 곳에 나타난다. 중국 문헌 『태평광기太平廣記』, 『산해경山海經』, 『술이기述異記』 등은 우리나라의 문헌에 많은 영향을 끼쳤는데, 이들은 인어와 관련한 이야기들이 상세히 서술되었다.

우리나라와 중국에서는 인어를 주로 교인鮫人이라고 하여, 도교 관련 서적에 그 흔적이 자주 보인다.[4] 『술이기』에서는 "교인은 물고기와 같이 물속에서 살면서 베 짜는 일을 폐하지 않는데, 울면 눈물이 모두 구슬이 된다."고 기록하였다. 『산해경』 등 문헌에서 인어는 교인 외에도 능어陵魚, 저인氐人, 해인어海人魚, 천객泉客, 연객淵客이라 설명했다. 『수신기』와 『박물지』 등에도 인어에 관한 기록이 있

4) 강민경, 「도교서사의 문화콘텐츠화 가능성 고찰－교인이야기를 중심으로」, 『한국언어문화』41집, 한국언어문화학회, 2010, 59~84쪽.

으며, 『태평광기』에는 「수족위인」편을 따로 엮었는데, 사람이 된 물고기의 기이한 행적이나 애정을 소재로 한 이야기 46편이 있다. 특히 인어의 모습이 아주 자세히 묘사된 부분은 『태평광기』이다.

> 해인어는 동해에 있는데, 큰 것은 길이가 5~6 자나 된다. 그 모습은 사람처럼 생겼는데, 눈썹과 눈, 입과 코, 손과 손톱, 머리가 모두 미인이 되기에 부족함이 없다. 피부는 옥처럼 희고 비늘이 없으며, 가는 털이 나있다. 털은 오색 빛깔을 띠고 가볍고 부드러우며, 길이는 1~2촌쯤 된다. 머리카락은 말꼬리 같은데 길이는 5~6척이다.[5)]

> 역어는 곧 바다 속의 인어로서 눈썹 귀, 입, 코, 손, 손톱, 머리를 다 갖추고 있으며 살갗이 희기가 옥과 같고 비늘이 없고 꼬리가 가늘다. 오색의 머리가 말꼬리와 같고 길이가 대여섯 자이다. 몸의 길이도 또한 대여섯 자이다. 임해 사람이 이것을 잡아 못 속에 길렀더니 암수컷이 교합함이 사람과 다를 바 없었다고 한다 했다. 곽박에 의하면 인어를 이렇게 찬하고 있다. 대저 역어는 나무 위에 올라 어린아이 울음소리와 같은 소리를 내는데 그런 까닭에 제어, 예어와 비슷하다고 하나 그 형색이 각각 다른 것으로 보아 이것은 아마 다른 인어일 것이다.[6)]

5) 海人魚, 東海有之, 大者長五六尺, 狀如人, 眉目口鼻手爪頭, 皆爲美麗女子, 無不具足.皮肉白如玉, 無鱗, 有細毛, 五色輕軟, 長一二寸. 髮如馬尾, 長五六尺. 陰形與丈夫女子無異, 臨海鰥寡多取得, 養之于池沼. 交合之際, 與人無異, 亦不傷人.(이방 저, 김장환 역, 『太平廣記』권464, 「水族」, 학고방, 2005, 433~434쪽.)

6) "魚役魚卽海中人魚, 眉耳口鼻手爪頭皆具, 皮肉白如玉. 無鱗有細毛, 五色髮如馬尾, 長五六尺. 體亦長五六尺. 臨海取養池沼中人, 牝牧交合與人無異. 郭璞有人魚贊, 盖魚役魚之上樹, 鬼啼, 雖似鯑鯢而其形色, 各異是別, 一魞也."(정약전 저, 정문기 역, 「人魚」, 『玆山魚譜』, 지식산업사, 1977, 89~93쪽.

우리나라 최초의 인어 관련 기록은 신라 성덕왕이 당나라 현종에게 올린 표문이다. “본래 천객의 보배도 없고, 본디 종인의 재화도 없습니다.”[7]라고 하여, 천객이라는 말에서 인어의 존재를 확인하였다. 이후 인어와 관련한 기록은 많은 자료에 나타나고 있지만 무엇보다 한시라는 장르에서도 많이 나타나고 있다. 인어 이야기가 중세인들에게 관습적으로 나타내고 있다는 것과 한시와 관련하여 인어 관련 소재는 수백 편에 달한다.[8]

서양의 인어와 동양의 인어는 문화적 특질에 따라 다른 성향을 보이는 것으로 판단이 된다. 동양에서는 자연을 파괴하기 보다는 조화調和와 상생相生의 대상으로 인식하고 있다면 서양의 문화권은 자연을 탐험하고 그 속에서 여행, 교류, 활동 등이 구체화되면서 남성이 중심이 되는 바다에서 인어에 대한 형상은 억압된 성적 욕망을 표출하는 등의 여성 인어에 주목하고 있을 경향이 짙다. 서양에서 인어를 대체적으로 젊은 여성으로 그린 것을 본다면 이러한 소이에서일 것이다.[9]

인어를 소재로 한 시문詩文은 고려시대부터 조선시대까지 지속적으로 창작되고 전승되었다. 특히 16~17세기 한시에는 인어를 소재로 삼은 경우가 많이 있었다. 특히 장유, 신흠, 허균, 이식, 신유한 등의 시작품에서도 이러한 경향을 찾을 수 있다. 이들의 특징은 현실에 집중하기 보다는 초월적 세계에 대한 관심을 표명하고 있다.

7) 일연, 『삼국유사三國遺事』, 「新羅聖德王上唐玄宗進奉表」: “元無泉客之珍, 本乏賓人之貨”

8) 강민경, 앞의 논문, 93쪽.

9) 정재서, 「중국신화에서의 파격적 상상력」, 『구비문학연구』29집, 한국구비문학회, 2009, 213~214쪽.

그렇지만 이들 외에도 다양한 시간동안 여러 층위의 작가들이 인어를 소재로 하여 노래하였다. 그 중 교주鮫珠, 교초鮫綃, 교실鮫室이라는 어휘가 빈번하게 사용되어 왔다. 특별히 인어의 눈물은 아름다운 사물을 설명할 때 표현하였다. 영원히 변하지 않는 상징이나 가장 아름다운 옷감을 설명할 때는 인어가 만드는 비단 교초나 용사로 설명했다. 영원히 간직하고 싶은 말, 절대 잃어서는 안 될 것들은 교초에 적어 보관하고자 했다.

교인鮫人과 교주, 교초, 교실은 한국 한시에서 계속적으로 표현하며 하나의 관습적인 표현으로 굳어졌다. 교인의 존재에 대한 실재의 규명에 힘을 쏟기 보다는 시인들은 작품 속에서 교인을 관습적으로 나타내었다. 인어라는 소재를 바탕으로 끊임없는 산물을 도출하였고, 그것은 인어의 성별에만 집중하고 있는 것이 아니다. 인어가 지닌 외향은 우리가 상상하며 그려내는 반인반어半人半魚의 모습을 의미하는 것은 아니다. 특히 상반신은 사람, 하반신은 물고기의 모양을 생각하기 마련인데 이는 정확히 설명하고 있는 것은 아니다. 인어가 가지고 있는 위치나 능력, 인간과의 교류하는 방법, 사회적 영향력 등도 시대와 사회에 따라 균일하게 적용되는 것은 아니다.

그러나 조선 중기 이후로 한시에서는 인어와 관련한 소재가 이전에 비해 빈번하게 출현하지 않는다. 이는 유교적인 사회 분위기와 떨어져서 생각할 수 없다. 괴력난신怪力亂神을 거부하고 체제 유지를 기반으로 하는 집권층이나 유학자들이 자유로운 상상의 산물이라고 생각하는 인어를 문학적인 소재로 자신들의 생각을 나타나기에는 적합하지 않았을 것으로 판단된다. 무엇보다 혼란한 대·내외를 살아가는 유학자들은 현실적이고 구체적인 이념으로 자신들의 체제를 다지고 있어 인어라는 환상성을 기반으로 하는 소재는 환영받을 수 없었다. 오히려 인어가 가지는 환상적인 요소는 그들의 체제를 혼란시키는 소재로 인식되어 거부감이 들 수밖에 없다. 하지만 흥미와 상상력을 기반으로 하는 야담이나 다양한 문헌에서는 인어와 관련한 이야기가 전승되었다.

> 김담령金聃齡이 흡곡현翕曲縣의 고을 원이 되어 일찍이 봄놀이를 하다가 바닷가 어부의 집에서 묵은 적이 있었다. 어부가 "제가 고기잡이를 나가서 인어人魚 여섯 마리를 잡았는데, 그중 둘은 창에 찔려 죽었고 나머지 넷은 아직 살아 있습니다." 나가서 살펴보니 모두 네 살 난 아이만 했고, 얼굴이 아름답고 고왔으며 콧대가 우뚝 솟아 있었다. 귓바퀴가 뚜렷했으며 수염은 누렇고 검은 머리털이 이마를 덮었다. 흑백의 눈은 빛났으나 눈동자가 노랬다. 몸뚱이의 어떤 부분은 옅은 적색이고, 어떤 부분은 온통 백색이었으며 등에 희미하게 검은 무늬가 있었다. 김담령이 가련하게 여겨 어부에게 놓아주라고 하자, 어부가 매우 애석해하며 말했다. "인어는 그 기름을 취하면 매우 좋아 오래되어도 상하지 않습니다. 오래되면 부패해 냄새를 풍기는 고래 기름과는 비할 바가 아니지요." 김담령이 빼앗아 바다로 돌려보내니 마치 거북이처럼 헤엄쳐 갔다. 김담령이 무척 기이하게 여기자, 어부가 말했다. "인어 중에 커다란 것은 크기가 사람만 한데 이것들은 작은 새끼일 뿐이지요." 일찍이 들으니 간성이 무식한 어부가 인어 한 마리를 잡았는데 피부가 눈처럼 희어 여인 같았다.[10]

조선 후기 문헌에 보이는 인어들은 평범하기 보다는 교인의 이미지를 갖고 있었으며 성별도 남녀가 존재하는 것으로 설명한다. 어부에게 있어 인어라는 존재는 죽이기 두려운 존재로 인식되어 쉽사리

10) 유몽인 저, 신익철, 이형대, 조용희, 노영미 옮김, 『어우야담』, 돌베개, 2009, 764~765쪽.

위해를 가하지 못하는 의미를 지녔다. 또한 조선 중기까지 주로 상징적인 존재로 부각되던 인어라는 소재는 조선 후기에는 야담野談을 중심으로 유통되어 전승되었는데 여기에 구체적인 서사가 등장하게 된다. 이에 더욱 대담하고 풍부한 서사를 갖추게 되어 대중들에게 관심을 받았다. 근대에는 인어 이야기가 자주 출현하지 않았지만, 우리나라의 다양한 지역에서 인어 서사가 지속적으로 유통되어 전달되고 있다. 우리나라의 인어 서사는 주로 해안 지역을 중심으로 전승되고 있었다. 인어 이야기가 전해지고 있는 지역은 인천 장봉도, 부산 동백섬, 여수시 거문도, 신안군 팔금면, 울산의 춘도, 제주도 등 주로 바다로 둘러싸인 인접 지역에 걸쳐 있다. 서해안 지역에서 해신海神은 그 성별이나 외향에 관계없이 다양한 방면으로 그들을 돕는데 그 방법은 '고기잡이', '인명구조' 등으로 도움을 주거나 인간이 처한 문제를 해결해 준다.[11] 특히 바다를 생계로 살아가는 사람들은 항상 위험에서 탈출하고자 하는 열망熱望이 있다. 안정과 평화에 대한 희망을 '인어'라는 환상적 존재에 의해 표출된다. 항해의 안전과 수확물의 풍요를 빌며, 질병으로부터 벗어나려는 사람들의 삶의 징표로 인어가 표현된다. 이처럼 인어가 물속에서 사는 이유를 짐작할 수 있다. 인어라는 소재는 해안과 땅 사이에서 만들어낸 상상과 초월의 존재이다. 그것은 장소의 혼합混合이다.

11) 최명환, 앞의 논문, 223쪽.

3. 인어 서사의 현대적 변용 양상

문학은 다양한 문화들과 접촉하면서 끊임없이 현실을 재창조하고 있다. 무엇보다 고전문학 속에는 존재에 대한 끊임없는 물음이 나타나 있다. 서사를 현대적으로 확장하는 것은 환상성幻相性과 대중성大衆性을 바탕으로 한 원형적인 측면을 규명하는 것이지만, 우리 신화는 사회적인 모습으로 인해 환상성을 거세당한 채로 전승되어 온 신화들이 많아 현대에 변용하기 어려운 부분이 많다.[12] 환상이란 실제적이고 일상적인 사물에 대한 제약에서 탈피하여 의도적인 일탈 즉 등치等値적 리얼리티로부터의 일탈이다.[13] 대중들은 답답한 현실에서 벗어나기를 욕망하고 인어 서사는 이러한 일탈의 측면을 재현 할 수 있다.

1) 현대소설－조은애 『인어공주를 위하여』

조은애의 장편소설 『인어공주를 위하여』는 안데르센의 동화 '인어공주'에서 모티프를 가지고 왔다. 이 소설에서 인어족의 직계 자손들은 한 대代에 한 명은 인간과 사랑에 빠지게 되고 결국에는 비극적으로 사랑이 끝나 물거품이 되어 죽는 저주에 걸린다는 이야기가 큰 축을 이룬다.

이 소설에서 남자 주인공 조지호는 인어족의 마지막 직계 자손으로 만일 물거품이 되어 죽는다면 인어족의 직계는 끊어지게 된다.

12) 황국태, 정동환, 「구미호 캐릭터의 환상성 연구를 기반으로 한 한국 여신 캐릭터 제안」, 『한국디자인문화학회지』18-1호, 한국디자인문화학회, 2012, 529쪽.

13) 캐스린 흄, 『환상과 미메시스』, 한창엽 역, 푸른 나무, 2000, 55쪽.

지호의 삼촌에게서 그 저주가 풀리기를 기대했지만 결국 삼촌은 지호의 눈앞에서 물거품이 되어 사라지고 지호는 사랑에 대한 큰 거부감을 안고 성장하게 된다. 인어족의 성에서 살림을 맡아주던 인간 집사의 딸 서진은 아버지의 바람처럼 평범하게 살려고 했지만, 음주운전으로 인해 부모님이 돌아가시고 난 후 갈 곳 없는 그는 다시 성으로 돌아오게 된다. 서진을 동생처럼 여기며 지내왔던 지호는 서진의 목숨을 구하기 위해 어릴 적부터 두 번이나 위험을 감수하는데, 뒤늦게 서진에게 느끼는 자신의 감정이 사랑임을 깨닫게 되지만 그것을 강요할 수 없어 물거품이 되고자 한다.

이 소설에서 남자 주인공은 평범한 인간으로 여자 주인공이 이계異界에 엮이지 않고 평범하고 행복한 삶을 살 수 있도록 사랑의 마음을 숨겼다. 그러나 결국 둘은 사랑을 하게 되고, 조지호의 저주도 풀리는 해피엔딩을 맞이하게 된다. 이 작품은 기존의 '인어 서사'의 모티프를 중심으로 이야기를 시작한다. 기존의 인어 이야기가 비극적인 애정을 중심으로 이야기를 서술했다면 이 소설은 인물의 현대적인 삶의 모습에 초점을 맞추고 있다. 이는 우리가 생각하는 인어공주의 비극적인 스토리의 변형이 아니라 사실적이고 현실적인 애정의 모습을 표현하고 있다.

조은애의 소설에서 남자 주인공을 인어로 설정하는 것은 기존 서사와는 다른 변화이다. 또한 이 소설에서는 변화하는 시대적 환경과 배경이 매우 구체적으로 서술되었다. 아울러 여성이 남성의 주변인이나 희생을 강요당하는 비극적인 역할로 설명하는 것이 아니다. 자신의 요구를 당당히 드러내고 있다. 특히 현대의 대중들처럼 소통의 부재와 고립 속에서 살아가는 이들에게 이 소설은 진정한 소통의 의미와 참된 애정의 구현을 사실적으로 보여주고 있다. 이는 진실된 애정의 모습을 갈구하는 현대 대중의 심리가 반영된 것으로 볼 수 있다.

2) 드라마-「푸른바다의 전설」

SBS 드라마 〈푸른 바다의 전설〉은 2016년 11월 16일부터 2017년 1월 25일(20회)까지 방영되었다. 시청률 20%를 상회한 이 드라마는 조선 시대의 야담집인 『어우야담』에 나오는 '인어 이야기'를 모티프로 현재와 조선시대를 넘나드는 판타지 로맨스 드라마의 성격을 가졌다. 이 작품속에는 매우 흥미롭고 다양한 소재가 등장하여 대중들의 호기심을 자극하는 한편 극의 흐름에 있어서 타임슬립time slip이 중요한 축으로 작용한다. 또한 타임슬립을 통해 스토리와 관련한 선명한 인과가 그려진다.

드라마 〈푸른 바다의 전설〉은 인어 심청(전지현 분)과 사기꾼 청년 허준재(이민호 분)의 사랑이야기이다. 그러나 이들의 인연은 단순히 현재에만 적용되는 것이 아니라 조선시대로 거슬러간다. 전생에 고을 현령이던 '허준재'가 인간들의 탐욕에 희생될 뻔한 '심청'이라는 인물을 구해준다. 심청은 인어로 자신을 구해준 남자와의 약속을 지키기 위해 육지로 온다. 드라마는 상상속의 산물인 인어가 현대 도시로 출현한다는 스토리로 시작된다. 드라마 속 인어 심청은 인간의 기억을 지울 수 있는 초월적인 능력을 가졌다. 현대의 여성 인물인 인어 청은 인간을 압도하는 괴력怪力과 식탐食貪을 자랑하는 존재로 그려지며, 무지하지만 순수한 시선으로 현대 문명과 인간 사회를 바라본다. 지독하게 '비인간적인' 인간 세상의 모습을 바라보는 인어의 모습을 통해 작가는 휴머니즘을 강조하고 있다. 또한 이 드라마에서 '기억과 애정'이라는 소재는 스토리 전개의 핵심이다.

인어란 인간과 바다의 경계에 서있는 존재이다. 거기에는 인간의 세계와 바다의 세계가 교차한다. 인어 서사를 통해 바다가 가진 자연 그 자체의 순수함과 이와는 대비되는 인간 세계의 욕망을 알 수 있다. '어우야담'에 기록된 담령의 이야기를 그대로 차용하여 성실히 형상화하고 있다. 〈푸른바다의 전설〉에서 인어를 잡은 양씨(성동일 분)는 "인어에게서 기름을 취하면 무척 품질品質이 좋아 오래 되어도 상하지 않는다"며 "날이 갈수록 부패하여 냄새를 풍기는 고래기름과는 비교도 할 수 없습니다."라고 말한다. 자연을 생명으로 보기보다는 인간의 욕망을 채워줄 물질로 바라보고 있다.

〈푸른바다의 전설〉 등장하는 인간과 인어의 사랑은 단순한 호기심과 재미로 볼 수 있는 사랑의 이야기가 아니라 다양한 스토리를 전개하는 핵심이다. 이 드라마는 한국사회에서 벌어지고 있는 현실을 그대로 재현하고 있다. 마대영(성동일 분)을 이용한 서희(황신혜 분)의 청부살인 의도, 병원 의료사고, 학교 왕따 사건, 부유층 돈 빼돌리기, 학력을 세탁한 뒤 살아가는 부유층 여성 안진주(문소리 분)의 형태, 사치로 인해 노숙자가 된 여인(홍진경 분), 일반 사람들을 현혹시키는 도쟁이(차태현 분)등 흥미로운 에피소드가 상세히 그려진다.

아울러 자연을 대변하는 인어라는 존재를 통해 자연과 인간이 공존할 수 있는 방법을 그려낸 것이다. 그러나 이 드라마에서 큰 축을 이루는 사랑을 남자 주인공은 "사랑은 위험한 것"이라며 그건 "항복"이고 "지는 것"이라고 표현한다. 하지만 인어는 이와 반대로 욕망이 없는 순수하고 본래적인 모습을 지니고 아름다운 사랑의 모습을 보여준다. 또한 이 드라마에 등장하는 여주인공은 신비스러운 분위기와 냉소적인 모습을 지닌 인물로 기피할 대상으로 그려지는 것이 아니라 지금 현실의 여성들과 다르지 않은 모습을 지니고 있다. 인어인 여주인공은 아름다운 외모를 지니고 있으며 밝고 명랑한 성격으로 인해 주변 사람들과 잘 어울리고 진솔한 모습을 보인다.

이 작품에 등장하는 인어는 상반신이 사람이고 하반신이 물고기로 뛰어난 미모를 지닌 20대의 아름답고 천진한 모습을 지닌 젊은 여성이다. 또한 다분히 세상 물정에 어둡기도 하다. 드라마의 여주인공 인어는 지금의 현실을 살아가는 현대 여성의 모습을 잘 표현하고 있다. 백화점百貨店, 강남江南, 신용카드Credit Cards, 편의점便宜店, 노트북 컴퓨터notebook computer, 티비television, 명품名品, 파티party 등 현대의 사물을 능숙하게 활용하며 그것을 거부하기 보다는 그 가치와 편리함에 흥미를 보였다. 또한 이러한 현대의 사물이 보여주는 문화적 측면에 저절로 동화되어 괴리감을 보이지 않는다.

이 드라마에서 눈물은 스토리를 전개하는 큰 틀로 작용한다. 눈물은 우리의 몸에서 일어나는 특이한 결정체結晶體이다. 우는 사람에게는 정화淨化작용을 가져오는 한편 상대방은 안타까움이나 동요動搖의 동화同化작용을 할 수 있게 한다. 여주인공이 실제 신분과 존재를 알려주는 역할을 하기도 하고 이로 인하여 자본주의에 노출되는 위험에 처하게 되는 것이다. 아울러 인간세계에서 생계를 이어가게 하는 수단이 되기도 한다.

또한 이 작품에서 인어는 공포나 경외심敬畏心을 갖게 하는 존재가 아니라 자신이 입은 은혜를 갚을 줄 아는 인물로 형상화되었다. 지금까지 전승된 인어는 눈물로 만든 진주珍珠나 물에 젖지 않는 비단을 선물하여 인간에게 은혜를 갚는 인물로 그려졌다. 이 드라마에서 인어는 위험에 처한 자신을 구해준 주인공에게 은혜를 갚거나 그를 지키기 위해 다양한 능력을 지닌 강인한 존재로 그려지고 있다.

원래 바다가 고향인 인어 청은 뭍으로 올라와 심장이 점점 굳어가고, 운명의 상대인 허준재(이민호 분)를 대신해 총까지 맞아 더욱 건강이 악화되었다. 속히 바다로 돌아가 건강을 회복해야 하는 청의 상태를 알기에 준재도 더 이상 그녀를 붙잡아둘 수 없었다. 그리고 본래로 돌아가기 위한 결정을 내리지만 결국은 행복한 결말로 막을 내린다. 이 드라마에서 인어는 바다로 돌아가는 것을 선택하지 않고 바다가 가까운 인간세계에 남아서 행복한 가정을 꾸리면서 살아가는 것으로 마무리된다. 드라마에서 인어 심청은 순수한 모습을 지니고 있다. 다시 말해 현실에서는 존재하기 어려운 환상적인 존재이다. 환상은 존재할 수 없는 것이 존재함을 제시하면서, 존재할 수 있는 것에 대한 문화의 제한을 드러낸다. 현실에서 불가능한 순수한 심청을 등장시켜 오늘날 우리사회가 지닌 불편함을 드러내기도 한다.[14)]

3) 동화 – 임정진, 「상어를 사랑한 인어공주」

「상어를 사랑한 인어공주」[15)]는 원 텍스트인 안데르센의 「인어공주」를 비평하며, 임정진 작가가 새로운 해석과 함께 다시 쓴 창작동화이다. 사회적 배경과 함께 「인어공주」는 끊임없이 재해석되어 전달되고 있다. 이 작품은 패러디 수법을 사용하고 있다. 인어 서사에 소재나 주제를 변용하고 있는 「상어를 사랑한 인어공주」에서는 원 텍스트와 다른 시선을 보여준다. 주인공 '블랙펄'은 물고기 머리에 사람의 다리를 가진 인어 공주이다. 서로 사랑에 빠진 상어왕자

14) 이명현, 「설화 스토리텔링을 통한 구미호 이야기의 재창조」, 『문학과 영상』 13권 1호, 문학과영상학회, 2012, 45쪽.

15) 임정진, 『상어를 사랑한 인어공주』, 푸른책들, 2004.

'누르슴'과 블랙펄은 마법사를 찾아가 커다란 고무 오리발을 선물 받고 행복해한다. 왕자와 다른 외모, 다른 신체적 구조를 가지고 있다는 것은 원 텍스트와 다를 바 없지만, 외모와 다양한 차이로 인하여 '블랙펄 공주'가 갖는 태도는 매우 다르다. 그는 주체성主體性을 상실하고 일방적으로 왕자에게 편입되는 모습을 보여주지 않는다.

원 텍스트는 비극적인 사랑의 이야기이다. 안데르센의 '인어공주'는 자신의 본래성을 상징하는 지느러미 대신 다리를 갖고자 한다. 또한 사랑하는 왕자와 소통할 수 있는 방편을 다리라고 생각하고 그것을 얻기 위해 목소리를 잃는다. 결국 인어공주는 자신의 본래의 모습에 집중하기 보다는 새로운 세계로 편입하기를 선택한 것이다. 결국 물거품이 된다는 비참한 결과를 가져 온다. 반면, 패러디 작품 〈블랙펄 공주〉는 자신의 본래적인 모습을 의미하는 다리를 단념하려고 하지만, 왕자의 정성어린 충고로 결국 자신의 모습을 있는 그대로 인정한다. 여기에서는 단순히 외모적인 부분만 이야기하는 것이 아니다. 문화적인 차이, 생각의 차이가 있지만 이것들은 틀린 것이 아니라 다름을 수용하는 것으로 표현하고 있다. 여기에는 비극적인 애정사 혹은 한 개인의 주체성 상실에 대한 의미를 설명하는 것이 아니다. 다문화사회를 긍정적으로 이끌어 가는 작품으로 작용할 수 있다. 즉 「인어공주」를 새롭게 스토리텔링하고 있다.[16] 이 작품은 우리가 깨닫지 못했던 부분을 새롭게 부각하여 주제를 확장하고 있다. 그러면서도 유머를 잃지 않는 섬세함이 돋보인다.

16) 오정미, 「건강한 다문화 사회를 위한 동화 「인어공주」의 스토리텔링의 방향」, 『스토리앤이미지텔링』10권, 건국대학교 스토리앤이미지텔링연구소, 2015, 118~ 132쪽.

이 작품에 등장하는 인어를 통해 사람은 행복을 추구할 권리가 있으며 그 행복을 찾는 출발선은 자신의 모습을 인정하고 사랑하는 데 있다는 것을 일깨워 준다. 그러기 위해 인어는 자신의 정체성을 상실하지 않고 수용하며 타인과 함께 살아가는 현대인의 모습을 표현하며 삶의 가치를 드러내고 있다. 또한 인어공주가 지닌 환상적이고 초월적인 존재를 강조하기 보다는 우리와 같이 현실적인 삶을 살아가는 형태를 보여주며, 동반자同伴者적인 측면을 상세히 보여주고 있다.

4. 인어 서사의 현대적 변용 특질

인류는 지속적으로 생로병사生老病死, 선악善惡, 질투嫉妬, 기쁨과 슬픔, 희망과 좌절, 죽음에 대한 공포와 이를 극복하고자 하는 노력 등 모든 인간이 가지는 다양한 측면을 신화는 예술 창작의 원동력으로 작용해 왔다.[17)]

인어 서사는 오랫동안 전 세계적으로 끊임없이 지속되어 온 이야기로 인어는 환상적이고 초월적인 존재로만 한정하지 않고 인간의 욕망을 반영한 존재이다. 그렇기에 인어 이야기는 지금도 다양한 콘텐츠로 변환되어, 끊임없이 확대되어 유통되고 있다. 인어라는 존재가 지닌 신비감과 바다라는 공간이 주는 미지未知와 환상幻想의 확장이 서사 속에 상세히 보인다. '바다'라는 공간은 단순히 두려움과 죽음의 공간으로만 인식되지 않았다. 소통의 공간이면서 삶과 죽음

17) 송태현, 『상상력의 위대한 스승들』, 살림, 2005, 170~171쪽.

의 접점接點이기도 하다. 다시 말해 활동活動, 생산生産, 창조創造, 연속連續의 공간이기도 하다.

이처럼 인어 서사는 오랫동안 상징적으로 해석하는 경우가 많았으나 최근의 연구를 통해 인어를 새로운 인물형으로 보고 그 특질을 실증적으로 규명하고자 노력하고 있다.

인어 서사가 전승되고 현대적으로 변용된 작품들은 여러 장르의 소통을 통하여 구체적이고 사실적으로 현실의 모습을 설명하고 있다. 인간은 불완전하고 한계를 가지고 있기 때문에 현실을 넘나드는 초월적 능력에 대한 일정 이상의 기대를 가지고 있다. 최근에 현대적으로 변용한 인어를 소재로 한 작품들은 그간 인식되어 온 서양적인 이미지에서 탈피脫皮, 동양의 인어적 특성과 안데르센의 동화로 대변되는 서양의 인어적 특성을 혼합하고 있다. 이는 다원적인 사고가 필요한 대중의 상상력이 확대되고 있다는 증거이고, 매체의 발달로 인한 하나의 단면을 보여주는 것이다.

그러나 다양한 측면에서 서사를 규명하고 재창조하여 여러 방면의 변화와 실험을 해야한다. 인어 서사가 형성되었던 사회적·문화적 문맥을 다시 한번 재점검할 필요가 있다. 특히 시기적으로 인어 서사가 왕성하게 전해지던 시공간을 이해한다면 작품이 가지고 있는 관계적 가치를 규명하고 추구할 수 있는 것이다. 현대적으로 변용한 작품에서 인어는 독립심을 지닌 여성으로 강한 의지를 보여주며 자신의 역할을 제한하는 바다 세계와는 다소 다른 삶의 양상을 실현하기 위해 고통, 상실, 희생 등을 기꺼이 감수한다.[18] 현대적 변

18) 심경석, 「월트 디즈니 만화영화 〈인어공주〉, 〈미녀와 야수〉, 〈라이언 킹〉의 정치성과 순진성」, 『문학과 영상』2-2, 문학과 영상학회, 2001, 163쪽.

용을 한 인어의 모습은 동양의 인어의 모습보다 서양의 인어와 가깝다. 본래 우리나라의 인어는 중국의 문헌으로부터 유입되어 교인 이미지를 중심으로 전승되었다. 인어는 물고기와 인간으로 구분하기 어렵고, 그 성별性別도 정확하게 이야기하기 어려웠다. 때로는 인간과 적극적으로 소통하기도 하고 짝을 잃고 외로운 사람들에게 교합交合의 대상이 되기도 했다. 또 사람에 의해 잡아먹히고 기름으로 쓰이기도 했다. 그렇지만 현대의 작품에 나타난 인어는 예쁜 여인의 형상이며 서양의 인어 공주의 이미지와 흡사하다.

인어와 관련한 이야기는 지금까지 대체적으로 사랑의 이야기에 주목하고 있고, 비극적인 사랑의 소재로만 작용하는 사례가 많았다. 그러나 이야기의 내부를 살펴보면, 시대와 문화적 상황에 따라 다양한 해석을 하고 있다. 신분 차이로 맞이하는 비극적인 결말, 혹은 주체성의 상실이 사회적 관심의 대상이 될 때에는 그 상황을 극복할 수 있는 열정적이고 발전된 삶을 사는 이야기로 규명하여 전승되어 왔다. 이야기의 전달자인 대중은 설화 속에 낯선 인물을 표현하기보다는 자신들과 유사한 인물 유형類型을 표현하고 변용하여, 여기에 배경과 사건을 중심으로 인물들의 행동을 사실적으로 나타낸다. 인간에 비해 약하고 힘없는 존재로 보여지던 인어라는 이미지가 실상은 인간의 기억을 지우는 등 강력强力하고 다양한 능력을 갖춘 존재로 바뀌어간 것이다. 인어 서사의 초기에는 물고기 모습에 가까웠던 인어가 인간의 이미지가 한층 강화되면서 그 능력도 확장되어 초월적이고 신비한 능력을 발휘하게 된 것으로 전환되었다.

인어 서사는 신비롭고 초월적인 대상을 통해 현실과는 다른 상상의 외연을 넓히기에 매우 적합한 요소들을 지니고 있다. 다양한 자료를 통해 호기심을 자극하고 상상력을 증폭하기에 충분하다. 우리나라 인어 서사의 인물형은 일반적인 신화, 설화에 형상화된 여성 인물형과는 다른 모습이 보여진다. 영웅적인 면모를 보이기도 하고 때로는 고난苦難을 수용하기도 한다. 그러나 그 내부에는 인내와 희생을 지니고 있으며 인어는 진주 눈물과 젖지 않는 비단 등을 만들어내는 생산력生産力을 갖고 있다. 아울러 인간과의 상생相生을 모색하고 있다. 여기에 생활력과 친근감을 동시에 지니고 있는 것이다.

현대적으로 변용한 작품에서는 동서양의 인어가 지닌 특징이 고스란히 나타난다. 외모는 안데르센의 인어공주를 기반으로 한 젊고 아름다운 여성의 모습을 가지고 있다. 그러나 이들을 자신의 삶의 방식과 문화를 강요하는 이기적利己的인 면모를 표현하기 보다는 희생과 순종을 미덕으로 여기는 동양적 사고를 지닌 여성의 모습으로 표현하여 동서양의 인물형이 혼재한다. 아울러 인어서사를 통해 현실에서 추구하는 애정의 모습은 일방적인 강요에 의한 인물의 희생이 아니라 서로 포용하는 과정을 통해 인간의 불완전성과 사랑의 의미를 깨닫는 것이다. 이를 통해 현실속의 현대인의 삶의 방식과 생활의 단면을 되돌아보게 한다.

5. 맺음말

서사가 지속적인 생명력을 유지하기 위해서는 시대에 따른 다양한 해석이 가능해야 한다. 우리가 알고 있는 '인어'는 아름다운 여인의 모습을 지닌 채 하반신은 물고기의 형태를 띄고 있는 반인반어半人半魚이다. 이러한 인어서사는 지속적으로 우리에게 향유되고 있다. 그러나 시대와 환경에 따라 스토리는 축소와 강화를 거듭하며 다양한 양상을 보이며 구현되고 있다.

인어 서사는 환상적인 면모를 지닌 다양한 스토리의 원천이다. 다만 유교사회라는 큰 틀 속에서 갇혀서 사회의 체재 유지와 이념의 틀을 견고히 하기 위해 환상성을 지닌 인어서사가 그동안 올바른 평가를 받지 못한 것이 사실이다. 또한 인어 서사에서 서양 인어의 이미지와 동양 인어의 이미지는 다르다. 이는 문화적 특질에 따라 다른 성향을 보이는 것으로 판단이 된다. 동양에서는 자연自然을 파괴하기 보다는 조화調和와 상생相生의 대상으로 인식하고 있다면 서양은 자연을 탐험하고 그 속에서 다양한 활동을 보이 것이 주를 이루기 때문이다.

이에 인어 서사가 지닌 단편적인 외향을 살필 것이 아니라 그 내적인 요소들을 살펴보면 '인어'라는 존재가 지닌 특수성을 찾을 수 있다. 인어는 단순히 두려움의 대상으로 여겨지는 한편 자신의 행복만을 추구하는 이기적인 존재가 아니라 타자他者와의 다양한 교류를 모색하고 있다. 특히 인어 서사에서 인간과의 상생을 고민하고 자연과의 조화를 이루는 모습은 전승된 작품속에서 지속적으로 찾을 수 있다. 또한 진정한 소통의 의미와 참된 애정의 구현을 상세히 설명한다. 이는 참된 애정의 모습을 갈구하는 현대 대중의 심리가 반영된 것으로 볼 수 있다.

또한 현대적으로 변용한 작품에서는 인간과 인어라는 상상의 존재가 하는 사랑의 이야기가 중심이 아니라 이를 둘러싼 다양한 스토리의 확대라는 점을 찾을 수 있다. 특히 한국사회에서 벌어지고 있는 부조리한 현실들을 작품에서 그대로 재현하고 있다는 점에서 매우 의미가 있다. 아울러 인어는 단순히 환상적인 존재로만 작품 속에서 나타나는 것이 아니라 독립심獨立心을 지닌 여성으로 강한 의지를 실현하고 있다.

인어는 역할을 제한하는 바다 세계와는 다소 다른 삶의 양상을 실현하기 위해 현실에서 고통, 상실, 희생 등을 기꺼이 감수하는 모습으로 형상화되어 있다. 또한 현실의 대중이 겪는 다양한 문제 속에서 그들이 지닌 욕망이나 삶의 선택을 상세히 보여주고 그 인과를 설명한다. 인어는 자생력自生力을 가진 존재로 표현되어 있다. 아울러 인간과의 상생을 모색하고 있다. 여기에 생활력을 지닌 존재로 친근감을 동시에 지니고 있는 것이다.

참고문헌

강민경, 「도교서사의 문화콘텐츠화 가능성 고찰－교인이야기를 중심으로」, 『한국언어문화』41집, 한국언어문화학회, 2010.

강민경, 「한국 인어 서사의 전승 양상과 그 의미 고찰」, 『도교문화연구』37, 한국도교문화학회, 2012.

송태현, 『상상력의 위대한 스승들』, 살림, 2005.

오정미, 「건강한 다문화 사회를 위한 동화 「인어공주」의 스토리텔링의 방향」, 『스토리앤이미지텔링』10권, 건국대학교 스토리앤이미지텔링연구소, 2015.

유몽인 저, 신익철, 이형대, 조용희, 노영미 옮김, 『어우야담』, 돌베개, 2009.

이명현, 「설화 스토리 텔링을 통한 구미호 이야기의 재창조」, 『문학과 영상』 13권 1호, 문학과 영상학회, 2012.

이방 저, 김장환 역, 『太平廣記』권464, 학고방, 2005.

이상진, 「문화콘텐츠 '김유정' 다시 이야기하기－캐릭터성과 스토리텔링을 중심으로」, 『현대소설연구』48권, 한국현대소설학회, 2011.

임정진, 『상어를 사랑한 인어공주』, 푸른책들, 2004.

정약전 저, 정문기 역, 『玆山魚譜』, 지식산업사, 1977.

정재서, 「중국신화에서의 파격적 상상력」, 『구비문학연구』29집, 한국구비문학회, 2009.
하경숙, 『한국 고전시가의 후대 전승과 변용 연구』, 보고사, 2012.

제6장

설화 〈선녀와 나무꾼〉의 형성과 현대적 변용 양상

1. 머리말

새로운 문학은 기존 작품 또는 문화적 전통에 대한 모방에서 출발하여 그것을 넘어서려는 차별화된 전략, 의도적인 변형 과정에서 탄생한다. 〈선녀와 나무꾼〉 설화는 우리가 아주 오래전부터 들어온 익숙한 이야기로 그 줄거리와 내용은 단순하다. '착한 나무꾼이 사슴의 목숨을 구해주어서, 그 보답으로 선녀와 결혼을 하고 하늘에까지 올라가 행복하게 살았다.'는 내용이다. 물론 이러한 단순한 내용만 있는 것이 아니다. 기본 내용으로 끝나는 경우도 있고, 기본 내용에 특정 모티프가 첨삭되어 외연이 확대되는 경우도 있다. 특정 모티프가 탈락되거나 누적되는 편들이 많기 때문에 전승력도 강하고 전승자간의 차이가 다양하게 생겼을 가능성도 많다.[1] 그러나 전국에 걸쳐서 전승되고 있는 것으로 나타난 〈나무꾼과 선녀〉 설화는 각

1) 권애자, 「〈선녀와 나무꾼〉 설화에 나타난 꿈과 대칭 세계」, 『한민족어문학』72권, 한민족어문학회, 2016, 272쪽.

종 설화집류에 수록된 자료만 보더라도 약 140여 편에 달하고 있다.[2)]

과거 동양에서는 유교儒教적 가치가 주를 이룰 때는 상상의 존재들은 주변으로 인식되어 그다지 주목하지 않았다. 신화나 상상 속에 존재하는 인물들은 널리 전승되지 못하고 그 본질적인 가치조차도 선명하게 논의되지 않았다. 〈선녀와 나무꾼〉 설화 역시 그러한 맥락과 다르지 않다. 또한 지역마다 다양한 성격을 가진 모습으로 형상화되어 있다.

〈선녀와 나무꾼〉 설화의 주제는 남녀의 사랑 혹은 남녀 결연結緣, 금기禁忌와 금기의 위반, 동물의 보은報恩, 나무꾼의 인간적 속성, 통과의례, 효열孝烈의식 등을 찾을 수 있다. 이처럼 수많은 고전 설화 중에서 〈선녀와 나무꾼〉 이야기만큼 지속적으로 전해지는 이야기도 많지 않다. 이 설화가 가진 특징은 단순하게 규정하기에는 무리가 있으며 이들은 어느 것도 규정된 것이 없고, 지속적인 흥미의 대상이 되고 있다. 그러나 〈선녀와 나무꾼〉 대한 연구[3)]는 문화, 심

---

2) 배원룡, 『나무꾼과 선녀 설화 연구』, 집문당, 1993, 14쪽.

3) 배원룡, 「〈나무꾼과 선녀〉설화의 연구」, 성균관대 박사학위 논문, 1991; 전서희, 「나무꾼과 선녀 설화 연구」, 전남대 석사학위논문, 1998; 서은아, 「〈나무꾼과 선녀〉의 인물갈등 연구」, 서울여대 박사학위논문, 2004; 양향숙, 「〈나무꾼과 선녀〉설화의 교재화에 관한 연구」, 부산교대 석사 학위논문, 2006; 김환희, 「옛이야기 전승과 언어 제국주의－강제된 일본어 교육이 〈나무꾼과 선녀〉 전승에 미친 영향」, 『아동청소년문학연구』, 한국아동청소년문학회, 2008; 이미연, 「옛 이야기를 활용한 연극 만들기 연구－〈나무 꾼과 선녀〉의 실행 사례를 중심으로」, 부산대 박사학위논문, 2012; 신태수, 「〈나무꾼과 선녀〉 설화의 신화적 성격」, 『어문학』제89집, 한국어문학회, 2005; 전영태, 「〈나무꾼과 선녀〉에 대한 통합적 해석」, 『선청어문』33권 서울대 국어교육과, 2005; 우지현, 「한설야의 『금강선녀』연구－〈나무꾼과 선녀〉 설화 변용을 중심으로－」, 『어

리, 교육, 민속학, 종교, 미술, 생태, 문학에서 다층적으로 이루어지고 있다. 이들은 불명확한 사연을 지닌다는 문제에 비해 설화 중에서 흥미로운 인물로 손꼽히면서, 대중들에게 다양한 모습으로 전해지고 있다. 〈선녀와 나무꾼〉 설화의 기초는 원래 신화神話로부터 왔다고 한다. '청태조 탄생담', 몽고의 '보리야드족 족조신화', '호리 투메드 메르겐', 바이칼 지역의 '호리도리와 백조공주 혼슈부운의 사랑이야기' 등의 외국 자료가 보고되면서 '선녀' 설화는 애초에는 동북아 지역의 시조신화에서 시작하였고 샤머니즘, 토템 등의 신앙과도 관련이 있는, 신화라는 추정이 있다.[4)]

또한 최근에는 콘텐츠로의 다양한 변모를 통해 대중들에게 변함없는 관심을 받고 있다. 이처럼 〈선녀와 나무꾼〉은 설화 이상의 의미를 가지고 있으면서 여러 현대적인 변용을 통하여 대중들에게 다채로운 메시지를 전달해준다. 다양한 문화적 이해가 변화하고 매체의 발달이 급속도로 이루어지는 현실에서 그 의미가 퇴색하거나 소

린이문학교육연구』15권 4호, 한국어린이문학교육학회, 2014; 양민정, 「「나무꾼과 선녀」형 설화의 비교를 통한 다문화 가정의 가족의식 교육 연구－한국, 중국, 베트남, 몽골 설화를 중심으로－」, 『국제지역연구』15권 4호, 한국외국어대학교 국제지역연구센터, 2012; 김종대·이주홍, 「〈나무꾼과 선녀〉에 나타난 조력자 사슴과 쥐의 역할과 그 기능 고찰」, 『어문논집』43집, 중앙어문학회, 2010; 이명현, 「다문화시대 이물교혼담의 해석과 스토리텔링의 방향」, 『우리문학연구』33집, 우리문학회, 2011; 배덕임, 「한국 전래 동화 속의 금기 파기의 특성과 의미－『선녀와 나무꾼』, 『해와 달이 된 오누이』, 『구렁덩덩 새 선비』를 중심으로」, 『동북아문화연구』41집, 동북아문화학회, 2014; 김대숙, 「'나무꾼과 선녀' 설화의 민담적 성격과 주제에 관한 연구」, 『국어국문학』137, 국어국문학회, 2004.

4) 김대숙, 「'나무꾼과 선녀' 설화의 민담 성격과 주제에 관한 연구」, 『국어국문학』137권, 국어국문학회, 2004, 337쪽.

멸하는 것이 아니라 적극적으로 모색하여 주제가 확장되고 그 위치를 견고하게 만들었다.[5]

이 글에서는 설화 〈선녀와 나무꾼〉 전승과 현대적인 변용變容의 의미와 특질을 작품[6]을 통해 점검해보고자 한다. 그리하여 〈선녀와 나무꾼〉 설화의 가치를 명확하게 설명하여 그 위상을 밝히고자 한다.

2. 설화 〈선녀와 나무꾼〉의 형성과 전승

인간 근원성에 대한 이해와 탐색을 바탕으로 하고 있다는 점에서 옛이야기는 어떤 논리적인 추론으로도 다 규명할 수 없는 다면적인 풍요로움과 깊이를 가지고 있다.[7] 〈금강산 선녀 설화〉, 〈선녀와 나무꾼〉, 〈사슴을 구해 준 총각〉 등으로 불리는 이 설화는 〈나무꾼과 선녀〉로 널리 알려져 있다. 이 설화는 전승 과정에서 여러 삽화揷話가 덧붙으면서 많은 변이형이 형성되었다. 인간과 동물, 천상天上계

5) 하경숙, 『한국 고전시가의 후대 전승과 변용 연구』, 보고사, 2012, 217쪽.

6) 본고에서 참고한 자료를 제시하면 다음과 같다.

ⓐ 〈나무꾼과 선녀〉 : 『한국구비문학계』6~8, 633~637쪽.

ⓑ 〈나무꾼과 선녀〉 : 임석재, 『한국구비설화』1, 평민사, 1987, 58~63쪽.

ⓒ 〈나무꾼과 선녀〉 : 『한국구비문학대계』3-2, 411~414쪽

ⓓ 〈닭이 높은 데서 우는 유래〉 : 『한국구비문학대계』3-2, 250~258쪽.

ⓔ 〈나무꾼과 선녀〉 : 『한국구비문학대계』6-11, 527~532쪽.

ⓕ 〈선녀와 머슴〉 : 『한국구비문학대계』6-3, 341~344쪽.

ⓖ 〈선녀와 나무꾼〉 : 『한국구비문학대계』1-6, 58~79쪽.

ⓗ 〈나무꾼과 선녀〉 : 배원룡, 『나무꾼과 선녀 설화 연구』, 집문당, 1993, 315~317쪽.

7) 브루노 베탈하임·김옥순 역, 『옛이야기의 매력』1, 시공주니어, 1998, 36쪽.

와 지상地上계, 천녀天女와 지남地男의 관계가 중심이 된다.

변이형은 나무꾼이 하늘에 올라가 처자妻子를 만나 잘 살았다는 행복한 결말을 보이는 것, 하늘에 올라갔던 나무꾼이 어머니가 보고 싶어 다시 지상에 내려왔다가 금기를 어겨 재승천再昇天하지 못하고 죽어서 수탉이 되었다는 비극적인 결말을 보이는 것으로 볼 수 있다. 그러나 이 설화는 많은 변이를 보이며 전승되었다. 유형의 분류는 결말의 차이에 따라 이루어지는데 선녀 승천형, 나무꾼 승천형, 나무꾼 천상 시련 극복형, 나무꾼 지상 회귀형, 나무꾼과 선녀 동반 하강형, 나무꾼 시신 승천형 등으로 나눌 수 있다.[8] 다음은 내용이 가장 풍부한 설화의 예이다.

1. 나무꾼이 포수에게 쫓기는 사슴을 구해준다.
2. 사슴은 보답으로 나무꾼에게 선녀를 만나는 방도를 일러주면서 아이 셋을 낳기 전에는 날개옷을 주지 말라고 당부한다.
3. 나무꾼은 달밤에 연못가에 숨어 있다가 선녀의 날개옷을 감추어서 선녀와 같이 살게 된다.
4. 아이 둘을 낳고 나서 선녀가 조르자 나무꾼이 날개옷을 내어준다.
5. 선녀는 날개옷을 입고 아이들을 데리고 하늘나라로 가버린다.
6. 나무꾼은 사슴을 다시 만나고 하늘로 올라갈 방책을 묻는다.
7. 보름날, 나무꾼은 사슴이 가르쳐준 대로 두레박을 타고 하늘로 올라간다.
8. 하늘나라에서 자식들과 아내를 만난다.
9. 하늘나라에서 살기 위한 어려운 시험들을 선녀의 도움으로 해

8) 배원룡, 앞의 책, 27~28쪽.

결하고 가족과 함께 행복하게 산다.

10. 나무꾼은 집에 두고 온 어머니가 걱정이 되어 용마를 빌어 타고 땅으로 내려오고 선녀는 남편이 돌아오기 어려우리라 예측하고 금기를 건다.
11. 나무꾼은 땅에 내려와 어머니를 만나고 금기를 어겨 하늘로 돌아가지 못한다(하늘을 보고 울다가 수탉으로 변하기도 한다).

설화는 나무꾼과 선녀가 중심이 된다. 이 두 인물의 만남을 가능하게 해주는 존재로 사슴이 등장하고, 두 사람의 결합結合의 결과로 자식들이 태어난다. 나무꾼이 선녀를 쫓아 하늘나라에 가서 잘살기 위해서는 선녀의 가족인 장인과 처형에게 허락을 받아야 하고 그 과정의 통과를 위해 조력자가 등장한다. 또한 나무꾼에게는 어디를 가든 항상 그리운 어머니가 있다. 이 설화의 기본형을 바탕으로 변이한 다양한 유형에서는 작품마다 각각의 강조하는 바가 다르다. 의지와 용기, 노모老母에 대한 인륜人倫을 강조하고, 운명의 한계를 중심으로 서술한다. 이들은 천상계만을 중심으로 하지 않는다. 천상계를 주된 배경으로 삼고 있는 유형, 지상계를 주된 배경으로 삼고 있는 유형, 천상계에 살아서는 오를 수 없다는 것을 부각시키면서 오히려 지상계를 주된 배경으로 삼고 있다. 이들은 천상계에 비중을 두기보다는 인간세계의 조건이나 삶에 바탕을 둘 수 있는 지상계의 의미를 강조하고 있다.

〈선녀와 나무꾼〉 설화는 단편적인 서사로 존재하는 것이 아니라 다양한 결합의 양상을 보여준다. 〈선녀와 나무꾼〉 설화라고 하면 어느 유형에서든지 기본으로 제시되는 몇 가지 요소가 있다. 인간과 동물, 천상계와 지상계, 천녀와 지남의 관계가 바로 그것이다. 이러한 요소들은 서로 어우러져서 설화의 구성에 핵심으로 작용한다. 어느 편에서나 이러한 구성 요소가 존재하고 있다. 이들은 〈선녀와 나무꾼〉 설화의 필수적인 요소라고 할 수 있다. 보다 중요한 것은 세 쌍이 어우러져서 신화적 성격을 드러내기도 한다. 세 쌍 모두 상대항相對項끼리 각기 대등對等한 위상을 지니면서 내재 연관성을 긴밀하게 공유하기 때문에 이렇게 볼 수 있다.[9)]

〈선녀와 나무꾼〉 설화에서 가장 기본적인 유형으로 보이는 작품의 주제는 '나무꾼의 혼인婚姻과 행복한 삶'이라고 할 수 있다. 나무꾼은 전승에 따라 이상적 삶의 태도를 지니기도 하고, 현실적 삶의 태도를 지니기도 한 인물이다. 이상적 삶의 태도를 지녔다고 볼 때는 다양한 상호적 요소와의 관계를 규명해야 하고, 현실적 삶의 태도를 지녔다고 볼 때는 다양한 요소들을 배제해야 한다. 그러나 변이형은 기본형의 주제에 모티프가 덧붙여져서 이루어지므로, 어떤 모티프라도 다양한 주제의 확장적 성격을 지닌다. 여기에는 단편적인 문제만이 존재하는 것이 아니라 과제 해결, 지상 회귀, 시신 승천과 같은 모티프가 형상화되어 '나무꾼'이라는 인물을 중심으로 서술하고 있다.

동북아 신화에서의 '나무꾼' 이야기는 시조始祖의 탄생담이 주류를 이루는데 반해서 우리나라에서 전래되는 '나무꾼' 설화의 주된 주제는 남녀의 이합에 있다. 특히 '가족家族'의 이야기라는 점에 집중하고 있다. 한국 설화의 자료에서는 어떤 경우에도 선녀가 아이들을 두고 가는 경우가 없다는 점이다. 신화 인물의 탄생이 아니라 '가

---

9) 신태수, 「나무꾼과 선녀 설화의 신화적 성격」, 『어문학』89권, 한국어문학회, 2005, 161쪽.

정'이라는 사회가 형성되고 '가족'의 연대가 공고하게 운영되는 사회의 모습을 담고 있다고 사료된다.[10] 이 설화에는 우리의 삶의 모습과 세계관이 상세히 반영되어 다양한 유형들을 파생시키고, 주제 역시 확장하고 있다. 이는 천상에서 가족 재회, 나무꾼의 지상으로의 회귀回歸, 재승천 실패, 천상에서의 가족 구도 와해, 지상에서 가족 구도 실패, 비극적 세계 인식의 결말 삽화의 양상으로 나타난다.

근대까지 〈선녀와 나무꾼〉 설화는 자주 출현하여, 우리나라의 다양한 지역에서 지속적으로 유통되어 전달되고 있다. 여기에는 농경農耕과 정착定着 그리고 유교에 의한 가족주의의 모습이 상세히 반영되어 있다. 이런 사회 배경과 관련된 문화적 특성은 안정과 평화에 대한 희망을 '선녀'라는 환상적 존재의 출현에 의해 표현한다. 또한 농경의 안전과 수확물의 풍요豊饒를 빌며, 질병으로부터 벗어나려는 사람들의 삶의 징표가 환상적 존재로의 현상으로 나타난다. 이처럼 선녀가 지상으로 하강下降한 이유를 상징적으로 추정할 수 있다. 선녀라는 소재는 하늘과 땅사이에서 만들어낸 상상과 초월의 존재이다. 그것은 또한 장소의 혼합混合이라고 할 수 있다.

3. 설화 〈선녀와 나무꾼〉의 현대적 변용 양상

문학은 다양한 문화들과 접촉하면서 끊임없이 현실을 재창조하고 있다. 무엇보다 고전문학 속에는 존재에 대한 끊임없는 물음을 바탕으로 하고 있다. 서사를 현대적으로 확장하는 것은 환상성과 대중성

10) 김대숙, 앞의 논문, 339쪽.

을 모두 바탕으로 한 원형적인 측면을 규명하는 것이지만, 우리 신화는 사회적인 모습으로 인해 환상성을 거세당한 채로 전승되어 온 신화들이 많아 현대에 변용하기 어려운 부분이 많다.[11] 환상이란 실제적이고 일상적인 사물에 대한 제약에서 탈피하여 의도적인 일탈 즉 등치等値적 리얼리티로부터의 일탈이다.[12] 대중들은 답답한 현실에서 벗어나기를 원하고 〈선녀와 나무꾼〉 설화는 이러한 측면을 상세히 보여준다.

1) 웹툰-돌배 『계룡선녀전』

돌배 작가의 인기 웹툰 『계룡선녀전』은 고려, 조선시대를 거쳐 바리스타가 된 계룡산 선녀(699세)가 환생한 서방님과 날개옷을 찾아가는 과정을 그린 판타지 로맨스이다. 이 웹툰은 설화 〈선녀와 나무꾼〉을 모티프로 한 작품이다. 주인공은 '탐랑성'이라는 선녀로 계룡산에 살고 있다. 선녀들이 목욕하러 잠시 내려온 사이 사슴의 조언에 따라 나무꾼이 선녀의 날개옷을 숨기고 이로 인해 '탐랑성'은 나무꾼과 혼인을 하고 아이를 낳는다. 『계룡선녀전』은 원 스토리를 강화하고 확대하였다. 환생還生과 인연因緣이 작품의 큰 축을 이룬다. 날개옷을 숨긴 나무꾼은 '탐랑성'이다. 그는 선계에서 사모思慕했던 선인 '파군성'이 쫓겨나 인간으로 변한 모습으로, 이를 알게된 탐랑성은 나무꾼을 사랑하여 혼인한다. 이들 부부가 아이를 두 명 낳았을 무렵 나무꾼이 나무를 하러 갔다가 절벽에서 떨어져 죽는다. 이

11) 황국태, 정동환, 「구미호 캐릭터의 환상성 연구를 기반으로 한 한국 여신 캐릭터 제안」, 『한국디자인문화학회지』18-1호, 한국디자인문화학회, 2012, 529쪽.
12) 캐스린 휴, 『환상과 미메시스』, 한창엽 역, 푸른 나무, 2000, 55쪽.

후 탐랑성은 699년 동안이나 파군성이 환생하기를 기다리며 계룡산에 머문다.

웹툰에서 탐랑성의 직업은 계룡산의 명품 바리스타이다. 커피의 신으로부터 커피 기술을 직접 배웠던 그녀는 무려 커피콩의 잠재력을 일깨워 커피를 내린다. '참새의 아침식사', '안돼요 공주님' 등 블렌딩의 이름도 특이하다. 다방을 운영하며 몇백 년을 계룡산에 머물렀던 탐랑성이 서울로 오면서 이야기가 전개되는데, 그를 서울로 오게 한 이유는 파군성의 환생幻生으로 추정되는 '정 교수敎授' 때문이다. 추석 때 시골에 내려가다 길을 잘못 들어선 정 교수와의 만남 이후 탐랑성은 그가 남편이었던 나무꾼의 환생인지 직접 확인하기 위해 그를 좇아 서울로 온다.[13)]

돌배의 웹툰에서 여자 주인공을 선녀로 설정하는 방식을 사용하여 변화하는 시대적 환경과 배경을 구체적으로 그렸다. 『계룡선녀전』의 '탐랑성'은 공포나 경외심敬畏心을 갖게 하는 환상적인 존재로 등장하는 것이 아니라 내적으로 강인하고 곧은 세계관을 지닌 인물로 그려진다. '선녀'라는 환상적인 이미지를 강인하고 품위있는 여성으로 재해석하고 있다. 아울러 여성이 자신의 요구를 당당히 드러내고 있다. 특히 현대의 대중들처럼 자본의 논리 속에서 소통의 부재不在와 고립孤立을 겪는 이들에게 이 작품은 진정한 소통의 의미와 참된 애정의 구현 방법을 사실적으로 설명한다.

상상속의 산물인 선녀가 현대 도시로의 출현은 신선하다. '선녀'란 인간과 하늘의 경계에 서있는 존재이다. 거기에는 인간의 세계와

13) http://weekly.khan.co.kr/khnm.html?mode=view&artid=201707311542591&code=116.

하늘의 세계가 교차한다. 자연을 생명으로 보기보다는 인간의 욕망을 채워줄 물질로 바라보는 현대인들에게 경종을 울린다. '탐랑성'은 바리스타로서 커피콩의 잠재력만을 일깨우는 게 아니라 식물植物들과도 정답게 지내고, 사람들을 귀하게 여긴다. 『계룡선녀전』의 세계관에 따르면, 선인仙人과 사람은 완전히 다른 존재가 아니다. 선인이었던 '파군성'이 땅으로 쫓겨나 선인 시절의 기억을 잃고 사람이 된 것처럼, '탐랑성'이 '파군성'과 결혼해 땅에 남아 살아가는 것처럼, 선인은 다양한 이유로 땅에서 사람들과 공존共存한다. 스스로 선인이라는 사실을 자각하지 못할지라도 말이다. 오지랖이 넓어 늘 '오지랖병'이라고 욕먹는 정 교수의 제자 '김김이'도 선인의 환생幻生이다. 그는 다른 사람들과 다르게 유난히 이타적利他的이어서 자신이 희생하더라도 기꺼이 자기 방을 다른 이에게 내어주고, 명절을 혼자 보내는 교수를 함께 이끌고 자신의 시골집으로 향한다. 어린 시절에는 개구리나 곤충과 대화를 나누기도 했던 그는 주변의 곱지 않은 시선 때문에 따돌림을 겪기도 한다.

'김김이'에게 '탐랑성'은 "그대는 아주 고귀高貴한 존재存在요"라고 존재의 소중함을 일깨워준다. 이는 '김김이'가 선인이라는 사실을 알고 말하는 것이 아니라 '탐랑성'은 언제나 사람이 지니는 본래적인 선善한 모습에 집중하는 것이다. 그녀는 선인이 사람을 사랑하는 것이 이상한 것이 아니라 당연하다고 말하며, 사람뿐 아니라 존재하는 모든 생명生命을 모두 귀하게 대한다. 작품 전반에 생명존중 사상이 그려진다. 커피에 빠진 파리를 구해주고, 죽어가는 식물을 살려내고, 타인에게 자주 도움을 베풀지만 정작 자신을 돌보지는 못하는 '김김이'를 따뜻하게 대접하는 모습은 생명에 대한 존중尊重이 잘 나타나는 대목이다.

이 작품에 존재하는 이타적이고 선한 사람들을 '선인'으로 칭하며, 자본주의에 사로잡혀 이익만을 따르는 현대인들에게 논리적인 이해로 설명되지 않는 주제에 집중한다. 선한 본성을 상세히 설명한다. 원전이 비극적 애정 스토리에 원전이 집중하고 있다면, 이 작품에서는 생명 존중과 인간이 지닌 본래적 선함을 강조하고 있다.

2) 동화－백희나 『장수탕 선녀님』

『장수탕 선녀님』은 오래된 목욕탕의 풍경이라는 일상에, 폭포수 벽화와 인조 바위가 있는 냉탕에 선녀가 산다는 독특한 상상력을 기반으로 한 판타지 동화이다. 이 작품에 등장하는 선녀는 보통 우리가 생각하고 있는 젊고 예쁜 여인의 모습을 가진 것이 아니라 쭈글쭈글한 얼굴에 펑퍼짐한 몸매를 가진 할머니이다. 냉탕冷湯에서 노는 법을 많이 알고, 손길만으로도 병을 고칠 수 있는 선녀는 현실세계의 할머니와 별반 다르지 않게 그려지고 동화 속에 〈선녀와 나무꾼〉 설화가 등장한다.

예닐곱 살 쯤 된 소녀 덕지는 엄마랑 오래된 동네 목욕탕에 간다. 덕지는 불가마와 얼음방이 완비된 신식 목욕탕에 가고 싶지만 참는다. 울지 않고 때를 밀면 엄마가 요구르트를 사주는데 이는 덕지의 즐거움이다. 덕지는 폭포수 벽화와 바위가 있는 냉탕에서 놀다가 이상한 할머니를 만난다. 날개옷을 잃어버려 장수탕에서 지내고 있다는 할머니는 덕지에게 '선녀와 나무꾼' 이야기를 들려준다. 선녀 할머니는 냉탕에서 노는 방법을 알려준다. 선녀 할머니가 먹고 싶어하는 요구르트를 드리기 위해 덕지는 꾹 참고 때를 민다. 집에 간 덕지는 감기에 걸려 열이 펄펄 끓는다. 밤에 선녀 할머니가 물수건 대야에서 나타나 덕지의 이마를 어루만진다. 그 후 덕지는 상쾌한 아침을 맞는다.

이 작품에서 보여주는 판타지의 세계는 '소통을 위한 공간'이라고 할 수 있다. 불가마방, 얼음방, 게임방 등 재미있고 흥미로운 것이 많은 새로운 개념의 목욕탕인 스파랜드로 작품의 배경을 구성하지 않고 오래된 목욕탕인 장수탕을 배경으로 하고 있다는 점에 집중해야 한다. 이는 오래된 목욕탕이 노인과 아이를 자연스럽게 만나서로 소통할 수 있는 공간으로 규정하고 있다. 덕지와 선녀는 서로 손을 마주잡고 탕 속에 앉아서 숨참기를 한다. 이 장면은 세대世代 간의 불신不信이나 단절斷絶이 아니라 교감交感하는 방법을 잘 보여준다.

원전에서 '선녀'는 환상적인 존재로 형상화되어 있다. 여기에서 선녀라는 존재를 새롭게 스토리텔링하고 있다. 〈선녀와 나무꾼〉 설화에 등장하는 선녀를 이 동화에서 친근한 존재로 변용하고 있다. '덕지'라는 주인공은 스스로의 힘으로 선녀 할머니를 포용包容한다. 덕지가 열이 펄펄 끓는 밤에 선녀 할머니가 나타나 치유해 주는 것은 덕지의 상상想像이라고 할 수 있다. 덕지의 상상 속에서 선녀 할머니는 정신이 이상한 할머니가 아닌 진짜 선녀仙女로 작용하는 것이다. 약자弱者를 품어주고 스스로를 성장하게 만드는 것, 상상이 가진 막강한 힘이다. 이 작품에는 환상이 성장의 원동력이 되는 것을 보여주는 한편 우리가 깨닫지 못했던 세대 간의 갈등을 새롭게 부각하여 주제를 확장하고 있다. 또한 유머를 잃지 않는 섬세함이 돋보인다. 선녀는 환상적이고 초월적인 모습이 우리와 같이 현실의 삶을 살아가는 평범한 할머니의 모습을 통해, 친근한 존재로 설정되어 있다.

이 동화에서는 우리의 몸에 대해서 생각하게 한다. 식스팩 복근과

날씬한 팔등신을 우상으로 섬기면서 외모지상주의에 사로잡힌 우리 사회의 단면을 발견하게 된다. 여성들이 아름다운 것을 선망하고 미인이 되기 위해 노력하는 것을 본다면 미美적인 의미에서 우월감과 동시에 현실적 이익을 얻을 수 있기 때문이다. 한국사회에서 미인은 사회적으로 발탁拔擢의 기회가 증가하고, 이를 통해 높은 지위를 점유하며, 사회적 인맥 역시 광범위하게 형성할 수 있다고 인식된다.[14)]

여기에는 디자인되지 않은 몸을 지닌 선녀 할머니의 모습은 다소 생소하다. 튀어나온 배와 늘어진 가슴, 울퉁불퉁한 팔다리의 선線을 사실적으로 보여준다. 이러한 생소함이 안도감과 즐거움으로 작용한다. 이것이 인간 본연의 모습이고 우리의 자연스럽고 건강한 과거, 현재와 미래의 몸의 모습이라는 것을 알게 한다. 아름다운 몸과 얼굴에 대한 우리 사회의 강박적인 추구를 극복할 수 있게 한다.

3) 드라마-「선녀가 필요해」

KBS2 TV 시트콤 '선녀가 필요해'는 지상으로 내려온 선녀와 '2H 엔터테인먼트'를 중심으로 인물들의 유쾌한 코미디를 그린 드라마이다. KBS2 TV에서 2012년 2월 27일부터 7월 27일까지 방영되었던 100부작 드라마이다. '선녀가 필요해'는 하늘나라에 살던 선녀 모녀의 세상 적응을 그린 시트콤으로 어머니 선녀 왕모(심혜진 분), 딸 채화(황우슬혜 분)가 주인공이다. 이 드라마는 〈선녀와 나무꾼〉의 모티

14) 하경숙, 「한국 여성 미인의 의미와 특질」, 『동양문화연구』23권, 동양문화연구원, 2016, 227쪽.

프를 차용하여 전개한다. 왕모와 채화는 선녀탕에서 목욕을 하기 위해 지상에 내려왔지만, 드라마 세트장에 하강下降한다. 목욕에 열중하던 이들은 드라마 의상으로 착각한 연기자가 옷을 들고 가는 바람에 하늘로 올라가지 못한다. 지상의 삶은 선녀에게는 낯설기만 하다. 시트콤은 선녀가 지상에서 살면서 벌어지는 다양한 사건이 중심이 된다. 채화는 엉뚱하고 순수한 미모를 지닌 선녀로 지상 세계에서 여러 가지 사건을 일으키는 주범이 된다.

우연히 선녀 모녀와 얽히게 된 엔터테인먼트 업계의 거물 차세주(차인표 분)는 점잖은 외양 속에 일탈하고 싶은 욕망을 품은 인물로 한때 배우를 꿈꾸었으나 연기력이 없어 실패하였다. 그러나 자신을 닮은 연예인 지망생 아들 때문에 속을 썩는다. 그는 지상세계에 낯선 선녀 모녀에게 차세주는 정착을 도우며 가족 같은 역할을 하게 된다. 치킨과 짜장면을 거침없이 먹으며 지상세계 음식들에 흠뻑 취한 선녀 채화의 모습은 매우 흥미롭다.

이 드라마에서도 '날개옷'의 분실은 사건의 축이 되는데, 선녀 모녀의 날개옷이 구호 단체쪽에 넘어가 아프리카로 가고 있다는 소식에 이들은 충격을 받는다. 날개옷을 잃고 지상세계에 머물게 된 선녀 왕모가 보자기와 패딩으로 선녀임을 감춘 채 뻥튀기를 파는 등 지금의 현실의 모습을 사실적으로 보여준다.

사기를 당해 아프리카행이 무산된 선녀 모녀는 단칸방에서 살게 된다. 이들은 제대로 앉아 있기도 힘든 단칸방에서 추위에 떨며 잠에 들었다. 아침밥으로 삼각김밥을 먹기도 하고, 과자를 주워 먹기도 한다.

오로지 아프리카에 가겠다고 마음을 먹은 선녀 모녀는 길거리를 걷다가 옷가게에서 1등에 당첨되면 아프리카에 보내 준다는 이벤트를 보고, 비싼 옷을 사면서까지 이벤트에 참여했지만 결국 1등에 실패하고, 2등 텔레비전 경품에 당첨됐다. 결국 두 사람은 단칸방 인생을 벗어나지 못했다. 우여곡절 끝에 채화는 사랑하는 세주를 비롯해 정든 가족들을 지상에 남겨둔 채 하늘로 올라갔다. 사랑하는 이들과 헤어지고 싶지 않았던 채화는 대왕모에게 "올라가지 않으면 안되냐"고 물었지만, 현실은 냉정하기만 했다. 채화가 떠난지 2년이 흘렀지만 세주는 여전히 채화를 그리워했고, 채화가 보낸 편지에 답장을 하며 자신을 비롯한 가족들의 안부를 전했다.

그러던 어느 날 세주는 채화와 똑같이 생긴 여자와 우연히 길가에서 만났다. 채화와 외모는 똑같았지만 채화의 트레이드마크인 프레첼 머리가 없었다. 하지만 이 여성은 세주를 보고 묘한 미소를 지어보였다. 결국 이 여성이 채화인지는 알 수 없지만 두 사람의 새로운 사랑을 예고하며 열린 결말로 엔딩을 맞이했다. 이 드라마에서는 현실에서 겪을 수 있는 일들을 상세히 보여준다. 선녀라는 인물을 환상적인 존재로 그리는 것이 아니라 현대의 젊고 발랄한 여성으로 그려내었다. 이들은 현대적 문물에 거부감을 보이는 것이 아니라 잘 활용하는 것으로 표현하였다. 선녀 채화는 미모를 지닌 20대의 아름답고 천진하며 젊은 여인으로 다분히 세상물정에 어둡기도 하다. 드라마의 여주인공 선녀는 지금의 현실을 살아가는 현대여성의 모습으로 표현하였다. 현대 사물의 편리함에 익숙하다.

4. 설화 〈선녀와 나무꾼〉 현대적 변용의 특질

〈선녀와 나무꾼〉 설화는 오랫동안 동아시아 지역에서 끊임없이 지속되어 온 이야기로 선녀를 환상적이고 초월적인 존재로 인식하는 것이 아니라 실재하는 존재로, 인간의 모습을 투영하여 표현한다. 그렇기에 이 설화는 지금도 다양한 콘텐츠로 변환되어, 끊임없이 확대되어 재생산되고 있다. 선녀라는 존재가 지닌 신비감과 '천상'이라는 공간이 주는 미지未知와 환상幻想의 결합이 확장을 가져온 것이다. 이들이 활동하는 지상은 단순히 두려움과 죽음의 공간으로만 인식되지 않았다. 소통의 공간이면서 삶과 죽음의 접점接點이기도 하다. 다시 말해 활동活動, 생산生産, 창조創造, 연속連續의 공간이기도 하다.

이처럼 〈선녀와 나무꾼〉 설화는 내포하는 상징적인 요소가 많았으나 최근의 연구를 통해 그 상징을 실증적으로 규명하고자 노력하고 있다. 전승되고 현대적으로 변용된 작품들은 여러 장르의 소통을 통하여 구체적이고 사실적으로 현대인의 생활 공간의 모습을 잘 나타내고 있다. 인간은 불완전하고 한계를 가지고 있기 때문에 현실을 넘나드는 초월적 능력에 대한 일정 이상의 기대를 가지고 있다. 최근에 현대적으로 변용한 작품들은 그간 인식되어 온 '선녀'라는 환상적인 이미지에서 탈피脫皮하여 가장 인간적인 면모에 집중하고 있다. 이는 다원적인 사고가 필요한 대중의 상상력이 확대되고 있다는 증거이다.

다양한 측면에서 설화를 규명하고 재창조하여 이를 바탕으로 여러 도전과 변형이 필요하다. 지속적으로 〈선녀와 나무꾼〉 설화가 유통되고 형성되었던 사회적·문화적 문맥을 다시 한 번 재점검할 필요가 있다. 현대적으로 변용한 작품에서 선녀는 독립심을 지닌 여성으로 생활에 강한 의지를 보여준다. 현대적 변용에 등장하는 선녀의 모습은 주변에서 쉽게 찾을 수 있는 인물로 친근감을 준다.

〈선녀와 나무꾼〉 이야기는 지금까지 이들의 결합에만 집중을 하였다. 그러나 이야기의 내부를 살펴보면, 시대와 문화적 차이에 따라 변화의 양상을 보인다. 이야기의 전달자인 대중은 설화 속에 낯선 인물을 표현하기 보다는 자신들과 유사한 인물 유형類型들을 표현하고 변용하여, 여기에 다양한 인과를 적용하게 한다.

〈선녀와 나무꾼〉 설화는 신비롭고 초월적인 인물을 통해 현실과는 다른 상상의 외연을 확장하기에 매우 적합하다. 다양한 변용을 통해 호기심을 자극하고 상상력을 증폭하기에 충분하다. 우리나라 〈선녀와 나무꾼〉 설화의 인물형은 일반적인 신화, 설화에 형상화된 인물형과는 다른 측면이 보여진다. 생활력과 친근감을 동시에 지니고 있는 것이다.

현대적으로 변용한 작품에서는 현실의 사회가 지닌 이기적이고 폭력적인 모습이 고스란히 나타난다. 그러나 이들이 외모나 젊고 아름다운 여성의 모습에 집착하지 않았다. 이들은 자신의 삶의 방식과 문화를 강요하는 이기적利己的인 면모를 표현하지 않고, 본래적 삶의 가치를 설명한다. 아울러 일방적인 강요에 의한 존재의 희생이 아니라 다양한 삶의 수용과 어울림을 표현하고 있다. 이를 통해 현실속의 현대인의 삶의 방식과 생활의 태도를 반성하게 한다.

5. 맺음말

서사가 지속적인 생명력生命力을 유지하기 위해서는 시대에 따른 다양한 해석이 가능해야 한다. 우리가 알고 있는 '선녀'는 아름다운 여인의 모습을 지닌 채 날개옷을 입고 있는 환상적인 존재이다. 이러한 선녀의 이야기를 바탕으로 〈선녀와 나무꾼〉 설화는 지속적으로 우리에게 향유되고 있다. 그러나 시대와 환경에 따라 스토리는 다양한 양상을 보이며 새롭게 구성되기도 한다.

〈선녀와 나무꾼〉 설화는 환상적인 면모를 지닌 다양한 스토리의 원천이다. 그러나 현대적으로 변용한 작품들은 타자他者와의 다양한 소통을 고민하고 있다. 특히 각박한 사회 현실에서 자신이 추구하는 삶의 목표를 향해 도전하고 노력하는 모습을 상세히 보여준다. 또한 진정한 소통의 의미와 참된 애정의 가치를 구현하고 있다.

또한 현대적으로 변용한 작품에서는 '선녀와 나무꾼'이 사랑의 이야기의 주인공으로 존재하는 것이 아니라 이를 둘러싼 다양한 스토리의 재생산을 흥미롭게 다룬다. 한국사회에서 보여주는 다양한 현실을 상세히 설명하고 있다는 점에서 매우 의미가 있다. 아울러 선녀는 단순히 환상적인 존재로만 작품에서 보여지는 것이 아니라 독립적이고 생활력이 강한 여성으로 나타난다.

자신의 역할을 제한하는 천상 세계와는 다소 다른 삶의 양상을 실현하기 위해 현실에서 고통, 상실, 고독 등을 기꺼이 인내하는 모습으로 형상화되어 있다. 아울러 인간과의 다양한 소통을 통해 상생을 모색하고 적극적인 삶의 태도를 보여준다. 여기에 생활력을 지닌 존재로 친근감을 동시에 지니고 있는 것이다.

참고문헌

권애자, 「〈선녀와 나무꾼〉 설화에 나타난 꿈과 대칭 세계」, 『한민족어문학』72권, 한민족어문학회, 2016.

김대숙, 「'나무꾼과 선녀' 설화의 민담 성격과 주제에 관한 연구」, 『국어국문학』137권, 국어국문학회, 2004.
배원룡, 『나무꾼과 선녀 설화 연구』, 집문당, 1993.
서은아, 「〈나무꾼과 선녀〉의 인물갈등 연구」, 서울여대 박사학위논문, 2004.
신태수, 「나무꾼과 선녀 설화의 신화적 성격」, 『어문학』89권, 한국어문학회, 2005.
양민정, 「「나무꾼과 선녀」형 설화의 비교를 통한 다문화 가정의 가족의식 교육 연구－한국, 중국, 베트남, 몽골 설화를 중심으로－」, 『국제지역연구』15권 4호, 한국외국어대학교 국제지역연구센터, 2012.
하경숙, 「한국 여성 미인의 의미와 특질」, 『동양문화연구』23권, 동양문화연구원, 2016.
하경숙, 『한국 고전시가의 후대 전승과 변용 연구』, 보고사, 2012.

제7장

조선 후기 시조時調에 나타난 가족家族의 양상

—여성女性을 중심으로

1. 머리말

시조時調는 고려말기에 이미 형식의 정제성을 가지고, 독자적인 시가 양식으로서의 모습을 드러냈다. 이후로 시조는 길이가 늘어나거나 연이 중첩되는 형태의 변모를 가져오기도 하다. 창작 계층도 사대부계층에서 시작했지만 점차 여성과 평민 계층으로 그 저변이 확대되었다. 시조가 지닌 오랜 역사성과 함께 그것이 가창 방식이나 미의식美意識도 달라지고 있었다.[1)] 시조는 우리 삶의 원형原形이고 표현이다. 이처럼 우리가 살아가고 있는 순간을 기록한 진실의 표현이다. 이처럼 문학은 삶의 본질을 갖게 하고 자기 성찰省察과 자기 확대를 가중하도록 유도하고 자신의 참된 모습을 찾아가는 과정이

1) 구사회, 「『시조책』(김해정 소장본)과 새로운 시조 작품에 대하여」, 『한국시가문화연구』39권, 한국시가문화학회, 2017, 8~9쪽.

라 할 수 있다. 시조는 당대의 변화를 세밀하게 나타내는 장르로 볼 수 있다.

가족家族을 모티프로 하는 시조는 고전부터 현대에 이르기까지 작품 속에서 자주 나타난다. 이처럼 가족은 우리의 의식意識세계를 지배하는 요소이다. 가족은 사회를 구성하는 최소 단위이면서 동시에 시인이 설명하고자 하는 삶의 상황과 심상心象을 잘 구현하는 소재이다. 가족은 가정家庭, 가정家政, 가구家口, 가문家門 등의 개념과 서로 얽혀 있고 시대와 필요에 따라 상이하게 이해되어 왔다. '가족'이라는 낱말은 유전적 관계에 있는 사람들의 범위를 넘어, 한 개인에게 '가족처럼' 생각되고 특별한 관계에 있는 사람을 가리키기도 한다.[2] 가족을 주제로 한 시조는 사회와 문화 현상을 설명한다. 한 개인은 가족을 바탕으로 현실을 인식하고 현실에 관한 사고의 방향을 결정하게 되는데, 이 사고의 중심에는 가족 구성원의 개인적 경험이 중요하게 반영된다. 이것은 사회적 상황과 연관되어 민족적 모습을 보여주기도 한다.[3] 다시 말해 가족의 모습은 현실의 삶을 여과없이 사실적으로 보여주는 한편 그러한 인식이 삶의 의미와 도덕적인 인간, 인간의 근간을 이루는 요소가 가족이라는 사실을 알게 한다.

가족을 모티프로 하는 작품은 교훈敎訓적인 담론談論에 머물거나 기존의 사회 질서와 가족중심주의를 강화하는 논의가 될 수도 있겠지만, 시대적 상황과 불가분이라 할 수 있다. 현시대에서 가족의 의

2) 김혜련, 「서사담론으로서의 가족애」, 『한국여성철학』7권, 한국여성철학회, 2007, 63쪽.

3) 박은미, 「임화 시에 나타난 가족 모티프 연구」, 『겨레어문학』27집, 겨레어문학회, 2001, 212쪽.

미는 확장되어 있다. 과거 고도의 압축 성장 과정에서 보여주었던 가족의 모습은 변화되었다. 이제는 혈연血緣중심에서 벗어나 입양가족, 다문화 가족, 한부모 가족 등 다양한 가족의 형태를 갖게 되는데 이러한 시점 가족에 대한 의미를 다시 돌아보는 계기로 작용한다. '가족'이라는 소재는 시공을 초월하면서 다양한 장르에서 다루어지는 내용이며, 새롭게 창조되고 있는 공통적이면서 개별적인 가치로 매우 의미가 있다.

그동안 시조 속에서 여성과 관련하여 여성 화자와 섹슈얼리티 관점, 여성의 정서, 언술양상, 사회적·문화적 상황, 여성주의적 측면 등 다양하게 논의[4]되었고 지속적으로 연구되었다. 이는 시조 속에 여성들의 일상과 생활, 세계관이 구체적으로 형상화되어 있고, 이들이 처한 사회적 문화적 특수성이 선명하게 드러나기 때문이다.

이 글에서는 가족관계에 나타난 여성과 관련한 시조 작품을 선정

4) 이형대, 「사설시조와 여성주의적 독법」, 『시조학논총』16, 한국시조학회, 2000; 조세형, 「사설시조의 중층성과 욕망의 언어」, 『한국 고전여성 문학연구』7, 한국고전여성문학회, 2003; 신은경, 「조선후기 '님' 담론의 특성과 그 의미: 사설시조와 잡가를 중심으로」, 『시조학논총』20, 한국시조학회, 2004; 고정희, 「사설시조에 나타난 여성의 수사적 상황」, 『국어교육』114, 한국어교육학회, 2004; 류해춘, 「상행위를 매개로 한 사설시조의 성담론」, 『우리문학연구』22, 우리문학회, 2007; 박노준, 「사설시조와 에로티시즘」, 『한국시가연구』3, 한국시가학회, 1998; 신경숙, 「초기 사설시조의 성 인식과 시정적 삶의 수용」, 『한국문학논총』16, 한국문학회, 1995; 윤영옥, 「기녀시조의 고찰」, 『여성문제연구』12집, 대구효성가톨릭대학교 사회과학연구소, 1983; 성기옥, 「기녀시조의 감성특성과 시조사」, 『한국고전여성문학연구』1집, 한국고전여성문학회, 2000; 이화영, 「사대부와 기생의 문학세계 비교」, 『우리문학연구』39집, 우리문학회, 2013; 김상진, 「억압의 보상, 기녀와 기녀시조」, 『시조학논총』43, 한국시조학회, 2015; 김지은, 「기생시조에 나타난 사랑의 태도 연구」, 『시조학논총』48집, 한국시조학회, 2018.

하여 당대 남성 중심적이고 폐쇄적인 사회에서 작품 속에 등장하는 여성의 상황과 그 의미를 파악하고자 한다. 그리고 이러한 작업을 통해 고전 시조 속에 나타난 당대인의 의식 세계를 살펴보고, 오늘날 우리가 추구하는 삶의 목적과 방향을 찾고 가족, 여성의 역할에 관하여 점검하고자 한다.

2. 시조에 나타난 여성의 모습

문학 작품을 해석함에 있어 작품과 존재한 사회의 핵심적인 의미체를 중간항으로 잡아 살피는 방법이 있을 수 있다. 한국사회의 특성과 그것이 작품 속에 드러난 양상을 고려해 볼 때, 우리 문학 작품을 해석하는 데 의미 있는 중간항의 하나는 가족이라고 볼 수 있다.[5] 시조는 시대가 요청하는 다양한 목적과 현실의 모습을 사실적으로 수용하기 위해서 양식의 변화가 필요했다. 이 과정에서 문학을 담당하는 계층의 확대와 더불어 평민 시조 등의 모습으로 사회 전반에 출현했다. 또한 사설시조의 출현은 시정의 사실적인 모습을 읊을 수 있었다. 그런데, 이들 조선 후기의 시조는 새로운 내용을 나타내고 교훈을 주기 위해서 그 장르적 성격이 변모된 것이 아니라 모든 상황을 구현할 수 있는 가장 유연하고 보편적인 표현 도구로 전환되었다.

1) 사회적 규범의 일탈

전통적인 사회의 여성은 근면 검소함을 갖추어야 하며 특히 결혼

5) 최시한, 『가정소설연구』, 민음사, 1993, 327쪽.

한 여성은 가정을 잘 꾸려서 가족 구성원들이 편안함을 누리도록 생활하고 검소와 절약을 몸에 익히도록 교육받았다. 가정에서 어머니의 근면하고 성실한 모습은 자녀들이 그대로 본받게 된다고 보고, 자녀교육에 있어서 가장 중요한 덕목으로 받아 들여졌다. 그래서 남성이 지은 여성들의 향장이나 묘비문墓碑文류에는 여성이 일생을 근면 절약하며 살았던 모범적인 모습이 전부이다. 대체적으로 이러한 여성들의 특징은 남편에게 순종하며 근검절약勤儉節約을 실천한 여성이었고, 부유富裕한 가정에서 성장했지만 일생동안 근면하고 검소함을 몸에 익혀 모범적인 모습을 보였다.[6)]

시조 속의 여성은 항상 누군가를 기다리는 수동적인 존재로 그려진다. 이런 연유로 상대인 남성을 위해서 끊임없이 기다리거나, 아니면 애절한 그리움을 표출해야 한다. 이것이 시조라는 갈래가 요구하는 여성 이미지의 전형이었다.[7)] 봉건체제하의 여성 현실을 시적으로 재현한 작품에서 여성들의 주체적 삶을 실현하지 못한 채 수동적이고 남성이존적인 타자로 존립해 왔음을 확인 할 수 있다.[8)]

싀어마님 낫바 벽바흘 구루지 마오
빗에 바든 며ᄂᆞ린가 갑셰 쳐온 며ᄂᆞ린가 밤나모 셔근 들걸에 휘초리나 ᄀᆞᆺ치 알실픠신

6) 정인숙, 「조선후기 도시의 발달과 여성의 소비문화에 대한 담론의 성격」, 『한국고전여성문학연구』24, 한국고전여성문학회, 2012, 236~244쪽.
7) 김용찬, 『조선후기 시조 문학의 평가』, 월인, 2008, 293~294쪽.
8) 이형대, 「사설 시조와 여성주의적 독법」, 『시조학논총』, 16집, 한국시조학회, 2000, 411쪽.

싀아바님 볏뵌 쇳동 ᄀᆞᆺ치 되죵고신 싀어마님 三年 겨론 망태에 새 송곳부리 ᄀᆞᆺ치 ᄲᅧ족

ᄒᆞ신 싀누의님 당피 가론 밧틔 돌피 나니 ᄀᆞᆺ치 오한 왼곳 ᄀᆞᆺ튼 핏동 누ᄂᆞᆫ 아ᄃᆞᆯ ᄒᆞ나 두고

건 밧틔 멋곳 ᄀᆞᆺ튼 며ᄂᆞ리를 어ᄃᆡ를 낫바 ᄒᆞ시ᄂᆞᆫ고 (1771)[9]

이 작품의 경우 화자는 '며느리'이며 청자는 '시어머니'로 설정되어 시집살이의 어려움을 상세히 그려내고 있다. 아울러 삼인칭 인물이 '며느리'와 '시어머니'라는 인물을 관찰하고 있는 것으로도 볼 수 있다.[10] 하지만 발화發話의 중심이 '며느리'로 맞추어 있고, 시집 식구들에 대한 불만을 일관되게 표출하고 있다. 며느리는 자신의 입장에서 가족들을 묘사하고 평가하고 있다. 그 속에는 여성이 겪는 고통을 단순히 개인적인 노동의 고달픔이 아니라 가족관의 관계에서 시작하여 위치하고 있다는 것을 표현하였다.

과거 봉건 시절의 여성은 시어머니를 중심으로 은밀하게 재편再編하여 내부적으로 억압과 고통, 고독 등 다양한 어려움을 겪었다. 이런 시대에서 며느리가 처한 고단한 삶에 대한 한탄, 가정에서의 위치가 고스란히 드러난다. 이는 시어머니의 발화보다는 약자弱者로 보여지는 며느리가 자신의 상황을 호소하여 화자의 고통과 어려움을 동화하게 한다. 시집살이의 어려움을 통해 가정에서 지닌 여성의 위치가 그다지 높지 않았으며, 태도 역시 적극적이거나 능동적이지 않았다는 사실을 알게 한다. 또한 이 시조를 통해 기존의 여성의 이

9) 본고에서 인용한 작품의 가번은 심재완의 『역대시조전서』, 세종문화사, 1972를 따른 것이다.

10) 백정윤, 「사설시조의 여성인물 연구」, 서강대학교 석사학위논문, 2003, 17쪽.

미지와는 달리 단순히 가족의 역할을 순응하는 것이 아니라 일정 이상 자신의 목소리를 내고 있다는 점에서 특색이 있다. 이는 며느리의 고단한 삶에 대한 한탄과 시어머니에 대한 요청의 모습은 당시 대부분의 고부姑婦의 관계를 재현하는 것으로 추측된다.

여기에 여성에게 부여된 역할이라도 사회적 규범과 강요로 더 이상은 제어制御할 수 없다는 것을 보여준다. 다시 말해 며느리의 진술은 전통 사회에서 바라볼 때 문제로 대두될 수 있는 소지가 충분하지만, 여성이 자신의 처지를 적극적으로 진술한다는 점에서 주목할 만 하다.

> 어이려뇨 어이려뇨 싀어마님 어이려뇨
> 쇼대남진의 밥을 담다사 놋쥬것 잘늘 부르쳐시니 이를 어이ᄒᆞ려뇨 싀어마님아
> 져 아기 하 걱정 마스라
> 우리도 져머신 제 만히 것거 보왓노라 (1960)

이 작품에서는 고부간의 갈등을 그려내기 보다는 '성性'를 매개로 한 고부간의 표현 양상을 보여주고 있다. 며느리의 '충격적인 고백告白' 역시 평범하지 않다는 사실에도 불구하고 시어머니의 태도 역시 이해하기 어렵다. 자신의 젊었을 적 경험을 설명하며 관대히 상황을 이해하는 시어머니의 태도는 납득하기 어렵다. 부엌 살림을 잘하지 못하는 며느리가 이보다 더 큰 문제인 성적 일탈逸脫 상황을 고백하고 이에 대해 시어머니는 며느리의 행동에 공감하며 이해한다. 고부간의 대화로 설정하고 있지만 성적인 문제와 연결시켜 철저히 개인의 문제로 환원還元하고 있다.[11] 여기에서 이야기하고 있는 화자가 과연 실제 여성인지에 고민하게 한다. 폐쇄적 사회 분위기에

서 여성이 자기고백을 하는 것은 대단히 어려운 상황임에도 불구하고 자신의 일탈을 스스럼없이 이야기하고 있다는 점, 특히 갈등이 깊은 고부사이에서 이 같은 문제를 자연스럽게 이해하고 동화된다는 사실에서 작품을 창작한 계층을 의심할 수 있다.

> 첩이 좃타ᄒᆞ되 첩의 설폐 들어 보소
> 눈에 본 죵 계집 기강이 문란ᄒᆞ고 노리개 녀기첩은 범백이 여의ᄒᆞ되 중문안 외방관기 긔 아니 어려우며 양가녀 첩하면 그중이 낫건마ᄂᆞᆫ 안마루 발막빡과 방안에 쟝옷귀가 사부가 모양이 저절노 글너가네
> 아무리 늙고 병드러도 규모 딕히기ᄂᆞᆫ 정실인가 ᄒᆞ노라 (2828)

이 작품은 청자가 구체적으로 설정되어 있지 않은 점으로 보아 화자가 직접적으로 청중에게 발화하는 것이다. 종장에 나타나는 화자가 '정실부인正室夫人'이라는 정보를 알려주고 있지만 청자가 누구인지 명확하게 설정되어 있지 않다. 다만 그 내용에 나타난 첩妾의 문제를 열거하고 가족의 문제를 외부로 표출하는 것으로 보아 화자는 정실부인이라는 것을 짐작할 수 있게 하고, 자신의 위치와 정당성을 강하게 설명하고 있다. 여기에 나타난 상황은 당시 가족이 처한 상황을 사실적으로 그려낸다.

이 시조에서 화자는 실생활의 면모를 과감하고 상세히 드러내고 있다. 단순히 '가족'이라는 존재에 대한 표면적이거나 정서적인 것에만 기반하여 그들을 미화美化하고, 변명하기 보다는 자신의 고립과 불만을 구체적으로 나타내고 있다. 그간 인내와 순종이 여성의

11) 김용찬, 「사설시조 속의 가족과 그 주변인들」, 『한국고전여성문학연구』11권, 한국고전여성문학회, 2005, 127쪽.

미덕이라고 보았던 시대에 가려져 있던 가족 내의 갈등을 외부로 표출하고 있다. 첩妾에 대한 질투심을 근간으로 첩의 폐단弊端에 대한 열거, 가족에 대한 불만이라는 소극적인 대항對抗은 여성의 규범적 일탈의 모습을 보여주는 한편 사회적인 분위기를 짐작할 수 있게 한다. 처첩제도는 여성간의 시기와 갈등의 문제가 중심이 되어 남성 중심의 제도에서 빚어지는 조선조 사회의 분리한 제도 중 하나로 나타난다. 이 작품에서는 여성에게 강요된 역할과 가치관이 사회적 상황에 순응하지 않는 특징을 보인다. 도시都市가 발달하고 상업商業이 발달되는 세태가 될수록 여성이 단순히 주변인周邊人이 아니라 가족이나 사회의 중심으로 작용하여 이야기를 전개하게 되는 것이다.

져 건너 月仰 바희 우희 밤즁마치 부엉이 울면
녯 사ᄅᆞᆷ 니론 말이 ᄂᆞᆷ의 싀앗 되야 ᄀᆞᆺ밉고 양믜와 百般巧邪하ᄂᆞᆫ 져믄 妾년이 急殺마자
죽ᄂᆞᆫ다 ᄒᆞ데
妾이 對答하되 안해님 겨오셔 망녕된 말 마오 나ᄂᆞᆫ 듯자오니 家翁을 薄待하고 妾새옴
甚히 하시ᄂᆞᆫ 늘근 안ᄒᆡ님 몬져 죽ᄂᆞᆫ다네 (2547)

위의 시조는 처첩妻妾간의 대화로 보여진다. 화자가 서로에게 지니는 적대감을 표면적으로 분출하지 않고 우회적으로 나타내며 견제하고 있다. 이 속에서 처첩의 위치와 상항이 그려진다. 첩은 비록 남자의 사랑을 받아도 본처本妻의 영역을 침범할 수 없었으며 사회적 차별에서 벗어 날 수도 없었다.[12] 이 시조에서 정실부인은 첩에 대한 질투심을 표현하고, 첩은 자신이 지닌 신분적 약세에도 불구하

고 결코 소극적이거나 주눅이 든 모습이 아니라 자신의 이야기를 직설적으로 하고 있다. 이를 통해 사회적인 상황이나 가치가 변모하였다는 것을 엿볼 수 있다. 시조에서는 첩이나 가족제도에 대한 이성적인 비판批判이나 세태에 대한 풍자 등 상세한 설명을 하는 것이 아니라 상황을 다소 우스꽝스럽게 설정하여 축첩이나 가정의 불화를 면밀히 보여주고 있다. 다시 말해 가정의 불화를 표면적인 대결을 통해 보여주거나 체제에 불응하는 것을 전면에 내세우지는 않지만 더 이상 신분제도는 가족의 형성에 큰 영향을 끼치지 못한다는 사실을 알게 한다. 아울러 제도는 더 이상 여성을 제어하는 목적으로 사용되거나 순종하게 할 수 없다. 이에 그 제도적 의미가 축소되고 있다는 것을 짐작하게 한다.

2) 개인적 욕망의 표출

사설시조가 다루고 있는 내용 혹은 주제 등은 외설猥褻적인 것에서부터 유교儒敎적 덕목을 강조한 것에 이르기까지 전 계층을 수용할 수 있는 폭을 지니고 있다. 사설시조가 남성중심의 연행 공간에서 주로 향유되었다는 점에서 '여성을 성적 대상으로 취급'했다는 기존의 비판적 평가에도 불구하고 여성이 가진 성적 본능의 발견을 중세 사회 내에서 여성성에 대한 발전적 이해의 틀을 가지게 되었다.[13)]

> 재 너머 莫德의 어마네 莫德이 쟈랑 마라
> 내 품에 드러셔 돌겻 ᄌᆞᆷ쟈다가 니 ᄀᆞᆯ고 코 고오고 오좀 ᄊᆞ고 放氣 ᄲᅱ

---

12) 김명희 외, 『문학으로 읽는 옛 여성들의 삶』, 이회, 2005, 99쪽.
13) 신경숙, 「사설시조에 나타난 성형상과 그 해석－『진본 청구영언』을 중심으로」, 『한성어문학』12집, 한성어문연구회, 1993, 13~14쪽.

니 촘盟誓

개지 모진 내 맛기 하 즈즐ᄒᆞ다 어셔 다려 니거라 莫德의 어마 莫德의 어미년 내ᄃᆞ라 發明ᄒᆞ야 니르되

우리의 아기ᄯᆞᆯ이 고림症 ᄇᆡ아리와 잇다감 제症 밧긔 녀나믄 雜病은 어려셔브터 업ᄂᆞ니

『진본 청구영언 567』

이 시조에는 막덕이라는 인물이 등장하는데 행실이 매우 부정하다. 막덕어미는 딸을 교육시키거나 교화하는 노력은 보이지 않고, 부정을 감싸기에 급급하다. 이는 막덕어미와 막덕의 남편이 나누는 대화에서 막덕의 부정한 행실行實을 알 수 있다. 오히려 막덕어미가 하는 말들이 딸의 상황을 더욱 궁지로 몰아넣는다. 막덕은 혼전에 이미 많은 남성들과 성적인 접촉이 있었고, 막덕어미가 하는 이야기에는 그러한 정보가 있다. 막덕과 막덕어미는 성性을 삶의 방책으로 여겼다. 그러나 딸이 혼인婚姻하여 어느 정도 안정된 가정생활을 하고 어머니는 이러한 막덕을 도와주려고 했지만, 그녀의 경망輕妄스러운 언행言行으로 인해 오히려 딸의 과거를 파헤치는 상황에 이른다. 이 작품에서 보여지는 모녀의 행동은 현대인들 조차 쉽게 납득하기 어려운 모습으로 비정상적이다. 이 시조에서 화자는 교훈이나 훈계를 하는 것이 아니라 여성의 탈선을 보여주고 있다. 여성의 이러한 부정한 행실은 올바른 가정을 유지하기 어렵다는 사실을 경고하는 것이다.

밋남편 광주ㅣ ᄉᆡ리뷔 쟝ᄉᆞ 쇼대난편 삭녕 닛뷔 쟝ᄉᆞ

눈경에 거론 님은 쑤짝쑤짝 두드려 방망치 쟝ᄉᆞ 돌호로 가마 홍돗개 쟝ᄉᆞ 뷩뷩도라

물레 쟝ᄉᆞ 우물젼에 다 근댕근댕ᄒᆞ다가워렁충창 ᄲᅡ져 물 ᄃᆞᆷ복 ᄡᅧ내ᄂᆞᆫ 드레곡지 쟝ᄉᆞ
어듸가 이 얼골 가지고 죠릐쟝ᄉᆞ를 못 어드리 (1105)

이 시조는 본남편과 샛서방(남편이 있는 여자가 남편 몰래 관계하는 남자)이 있는 부인婦人이 새로운 남자들을 유혹하는 몸짓을 보내는 내용이다. 새로운 남자들은 의성어, 의태어를 표현하여 모두 장사꾼이라는 정보를 독자에게 준다. 화자는 자신의 외모에 대한 자신감을 바탕으로 남자들을 취할 수 있다는 의지를 보여준다. 이는 미인이라는 이유만으로 타인들의 관심과 애정의 대상이 되기에는 충분하다. 미인美人은 사회적으로 발탁의 기회가 증가하고, 이를 통해 높은 지위를 점유하며, 사회적 인맥 역시 광범위하게 형성할 수 있다.[14]

위의 시조에 표현된 여성은 가부장家父長권이 강화된 가족 질서 체제의 억압된 현실에서 인내하거나 희생하는 여성들과는 달리 자기 본능에 충실한 삶을 살았다. 그녀들의 본연으로부터 나온 행동들은 가정이나 사회에서 요구하는 여성의 도리에 어긋나는 것으로 부정적인 아내의 모습을 지니고 있다. 그러나 작품에서는 이를 해학적이고 희극적으로 형상하고 있다. 비록 반윤리적反倫理的이고 부도덕한 행실이지만, 거침이 없는 과감한 행동과 현실적인 욕구에 충실하게 반응하는 그녀들의 모습에서 여성이 지닌 적극적이고 개성적인 삶의 일면을 포착할 수 있었다. 이는 개인이 욕망을 추구하는 것은 현실에서 만족하지 못하는 것을 스스로 체념하기 보다는 극복하고자 하는 태도에서 기인起因한 것이다.

14) 하경숙, 「한국 여성 미인의 의미와 특질」, 『동양문화연구』23권, 영산대학교 동양문화연구원, 2016, 227쪽.

高臺廣室 나ᄂᆞᆫ 마다 錦衣玉食 더옥 마다

銀金寶貨 奴婢田宅 緋緞 치마 大緞 쟝옷 蜜羅珠 겻칼 紫芝鄕織 져고리 ᄯᅳᆫ머리 石雄黃으로 다 ᄭᅮᆷ자리 ᄀᆞᆺ고

眞實로 나의 平生 願ᄒᆞ기ᄂᆞᆫ 말 잘ᄒᆞ고 글 잘ᄒᆞ고 얼골 ᄀᆡ자ᄒᆞ고 품자리 잘ᄒᆞᄂᆞᆫ 書房이로다 (174)

이 작품에 등장하는 화자는 성性적인 욕망에 충실하고 남편을 봉양奉養하는 것을 목적으로 두지 않는다. '남성의 육체'가 재현의 대상이 된다는 것은 곧 남성 중심주의 사회의 문학적 표현이자 남자의 육체가 일반적인 육체, 세계의 기준임을 의미하는 것이기도 하다.[15] 이는 남성의 육체를 바라보는 여성의 시선은 그 자체만으로 기존의 남성 중심주의 사회적 질서에 대응한다는 것을 의미한다. 또한 자기 표현의 의사가 확고하다. 이전의 여성이 보여주었던 희생이나 인내의 모습을 찾을 수 없다. 오히려 주체적이며 삶에 대한 자각을 이루는 모습을 그린다. 그렇기 때문에 자신의 감정과 욕구를 숨기거나 감추려고 하지 않는다. 여성인 자신을 긍정의 존재로 인식하고 이를 통해 자신의 삶의 목표를 확고히 여기는 것으로 표현된다.

본능적 욕구에 충실하며 감정을 전하는 이전의 여성의 모습과는 다르게 나타났다. 욕망이 단순히 개인의 문제에 국한되지 않고 타자他者에게 전이 혹은 확장되었을 경우 사회적 갈등을 야기할 수 있다. 더불어 이러한 욕망의 문제는 주인공에게만 적용되는 것은 아니다. 여기에는 텍스트로 이미지화된 작자의 욕망, 그런 이미지를 통해 상징성을 획득하려는 독자의 욕망까지도 포괄되어 있다. 이처럼 사회에서 원하는 남성, 남편의 요건에는 아내의 욕망도 충족해 줄

15) 브룩스 피터, 『육체와 예술』, 문학과 지성사, 2000, 49~51쪽.

수 있어야 한다. 이 시조에서 화자는 당시 현숙賢淑한 여인상과는 전혀 다른 모습이다.

니르랴보자 니르랴보자 내 아니 니르랴 네 남편ᄃᆞ려
거즛거스로 물깃ᄂᆞᆫ 쳬ᄒᆞ고 통으란 나리워 우물젼에 노코 쏘아리 버서 통조지에 걸고 건너집 쟈근 金書房을 눈기야 불너내여 두손목 마조 덥셕 쥐고 슈근슉덕 ᄒᆞ다가셔 삼밧트로 드러가셔 무스일 ᄒᆞᄂᆞᆫ지 존삼은 쓰러지고
굴근 삼대 긋만 나마 우즑우즑 ᄒᆞ더라 ᄒᆞ고 내 아니 니르랴 네 남편ᄃᆞ려
져아희 입이 보다라와 거즛말 마라스라 우리ᄂᆞᆫ 마을 지어미라 밥먹고 놀기
하 심심ᄒᆞ여 실삼ᄏᆞ러 갓더니라. (280)

고대古代 사회에서 여성의 모습은 자신의 아름다움을 통해 기존 사회와 대립하지 않고 조화롭게 상생相生하는 모습을 통해 여성의 가치를 재탐색하게 한다.[16] 여성 특히 아내에게 주어진 임무는 가정에 충실하고, 근검과 절약으로 살림에 힘써 부지런히 생활하는 것이었다. 이는 여성이 중세적 이념에 갇혀서 자신의 삶을 살아가는 한 명의 인간으로 존중되는 것이 아니라, 가부장제를 이어가는 구성원으로 인식되었다. 여성은 이러한 삶의 방식을 지속적으로 강요당했다.

이는 기존의 사회와 체제에서 원하는 여성의 모습에서 탈피하여 적극적으로 자신의 욕망慾望을 표출하는 방식으로 설명하고 있다. 욕망의 추구와 사회적 분위기에서 갈등했던 일련의 독자들에게는

16) 하경숙, 「『삼국유사』 「수로부인水路夫人」 조條에 구현된 여성인물의 형상과 특질」, 『한국문학과예술』, 한국문학과예술 연구소, 2016, 15쪽.

시조 작품을 통해 욕망을 분출함으로써 억압되었던 윤리 의식에서 다소 해방감을 맛보았을 것으로 보인다.[17)]

그동안 여성은 가정이나 가족에게 자신의 욕망 표출이나 감정의 표현에 있어 지극히 소극적인 태도를 보이며, 규범에 충실하려고 배우고 노력했다. 그러나 위에서 언급한 작품은 대체로 이전에는 금기시되던 것들까지도 자유롭게 말하고 자신이 가진 성적 욕망, 가족에 대한 불만, 자신의 역할에 대한 고민을 솔직하게 인정하고 있다. 사설시조에 형상화된 여성들은 수동적이거나 소극적이기 보다는 시대에 대응하기 위해 움직인 인물로 보여지며, 전대 시가와는 달리 여성적 이미지를 지키면서 여성 형상을 드러내기보다는 오히려 이를 파괴하면서 중세에 항거하는 저항의 여성상이 크게 부각되었던 것이다.[18)]

앞에서 제시한 시조속의 여성들이 보이는 태도는 부도덕할 뿐만 아니라, 한 가정의 몰락을 가져올 만큼의 파격적인 것도 있다. 이들은 시집살이나 가족 관계에 있어서 윤리적이고 규범적인 행동을 보이는 것이 아니라 철저히 자신의 중심에서 판단하고 평가하고 있다. 사설시조의 여성들은 오히려 여성에게 주어진 억압적인 상황에 저항하기 위한 인물들로 보여진다. 여성에게 가해진 여러 억압의 기제는 결국 다양한 모습으로 나타난다. 특히 중세 사회의 문화, 경제, 정치적 여러 변모 양상은 여성의 목소리와 저항에 힘을 실었다. 이에 전대 시가와는 달리 여성적 이미지를 지키면서 여성 형상을 드러

---

17) 진은진, 「〈흥부전〉에 나타난 악과 세속적 욕망」, 『판소리연구』26, 판소리학회, 2008, 245쪽.

18) 박상영, 「사설시조 속 여성 형상의 제시 양상과 그 의미」, 『시조학논총』40집, 한국시조학회, 2014, 167쪽.

내기 보다는 오히려 이를 파괴하면서 중세에 항거하는 저항의 여성상이 크게 부각되었던 것이다.[19)]

3. 시조에 나타난 여성의 현실과 인식

가족家族은 기본적으로 혈연을 중심으로 이루어진 생활공동체이다. 특히 동양 사회는 혈연의식이 더 뿌리 깊이 박혀 있다. 이러한 사고방식에서 여성은 혈연관계에 의한 자연적 구성원이 아니라 자녀 양육이나 가산 관리 등 가정의 결핍이나 어려움을 메우기 위해 영입된 존재로 인식했다. 이러한 측면이 여성 스스로 가족간의 유대에 동화하기 보다는 이방인으로 존재하게 한다. 조선 후기 시조에는 가족 내 여성이 지닌 갈등의 요소가 상세히 나타난다. 특히 여성은 생명을 보존하고 노동과 지식의 전달자로서의 역할을 수행했다. 가족 집단에서 여성은 이들이 행하는 지식이 여러 면에서 우위를 차지하고 있었다. 그럼에도 불구하고 여성은 현실과 제도에서 배제되는 등 다양한 갈등의 상황에 처했다.

1) 소외와 갈등의 표면화

가족관계를 기반으로 형상화된 시조에서 여성은 '나'를 중심으로 살피기보다는 관계 속에서 나의 자리를 인식하고 가족을 배려하고 보살피는 것을 중점으로 하게 된다. 가족은 모든 공동체를 이루는

19) 박상영, 위의 논문, 167~168쪽.

최소 집단이며, 가족 안에서 인간은 자기 자신을 성찰할 수 있고, 그것을 통해 자신의 정체성과 역할을 깨달을 수 있다. 가족은 전통의 윤리를 지켜나가고 순수하게 결속된 이미지로 계승되며, 인간의 보편 정서를 억압하는 분위기 속에서도 따뜻한 인간의 원형성을 추구하고 회복시키고자 노력하였다.

갈등葛藤이 문학에서는 희곡, 소설 등에서 의지적인 두 성격의 대립 현상으로 나타난다. 문학에서의 사회적 갈등은 등장인물의 행위가 어떤 갈등 요인에 의해 사회적 환경과 충돌衝突을 일으키면서 발생되는 문제를 말한다. 이런 사회적 갈등의 이유는 다양한 측면에서 볼 수 있지만, 우선 문학적으로 한정하면 그것은 '욕망'과 불가분의 관계에 있다. 전통적인 이념이 지배하는 사회에서 여성은 가정에서 모성의 주체이자 생명의 근원임에도 불구하고 주변인으로 대우받으며, 대체적으로 자신의 사고를 정면에 내세울 기회가 많지 않았다. 소외된 인물은 고립된 자신의 상태를 드러낼 뿐 사회체제에 맞서지 못하게 되는 것이다.[20] 능력을 가지고 있다 하더라도 거의 외부로 나타낼 기회를 찾기란 쉽지 않았다. 개인이나 사회적인 문제를 해결할 때에도 참여의 기회조차 주어지지 않는 경우가 많았다. 여성은 외부外部로 나가 필요한 도움을 주는 기회가 상대적으로 적었고, 오직 가정 내에서 순응과 희생을 강조했다. 그러나 사설시조에서 여성은 자신의 삶을 적극적으로 바라보고자 시도하고 있다.

다시 말해 여성이 가정 내의 역할과 관계에만 국한하지 않고, 자신을 알고 찾아가는 방법 속에서 세계와 인간에 대한 섬세한 배려를 보여주고 있다. 시적 관심이 당대 현실의 체험적 삶에 뿌리를 두고

20) 나병철, 『모더니즘과 포스트 모더니즘을 넘어서』, 소명출판사, 1999, 181쪽.

가족적 공간이나 애정 대상의 태도에 쏠릴 때 위와 같은 화해和解의 시각보다는 갈등이나 부재, 결핍의 시적 형상들이 훨씬 더 광범위하게 존재한다.[21] 여성적인 시각이 확대면서 소외된 가족인 아내를 재발견하고, 아내가 모성母性과 정절貞節의 가부장적 신화를 거부함에 따라 가족의 지향하는 바가 변화한다. 조선전기 사회가 성리학에 기반하여 집단적·이념적 사고를 지녔다면, 조선 후기 사회는 이것이 분화되면서 개인적·개성적 사고가 허용될 수 있었다. 그 결과로 각 개인이 느끼는 다양한 감정을 자유롭게 표현하는 분위기가 마련되었다.[22]

여성이 겪는 시집식구들과의 갈등, 성적 갈등, 처첩간의 갈등, 관계간의 갈등의 다양한 상황에서 남성의 역할은 철저하게 은폐隱蔽되어 있다. 가족간의 비틀어진 관계와 이기심, 소외감, 불안감이 그대로 전이되어 동시에 이를 원만하게 풀어나가지 못하여 결국은 극단적인 방식을 선택하기도 한다.[23] 위에서 언급한 시조들은 이 속에 등장하는 여성 인물이 지닌 사연이나 원인, 특수성을 찾기보다는 흥미를 부각하여 지속적으로 유통流通하였다. 주목할 것은 작품에 형상화된 가정 내의 갈등 아내, 처첩, 며느리의 모습은 지극히 관념적을 표현한 것이 아니라 당시 일상적 생활의 공간에서 흔히 볼 수 있는 생생한 문제들을 표면화하였다. 또한 금기禁忌로 여기던 것들을 외부로 나타내기도 하였다. 그 속에 진솔한 감정을 드러낸다. 이는

21) 이형대, 「사설시조와 여성주의적 독법」, 『시조학논총』16집, 한국시조학회, 2000, 406쪽.

22) 김상진, 「조선후기 시조와 '일상'의 재발견」, 『어문논집』56, 중앙어문학회, 2013, 166쪽.

23) 하경숙, 『고전문학과 인물 형상화』, 학고방, 2016, 146~147쪽.

사회와 이념의 체제에서 수동적인 고정관념을 탈피한 것으로 보인다. 결국 이들은 여성 자신이 지닌 욕망을 당당히 표출하지만 사회적으로 환영받지 못한 채 곱지 않은 시선으로 표현된다. 그러나 이들이 지닌 욕망의 성격은 사회적인 상황에 반反할 수 밖에 없는 것들이고 지속적인 억압에 대한 거부이다.

2) 삶에 대한 적극적 모색

가부장적 질서 속에서 여성으로서의 윤리, 자녀로서의 한계 등 일찍부터 삶의 한계를 인식한 여성은 사회 전반에 흐르는 규범에 순응하는 것을 강요받았다. 집안에 갇혀 가사 일만 강요하는 사회 분위기와 여성들이 처한 현실과 한계는 자신의 재능을 펼 수 없는 현실에 대한 불만을 증폭시킨다. 가정 내에서 가장 약한 존재로 소외되어 있는 이들은 며느리, 아내이다. 여성들이 가정 내에서 자식을 양육養育하고 훈육訓育하는 일정 이상의 교육을 담당한다고 하더라도 공동의 생활에서 큰 비중을 차지하기 어려웠다. 이에 여성들이 처한 폐쇄적인 환경이 유연한 장르인 시조를 통해 다양한 목소리로 가창되고 있다. 이는 단순한 '노래하기'의 모습으로만 볼 수 없고, '말하기'를 통한 감정의 정화로 볼 수 있다. 여성이 처해 있는 현실 및 의식과 밀접한 연관을 가지고, 그들을 둘러싼 문화적·환경적 변화는 그 주제나 표현의 적극성을 가지며 다양하게 변모하였다. 이는 주변 상황과 소통하려는 여성의 모습도 반영되어 있다. 시적 화자가 처한 일상은 매우 비극적이지만 이를 비극으로 그려내는 것이 아니라 오히려 해학적인 표현 및 시적 화자의 어조를 통해 희극적으로 표현하는 유쾌함을 볼 수 있기 때문이다.[24)]

시조에서 언급한 여성들은 가족과 더불어 이루어지는 일상의 생활을 삶의 자양과 기쁨이 아니라 일종의 어려움으로 형상화하였다. 이러한 의식은 '마이 홈 이데올로기My Home Ideology'[25] 와 충돌하고 있음을 의미한다. 즉 사회로부터 은둔한 채 사私적인 영역에서 행복을 찾고자하는 것이 가족 이데올로기의 특성으로, 시조 속에 나타난 가족 구성원인 여성은 가족 안으로 스며들지 못한 채 갈등을 드러내고 있다. 이들에게 가정은 더 이상 최후의 보루로 느껴지지 않는다. 조선 후기 여성들은 대체적으로 가족과 사회 속에서 적극성을 지니기 보다는 수동적이며 체념적이었다. 조선 후기 여성들은 각자의 개성과 자질을 자유롭게 발휘하기 보다는 사회체제의 틀 속에서 훈육訓育되었다. 수많은 여성 교육서와 가부장제 이념 속에서 자신의 의지와 꿈을 제대로 펼 수 있는 기회는 찾을 수 없었다. 제도권 속에서 여성에게 기대되는 것은 '여성다운' 행위들이었다. 이는 여성에게 남성과 동등한 자격으로 살아가기 보다는 수동적이고 복종의 모습을 요구하였다. 이는 결국 남성중심으로 이어졌다. 그러나 위의 시조 속에 형상화된 여성들은 그들에게 강요되었던 고정관념을 극복하기 위해 다양한 감정을 표출하고, 적극적이고 유연한 태도로 현실을 바라본다. 결국 이들은 여성에게 강요된 획일적이고 사회적인 규범에서 벗어나 주체적인 삶에 대한 도전을 보여준다. 폐쇄적

24) 박상영, 「사설시조에 드러난 일상성 담론과 미학, 그리고 근대」, 『시조학논총』 37, 한국시조학회, 2012, 147쪽.

25) 마이 홈 이데올로기는 가족이 구성원들의 정서 결합의 장으로 역설함으로써 발생한다. 즉 "가족이란 외부의 영향력으로부터 가족들을 보호하는 '최후의 보루'로서, 가족 성원들의 욕구를 사인 테두리 안에서 충족시킬 의무"를 가진다. 그래서 각 개인은 삶의 긴장을 '나의 집'에서 해소시키고자 하는 것이다.

인 봉건사회에서 희생과 순응만을 강요하며 수동적인 '여성'에서 벗어나 '가족'이라는 사회에서 보다 적극적이며 자신의 위치를 구현하는 여성의 모습이 나타난다. 가족 안에서 평등한 대우를 받지 못하는 조선 후기 시조에 형상화된 여성들은 단순히 비틀어지고 왜곡되게 현실을 바라보는 것이 아니다. 이는 새로운 세계에 대한 열망을 다르게 묘사한 것이다. 뿐만 아니라 시대의 한계를 세밀하게 표한한 것이다.

4. 맺음말

가족은 사회를 구성하는 가장 작은 단위이기도 하지만 가장 큰 책임을 가진다. 가까운 관계라는 이해를 바탕으로 다양한 갈등과 오해가 생겨 상처를 받기도 한다. 가족 간의 상처는 어디에서도 위로받을 수 없기에 더욱 아프고, 가족 간의 사랑은 오직 가족끼리만 나눌 수 있는 마음이라서 더욱 따스하다.[26] 우리는 가족이라는 관계속에서 다양한 아픔을 겪기도 하지만, 가족들로 인해 삶의 큰 기쁨을 얻기도 한다. 세상에 존재하는 가장 큰 위로이도 하다. 이처럼 가족은 인류가 존재하는 한 변함없이 유효한 문제의 대상이 될 수밖에 없다. 이 글에서는 조선 후기 시조에 나타난 가족 내 여성의 위치와 모습에 대하여 살펴보았다. 시조에 표현된 여성의 모습은 일상의 모습을 성실하고 선명하게 보여준다. 또한 삶의 모습이 생생하게 느껴

26) 박동욱, 「한시에 나타난 노부부의 형상」, 『한문학논집』44권, 근역한문학회, 2016, 150~151쪽.

진다. 세상의 발전의 속도나 변화는 눈부시게 이루어지고 있지만 가족 내 여성의 모습과 위치는 지금까지 여전히 많은 문제점을 가지고 있다.

이 글에서는 조선 후기 시조속에 나타난 가족내 여성의 위치와 위상을 점검하였다. 여성이 지닌 일탈과 갈등의 상황은 여성 자신이 지닌 사실적인 욕망을 보여주는 것으로 설명하고 있다. 그러나 여성에게 주어진 '사회社會'적 상황을 배제하고 이루어질 수 없는 것이다. 무엇보다 시조 속 여성 인물이 지닌 갈등과 욕망은 표면적으로는 '가족'이라는 굴레에 얽혀서 나타난 것으로 보인다. 이는 시대와 사회가 강요하고 있는 여성에 대한 규범에서 발생한 것으로, 여성에게 강요된 사회적 환경으로 자신을 살피지 않았다. 그러나 이들은 다양한 체제와 환경에 좌절하지 않고 삶에 대한 새로운 의지와 힘을 가졌다.

이처럼 가족 내 여성의 모습은 비단 조선 후기의 시조에만 국한된 것이 아니라 소설, 가사, 한시, 사설시조에서 광범위하게 유통되었다. 이들은 사회적 체제에서 일탈하는 개성을 지녔고, 자신이 추구하는 욕망에 충실한 인물로 그려지기도 했다. 사회가 유독 여성 가족 구성원에게 폐쇄적이고 억압하는 구조였지만, 그 속에서도 자신의 상황을 사실적으로 담아내고자 시도하였다. 조선 후기 여성들은 대체적으로 가족과 사회 속에서 적극성을 지니기 보다는 수동적이며 체념적이었다. 각자의 개성과 자질을 자유롭게 발휘하기보다 사회체제의 틀속에 묶여서 훈육訓育되었다. 수많은 여성 교육서와 가부장제 이념 속에서 자신의 의지와 꿈을 제대로 펼 수 있는 기회를 찾기는 쉽지 않았다. 이들은 무엇보다 여성들에게 강조된 가족 질서 중심의 폐쇄된 현실에서 순종하거나 희생하기를 강요하는 시대적 상황과는 다른 태도를 보인다. 이들은 자기 현실에 충실한 삶을 살았고 그것이 때로는 부정적인 모습으로 보이기도 했다. 그러나 여성의 솔직한 행동들이 가정이나 사회에서 원하는 여성의 모습과는 매우 다른 것이다.

조선 후기 시조 작품속에 나타나는 여성의 모습은 이전에는 금기시되던 것들까지도 자유롭게 말하고 자신이 가진 성적 욕망, 가족에 대한 불만, 자신의 역할에 대한 고민을 인정하고 솔직하게 자신의 목소리를 내고 있다. 아울러 이들은 반사회적이고 체제를 거스르는 인간의 단편적인 욕망을 표현한 것이 아니라 시대를 살아가는 대중의 욕망을 재현再現한 것이다. 또한 지금의 현실을 사는 대중은 시대에 관해 많은 고민을 해야 하며, 자신의 삶의 주체가 되어야 한다.

참고문헌

김명희 외, 『문학으로 읽는 옛 여성들의 삶』, 이회, 2005.

김용찬, 「사설시조 속의 가족과 그 주변인들」, 『한국고전여성문학연구』11권, 한국고전여성문학회, 2005.

김용찬, 『조선후기 시조 문학의 평가』, 월인, 2008.

박동욱, 「한시에 나타난 노부부의 형상」, 『한문학논집』44권, 근역한문학회, 2016.

박상영, 「사설시조 속 여성 형상의 제시 양상과 그 의미」, 『시조학논총』40집, 한국시조학회, 2014.

박은미, 「임화 시에 나타난 가족 모티프 연구」, 『겨레어문학』27집, 겨레어문학회, 2001.

백정윤, 「사설시조의 여성인물 연구」, 서강대학교 석사학위논문, 2003.

브룩스 피터, 『육체와 예술』, 문학과 지성사, 2000.

신경숙, 「사설시조에 나타난 성형상과 그 해석－『진본 청구영언』을 중심으로」, 『한성어문학』12집, 한성어문연구회, 1993.
심재완, 『역대시조전서』, 세종문화사, 1972.
이형대, 「사설시조와 여성주의적 독법」, 『시조학논총』16, 한국시조학회, 2000.
정인숙, 「조선후기 도시의 발달과 여성의 소비문화에 대한 담론의 성격」, 『한국고전여성문학연구』24, 한국고전여성문학회, 2012.
최시한, 『가정소설연구』, 민음사, 1993.
하경숙, 「『삼국유사』 「수로부인水路夫人」 조條에 구현된 여성인물의 형상과 특질」, 『한국문학과예술』, 한국문학과예술 연구소, 2016.
하경숙, 『고전문학과 인물 형상화』, 학고방, 2016.

제8장 가사 작품 〈지지가知止歌〉에 대한 문예적 검토

1. 머리말

문학은 삶의 모습을 가장 총체적으로 설명할 수 있다. 그 중 가사歌辭는 4음보 연속체의 율격 장치 안에서 작가의 생각이나 감정을 세밀하게 진술하는 장르로 특별한 미의식을 지녔다. 가사는 담당층의 세계관 및 미의식을 바탕으로 사회적, 역사적, 문화적 조건과 그 변화에 밀접하게 대응하며 창작되었다. 특히 다른 장르에 비해 작품 수와 분량이 방대하고 자료의 유통이나 형태가 다양한 방식으로 수용되는 장점을 지녔다. 가사는 규방 문화권에서는 교양 의식을 함양하기 위한 방편이 되기도 하고, 시정市井 문화권에서 여항인들의 유흥을 위해 향유되기도 하며, 억압적 현실을 재현하기 위해 한문 소장訴狀을 기반으로 유통되었다.

본고에서는 김해정 소장본 가사 〈지지가知止歌〉에 대한 논의를 하고자 한다. 이 작품은 작자 미상의 가사로 임신壬申(1932)년에 창작된 〈지지가〉의 이본異本으로 추정하고 있으며 분량은 2율 각 1구로 159

구로, 율조는 대체로 4·4조, 3·4조가 주를 이루고 있는 동학가사이다. 동학東學은 1860년 4월에 수운水雲 최제우崔濟愚(1824~1864)에 의하여 창제된 서민적이고 민족적인 신흥 종교이다. 동학은 19세기 중반이라는 조선조 후기의 시대적 어려움과 정치적, 경제적, 문화적인 혼란 속에서 민족과 국가가 처한 위기를 극복하고, 또 새로운 시대를 열어갈 힘의 소재가 당시의 위정자나 지식인 등 일부 특정된 계층에게만 있는 것이 아니다. 이들을 포함한 당시의 모든 민중들에게 있음을 강조하고, 또 이러한 가르침을 민중들에게 펼쳐나갔던 민중 종교, 사상이었던 것이다.[1]

본고에서 다룰 김해정 소장본 〈지지가知止歌〉는 〈임하유서林下遺書〉라는 작품과 동일한 작품으로 판단된다. 대체적으로 내용은 같으나, 글귀의 순서가 뒤바뀐 것도 있고, 표기법에서 다소 차이가 있고 첨가된 내용이 있다. 이 작품의 내용은 '하날임을 공경하고 삼강오륜三綱五倫 및 충효忠孝로 수신하고 정심정기正心正氣하면 요순시대와 같은 태평성세가 올 것'이라는 내용으로 구성된 전형적인 동학가사의 형태를 보여주고 있다. 이 작품은 단순한 듯 보이지만 다양한 사상과 복잡한 구조가 내재되어 있다.

동학가사는 동학사상과 종교적 교리를 전파하거나, 수도하기 위해 대체로 3·4조나 4·4조 음보의 연속가사로, 동학교도들에 의해 지어졌거나, 그들 사이에서 종교 전파·교리 수도·친목·단합·투쟁 등의 목적으로 창작되거나 전파된 가사이다. 가사 〈지지가〉는 지식수준이 높지 않은 일반 민중들이나 부녀자들에게 널리 동학사상을 알리기 위한 한 방책으로 유연한 문체인 가사장르를 이용한 것이다.

1) 윤석산, 『용담유사 연구』, 민족문화사, 1987, 118~120쪽.

그러나 이 작품에서는 동학사상만을 강조하고 있는 것이 아니라 개인의 심회心懷까지 설득력 있게 기술하고 있다.

그동안 동학가사에 대한 연구는 활발하지 않았다. 용담유사나 상주 동학가사를 중심으로 동학의 성격 규명이나 동학사상의 배경을 살피는 데에만 치중했을 사상적, 문화적, 정서적 부분에 있어서 총체적인 연구는 미비하다.[2] 이 글에서는 그동안 소개되지 않았던 김해정 소장본 가사 작품 〈지지가〉에 대한 검토와 간단한 서지적 사항을 점검하고 작품의 특질을 밝히는 것에 목표를 두고자 한다. 그리하여 동학가사의 위상을 살피는 동시에 작품에 내재된 의미를 규명하고자 한다.

2. 〈지지가知止歌〉의 작품 전문

天地陰陽 始判後의 四正四維 잇셔시니
無知한 世上사람 靑林道覺 하여보소

2) 김정선, 「「동경대전」과 「용담유사」의 비교연구」, 『동악어문논집』26집, 동악어문학회, 1991;김용만·김문기, 「상주 동학교와 동학가사 책판 및 판본 연구」, 『퇴계학과 유교문화』39권, 경북대학교 퇴계연구소, 2006; 유경환, 「동학가사에 나타난 궁을에 대한 소고－궁을의 영원과 상징적 의미체계의 재구」, 『국어국문학』101, 국어국문학회, 1989; 유경환, 「동학가사에 나타난 낙원사상의 수용양산」, 『어문연구』69호, 한국어문교육연구회, 1991; 구양근, 「동학가사문학을 통해 본 최제우의 역사적 한국사상의 계승문제」, 『동학연구』3, 한국동학학회, 1998; 이상원, 「동학가사에 나타난 侍天主 사상 연구」, 『우리문학연구』24집, 우리어문학회, 2008; 김상일, 「전후기 동학가사의 연구」, 『동학연구』14, 2003; 나동광, 「「몽중노소문답가」에 나타난 시적 세계」, 『동학연구』27집, 한국동학학회, 2009.

이道알면 살거시요 모른사람 죽나니라
億兆蒼生 만은사람 ᄭᆡ닷고 ᄭᆡ달을가
東西南北 四色中에 풀을靑字 웃듬이요
春夏秋冬 四時院에 수풀林字 생겨선니
仁義禮智 四德下에 질道字을 어더시니
東方靑林 그가온디 청림도가 생겨선니
사람마다 다알소냐 天地陰陽 그가온ᄃᆡ
最靈者가 사람이라 是爲天地人三才라
五行으로 稟氣ᄒᆡ셔 三綱五倫 法을하여
三綱五倫 그가온ᄃᆡ 忠孝二字 발겨ᄂᆡ여
안이ᄇᆡ면 뉘알소냐 다사ᄇᆡ와 忠孝하소
落盤四乳 그가온ᄃᆡ 밋을信字 第一인니
仁義禮智 法을삼아 恭敬天地 하여보소
恭敬天地 하여시면 父母恩德 갑파보소
父母恩德 갑난사람 自然忠臣 되난니라
글한고로 孝하면 忠하고 충하면 貴하나니라
傳히오난 賢人말삼 忠臣必求 孝門이라
일른말을 듯더ᄅᆡ도 忠孝外에 무얼할고
天地父母 一盤인니 仁義禮智 本을바다
元享利貞 行저더면 利在弓弓 알거시요
利在弓弓 알거드면 靑林道士 만날터니
이글보고 入道해서 正心正氣 하여보소
正心正氣 안질坐字 人口有土 이안인가
心和氣和 定할定字 足上加点 이안닌가
矢口矢口 鳥乙矢口 矢口二字 뉘알소냐
알기로서 다알며 다알기로 다알소냐
밋기만 밋을진ᄃᆡᆫ 凶年怪疾 念慮마소
하날임만 恭敬하면 至誠感天 이안이야

恭敬信字 말근法을 一心으로 工夫ᄒᆡ서
一心工夫 人和되면 牛性在野 알것시요
合其德而 正心이면 道下止가 이것시라
順從白兎 走靑林을 道人外에 뉘알소냐
三分僧俗 안다ᄒᆡ도 佛爲事을 뉘알소냐
九虎四兎 맛치맛저 中入者가 잇ᄯᆡ로다
有福者가 入道하고 不入者가 無福이라
疑訝잇난 저사람아 엇지거리 ᄆᆡ물한고
孝悌忠信 말기로서 陰害하기 무삼일고
天必誅之 무섭더라 天綱恢恢 小不漏라
物慾交蔽 되난사람 害人之心 두지말고
天意人心 살펴보소 察其古今 亦然이라
順天者은 安存하고 逆天者은 必亡이라
天意蒼蒼 何外在오 道在人心 안일넌가
나도亦是 사람이라 冲目之杖 잇선거든
다른사람 意思업서 일러하고 일러할가
逆天者가 엇지살고 우습고다 우섭도다
疑心말고 修道ᄒᆡ서 改之爲誠 하여보소
晝夜願誦 氣和하면 道統淵源 될거시오
富貴榮華 不羨커는 靑林道士 이안인가
苦待春風 급피마소 ᄯᆡ가잇서 오나니라
이말저말 分等ᄒᆡ도 하나님말 恭敬하소
하나님을 不恭하면 ᄌᆡ父母을 모러나니
ᄌᆡ父母을 不孝하면 三綱五倫 엇지알고
至誠으로 恭敬하면 萬事知가 될거시라
惡人之說 專이말고 一天下之 正心하라
十二諸國 恠疾運數 積惡者가 엇지살고
富貴貧賤 天定이라 사람마다 ᄯᆡ가잇ᄂᆡ

欺人取物 말려서라 하나님도 몰을소냐
天高덕비 무섭더라 暗室欺心 하다가서
神目如電 되지마는 뉘라서 分間할리
무섭더라 무섭더라 하나님이 무섭더라
너도亦是 사람이면 修道하여 敬天하소
晝夜不忘 하난뜻선 仁義禮智 更定이라
三人夕 안다히도 守心修道 뉘알소냐
不詳하다 世上사람 이글보고 入道하소
修身하면 齊家하고 齊家하면 治天下라
弓弓乙乙 鳥乙矢口 矢口矢口 鳥知口乙
너도得道 나도得道 暮春三月 好時節에
먹고보고 쒸여보고 鳥乙矢口 鳥乙矢口
大丈夫 이世上에 히볼거시 무웟시요
此道外 다시업닉 입을비와 글을익고
孝을직게 忠을하면 이것亦是 三綱이요
三綱알면 五倫이라 傷人害物 두지말고
運數짜라 修道하면 泰平聖世 更改로다
青槐滿庭 아지마는 白楊無芽 뉘알소냐
無極大道 아지마는 無爲以化 뉘알소냐
無爲而化 아지마는 天意人心 뉘알손야
天意人心 아러시면 世上萬事 알런마는
道人外에 뉘알소냐 사람마다 알거더면
죽은사람 순이업서 天地開闢 말할소냐
人皆爲之 願誦하면 國泰民安 절노된다
方數道士 우리아등 神通六藝 뉘기뉘기
六夫八元 뉘알소나 韓信諸葛 空中에서
經天爲地 風雲大手 七縱七擒 할거시오
飛將勇將 上中下才 器局짜라 될거시니

安心하고 修道하소 나난도한 신선이라
ᄢᅵ가잇서 될거시니 하나님말 順從하소
天地明運 뉘가알가 天意人心 갓다하니
人心으로 忠孝하면 口不成言 可詳이라
無知한 世上사람 ᄋᆡ달하고 ᄋᆡ달하라
나도亦是 하나님게 運數ᄯᅡ라 分付듯고
人間百姓 許多한사람 或是若干 건지랴고
이글바든 이世上에 의심갓치 傳ᄒᆡ주니
善한사람 알거시요 惡한사람 엇지알리
不知者은 死하고 能知者은 生이라
傷人害物 두지말고 修道하여 願誦하면
靑林道士 맛날터니 廣濟三敎 濟衆하소
남속여 一時安은 殃及子孫 全然이라
天恩地德 잇실터니 輔國安民 하여보소
善道者은 易行이오 惡道者은 難行이라
陰害하난 저少年들 방글방글 하난소ᄅᆡ
저러하면 도통할가 빙글빙글 하난소ᄅᆡ
可笑絕唱 안닐넌가 아서시라 아서시라
말하잔면 煩거하고 마자하니 不祥하다
너의身世 可憐하다 利在弓弓 몰나시니
너의身世 可憐하다 利在松松 아라사라
利在家家 알거더면 而往家松 알거시라
利在弓弓 엇지알니 弓弓成道 奇壯하다
運數ᄯᅡ라 入道하면 奇壯하고 奇壯하다
矢口矢口 鳥乙矢口 네가ᄌᆞᆺᄎᆡ 내가좃냐
男兒外世 好時節에 불입하고 무웟하리
하나님이 不孝不忠 니사람을 죽이랴고
十二諸國 兵亂닐지 火星水星 并侵하니

生할사람 밋밋시요 道人外에 뉘가알가
太平世界 更來하니 賢人君子 上中下듸
分明한 이世上에 無爲以化 無窮이라
孝悌忠信 仁儀廉恥 堯舜之風 될거시니
草野空老 英雄들은 修道힉서 成功하소
左族右族 陰陽인니 弓乙보고 道通하소
陰陽理致 알거더면 天地定位 잇나이라
이갓치 조흔道을 人皆謂之 虛言이라
毁道者도 無可柰라 毁道者가 업거더면
天下之人 다할테니 天下之人 다사을가
사람마다 다살러면 天地盛衰 잇실소냐
이도亦是 天運이라 人力으로 엇지할고
勸道한들 들을소냐 有福者가 절노던다
父子兄弟 一身중에 運數亦是 一身이라
千金一身 重이알고 至誠으로 修煉하소
吉地차저 가난사람 안질坐字 알거선면
定할定字 하여보소 안질坐字 알거닌니
알거더면 願誦하소 心和氣和 되난니라
一身氣和 되거더면 一家春이 될거시요
萬戶氣和 되거더면 一國春이 될거이라
이런일을 본다힉도 悖道者가 엇지살고
有慾이면 不和하고 不和하면 行惡이라
이도亦是 慾心이라 慾心잇고 善할소냐
天必戮之 무섭더라 害人之心 두지말고
一心으로 人和힉서 布德天下 하여보소
走之靑林 모을네라 山도不利 水도不利
어듸가면 修道할가 숩풀이라 하난거서
處處有之 잇난듸 山水不利 怪異하다

누가알고 누가알고 後不及恨 되난니라
避亂가난 저사람아 離去親戚 어ᄃᆡ간가
가난곳시 죽난곳설 이갓치 몰나시니
不祥하고 可憐하다 너도쏘한 쓋잇시면
ᄂᆡ말듯고 修道ᄒᆡ서 忠孝念定 ᄭᆡ달을가
ᄭᆡ닷고 ᄭᆡ달으면 뉘가안니 조흘소냐
道도좃코 ᄭᆡ도좃ᄂᆡ 弓弓乙乙 鳥乙矢口
時哉時哉 鳥乙矢口 芳草芳草 鳥乙矢口
이갓치 조흔道을 ᄂᆡ가엇지 알라두고
이말저말 다하지니 말도무궁 글도無窮
興也賦也 比ᄒᆡ신니 이말저말 거울ᄒᆡ서
無窮無窮 살펴ᄂᆡ여 無窮無窮 알것시면
孝도亦是 無窮이요 忠도亦是 無窮이라
無窮ᄒᆞᆫ 이天地에 無窮ᄒᆞᆫ ᄂᆡ안닌가
四時四德 一元中에 木靑靑而 成林而한니
아난사람 짐ᄌᆞᆨ하고 須從白兎 走靑林을
ᄂᆡ안이면 뉘가알가.

3. 〈지지가知止歌〉의 자료 검토

동학의 성립은 조선 왕조의 봉건적 사회가 전반적으로 해체되는 과정과 밀접한 연관을 가지고 있다. 즉 체제 모순이 심화되고 서양 세력이 동점하면서 대내외적 위기의식이 고조되고, 18세기 중엽 이후 빈발하던 민란이 발흥하는 사회상황과 함께 유교위상은 약화되는 반면 천주교가 수용, 확산되는 종교상황이 직접적인 배경이 되었다.[3] 이렇듯 동학은 사회적인 배경으로 인해 출현을 자극하는 요인이 있었다. 계급과 성별 등 다양한 차별과 차등이 사회적·인습적·제도적인 층위를 이루던 시대에, 인간이 하늘이라는 주장은 민중들에게 큰 충격을 주었고, 이러한 사상은 들불처럼 전국적으로 퍼져나가면서 갑오동학농민혁명을 유발시켰고, 이후 3.1운동의 강령 속에도 깊이 스며들게 되었다.[4] 동학에서는 지금까지 인류의 삶을 이끌어 온 질서를 청산하고, '다시개벽'이라는 새로운 삶의 틀을 짜고자, 인류의 역사를 우주적 차원인 '선천先天과 후천後天'이라는 관점에서 바라보고 있다.[5]

1) 내용적 측면

〈지지가〉의 작품 구성은 대부분의 가사 작품에서 볼 수 있듯이 '서사－본사－결사'로 이뤄져 있다. 먼저 '서사' 부분은 1~4구의 '天地陰陽 始判後의 四正四維 잇셔시니 無知한 世上사람 靑林道覺 하여보소'가 그것에 해당한다. 〈지지가〉의 서사에서는 우주가 열리고 세상 사람들이 청림의 도道를 깨닫기를 바라는 창작 동기가 제시되고 있다. '청림의 도'는 동방의 도道인 동학을 말하는 것이다. '본사는 5~6구인 '이道알면 살거시요 모른사람 죽나니라'에서 155~156구인 '孝도亦是 無窮이요 忠도亦是 無窮이라 無窮ᄒᆞᆫ 이 天地에 無窮ᄒᆞᆫ 닉안닌가'까지이다. 또한 결사는 157~159구인 '四

3) 한국종교연구회, 『한국종교문화사 강의』, 청년사, 1998, 321쪽.
4) 강석근, 「가사문학의 발달사적 관점에서 본 용담유사의 특징과 맥락」, 『한국사상과 문화』70권, 한국사상문화학회, 2013, 50쪽.
5) 윤석산, 「동학의 개벽 사상 연구」, 『한국언어문화』 제42집, 한국언어문화학회, 2010, 326쪽.

時四德 一元中에 木靑靑而 成林而한니 아난사람 짐즉하고 須從白兎 走靑林을 닉안이면 뉘가알가.'까지이다.

우선 작품의 제목인 '지지知止'의 의미는 『대학장구大學章句』 經 1章에서 찾을 수 있다. "그칠 줄 알게 된 뒤에야 뜻이 정해지고, 뜻이 정해진 뒤에야 마음이 고요해지고, 마음이 고요해진 뒤에야 외물에 동요되지 않을 수 있다.[6]"에서 찾을 수 있다. 이는 그침의 중요성을 이야기하고 있다. 가사 〈지지가〉 역시 혼돈의 시대가 그쳐야 한다는 사실을 작품에서 보여주고 있다. 조선조 후기의 시대적 어려움과 정치적, 경제적, 문화적인 혼란을 정돈하고 새로운 시대를 열어갈 힘의 근원을 동학에서 찾을 수 있도록 제시하고 있다. 무엇보다 동학사상에는 사회개혁 의식과 함께 새로운 사회질서의 출현에 대한 욕구가 들어있고, 우리 고유의 것에 대한 열망이 충만하여 우리 민족의 주체사상의 총체적인 것이기 때문에 우리 민중의 토양을 발판으로 크게 발전하였다.[7] 그러나 그 극복 방안을 생경하고 특수한 것에서 찾는 것이 아니라 일상적이면서 쉽게 접할 수 있는 친숙한 사상에서 출발하고 있다.

또한 작자는 분명하게 밝혀지지 않았으나 그 내용과 체제로 보아 일정 이상 김주희로 추정이 가능하다.[8] 김주희는 도의 근원, 도행의 바탕, 수도의 핵심 등 동학의 방법론은 그대로 두고, 이론의 틀을 새

6) 知止而后有定 定而后能靜 靜而后能安.(『대학장구大學章句』 經 1章)

7) 이현희, 「동학사상 태동의 사적 연원」, 『동학연구』창간호, 한국동학학회, 1997, 138쪽.

8) 김주희 단독작이라기 보다 김시종·김주희·김낙세 등 상주동학교와 관련 있는 인물들이 당시 여러 경로로 전해 내려오던 가사를 중심으로 함께 정리해서 집대성시킨 것으로 볼 수 있다는 의견도 있다.

롭게 하는 핵심인물이다. 그러나 동학혁명東學革命의 실패 이후 와해되고 위축되어 갔던 동학교단을 초기 동학의 기본적 교리를 유지하면서 새로운 사회적 요청에 부응하는 동학교로의 탈바꿈을 꾀하기 위해 노력했다. 그는 교주敎祖이자 스승이었던 최제우崔濟愚의 가르침을 가장 핵심으로 하는 포교활동을 했다. 〈지지가〉의 내용은 최제우의 가르침을 정심정기正心正氣하여 요순시대堯舜時代와 같은 태평성대太平聖代를 만들 것을 당부하는 '교리해설적'인 내용으로 볼 수 있다.[9] 주로 스승의 가르침을 받들어 효자효부, 형제우애, 부화부순夫和婦順 등 가도家道의 확립을 강조하고 있다.

후기 동학가사의 창작과 간행은 당시 분리 독립된 교당에서 그들의 도통연원이 최제우와 직결되는 정통성을 가진 것이고, 이를 천명하여 널리 전파하는 것이 교세확장이나 교권확립을 위한 것이므로 이를 위하여 가사를 창작하였고 간행한 것이었다고 볼 수 있다. 가사는 여러 문학 장르 가운데서도, 사상과 의견을 담기에 적합한 형식이다. 이는 서정抒情도 서사敍事도 아닌 교술문학 장르에 속하면서 종교적 교의를 담기에 특별한 장점을 지니고 있다. 아울러 동학가사의 표현상의 특징도 당시 민중들이 친숙한 표현법을 이용함으로써 교리를 적절히 전달하고자 했던 것이다. 이러한 사실로 〈지지가〉 역시 후기 동학가사의 특징들이 잘 나타난다.

〈지지가〉의 본사에서는 인의예지仁義禮智를 강조하고 있다. 이것은 한 마디로 도道라고 하고, 성性이라고도 보고 있다. 특히 효孝를 중요한 덕목으로 표현한다. 효가 충忠이 되고 신信이 되며 경敬이

9) 김상일, 「상주지역 동학교단의 활동과 동학가사」, 『동학학보』10권 2호, 동학학회, 2006, 112쪽.

된다고 한 것은 효를 가장 핵심에 둔 것으로 보인다. 이는 또한 논어에서 말한 '효제는 인을 행하는 근본이다.孝弟也者, 其爲仁之本與.'와도 연관을 들 수 있다. 그렇다면 결국 인을 행하는 시작점으로 효를 말하고 있는 것이다. 이는 일반 대중에게 쉽게 다가설 수 있는 가장 좋은 방법으로 볼 수 있다. 일반 민중들에게 충忠, 신信, 경敬을 직접 강조하는 것은 거리감을 갖게 할 수 있지만, 부모에 대한 효를 강조하는 것은 그러한 거리감을 사라지게 하는 방편이 된다. 이 때문에 효를 가장 중심에 둔 것으로 판단이 된다. '효를 행하자'하면, 자연스럽게 충, 신, 경이 이루어지면, 더 나아가 仁에, 道에 접근하는 것이며, 결국 요순의 태평성대를 완성할 수 있다는 것이다. 또한 '효를 행하는 것'은 동학의 완성을 이루는 핵심이라고 보고 있다.

아울러 천지를 대우주라고 할 때, 부모를 소우주라 하는데 그 이유는 만물 중에 유일하게 오행五行을 골고루 갖춰 타고난 형질이 태극의 본원과 가장 유사하기 때문이다. 그러므로 천지를 공경하는 마음을 가진 사람은 부모의 은덕恩德에 감사하며 효를 다할 수 있는 사람이며, 국가에 충성을 할 수 있는 사람으로 보고 있다. 이는 충과 효의 근본은 한 가지에서 나오기 때문이다.

본사에서는 正心正氣(정심정기)와 心和氣和(심화기화)를 통해 마음을 조화롭게 하고, 기운을 조화롭게 하기를 강조한다. '정기심'은 내 마음을 하늘님 마음으로 정한다는 것이다. 그러니 '정定'한다는 말은 내 덕을 하늘님 덕에 합하고, 내 마음을 하늘님 마음에 합하는 것으로 '인내천人乃天'의 요체가 되는 것이다. 정성을 다하여 수심정기, 즉 '항상 한울님의 마음을 잃지 않고 도道의 기운을 길러 천인합일天人合一에 이르고자 하는 수련으로 정진'하면 누구나 시천주 하는 도인이 될 수 있음을 계도啓導하고자 했던 바 동학 가사 요소요

소에는 신분의 차별을 일소하고자 했던 평등주의적 관념이 잘 나타나 있다.[10)]

본사에는 절대적 존재 이치로서의 하늘에 대한 인식을 나타내는 사상과 수운의 유교적 입신양명立身揚名에 대한 동경이 그대로 나타난다. '천생만민', '명내재천', '천운이 순환' 등이 있는데, 이는 동학에서도 하늘을 단순한 천天으로서가 아니라 만물을 주관하는 절대적 진리를 지닌 존재로서 믿는 유교사상이 그대로 나타나고 있음을 보여준다. 동학가사에는 이러한 사상이 잘 나타나며 '역천逆天하는 죄'는 면免할 수 없다고 강조한다.

2) 표기법

〈지지가〉의 가사 표기는 국한문 혼용이지만 오늘날의 표기에 가깝다. 하지만 오늘날 표기와 다른 복자음, 분철을 사용하고 있다. 'ᄋᆡ달(애달), ᄒᆡ도(해도), ᄂᆡ가(내가)' 등에서처럼 '아래 아(ㆍ)'를 종종 사용하고 있다. 하지만 아래아는 공식적인 문서에서는 사라졌지만 일반인들 사이에는 이후에도 계속 사용된 흔적이 여러 자료에서 보인다.[11)]

이 작품의 표현을 살펴보면 반복법과 연쇄법에 의한 구성이 대체적이다. 〈지지가〉에서 사용된 같거나 비슷한 어휘, 어구, 문장 등의 반복법은 구송口誦이나 낭송朗誦의 방법 중 하나이다. 이는 포교布教와 수도修道의 효과적인 전달이라고 할 수 있다. 또한 앞 구절의

10) 양삼섭, 「수운 최제우의 사상에 나타난 이데올로기성과 정치 인식－『용담유사』를 중심으로」, 『민족사상』5권 4호, 한국민족사상학회, 2011, 173~174쪽.

11) 구사회, 『한국 고전시가의 작품 발굴과 새로 읽기』, 보고사, 2014, 158쪽.

끝부분을 다음 구절의 시작에서 다시 되풀이하는 방법을 사용하는 연쇄법의 두드러짐이 나타난다. 연쇄법은 반복법과 함께 구송口誦을 통한 포교라는 목적을 이루기 위해 사용한 수사법으로 볼 수 있으며 〈지지가〉에서 사용된 반복, 연쇄법은 지적수준이 높지 않은 일반 대중에게 포교의 파급력을 높여주는 핵심요소로 작용했다.

〈지지가〉에서 사용된 국한문 혼용가사는 때때로 한글을 한자로 취음取音하여 이두식 표기를 보여준다. 이것은 단순한 음가 표기와는 달리 그 당시 서민 의식을 유지할 수 있는 표기로 볼 수 있으며, 작품의 간행이나 창작할 때 종교적 의미를 강조하기 위한 일종의 상징적 표기이다. 이는 당시 동학도들에게는 익숙했던 표기방법으로 추정할 수 있다. 국한문혼용은 서민층에서 자주 사용하던 방법이며 이는 서민들이 주로 이용한 표기 방법으로 볼 수 있다.

이는 보편적으로 후기 동학가사에서 나타나는 전형적인 특징으로, 이두식 표기가 단순히 오기誤記라고 볼 수 없다. 이는 교정을 통해 수정되었을 것이고, 간행기가 다른 가사에도 수정없이 그대로 기록되고 있는 특징으로 보다 의도적으로 사용되었음을 알 수 있다. 〈지지가〉 역시 대중성을 염두에 두고 이러한 방법을 사용하고 있음을 짐작할 수 있다.

또한 〈지지가〉에서는 청유형의 호소방식을 주로 사용하고 있으며 기존의 가사 형식과 다른 점을 특별히 찾아보기 어렵다. 대체로 문장 안에서 설의적 표현을 사용하고 있다. 이는 설의적 표현이 지닌 특수성을 잘 활용한 것이다. 설의법은 의문문의 형태를 띄고 있지만 내용은 오히려 감탄문에 가깝다고 설명할 수 있다. 설의문은 대부분 정답을 아는 것을 의문으로 사용하여 당연한 답을 이끌어내는 것이다. 이는 직설적 강조나 해답을 끌어내기 보다는 오히려 종교적 의미를 깨닫게 하는 것이다. 동학가사는 주로 한글만 아는 부녀자와 평민을 대상으로, 동학의 교리와 사상을 전파하기 위해 가사체로 지은 교리 해설문이다. 그러므로 기존의 가사 장르가 지닌 표현 방식을 그대로 따르고 있으며, 유연한 문체인 가사를 적극 활용하고 유통하여 동학의 포교를 위해 노력하였다.

4. 〈지지가知止歌〉의 작품 구성과 특질

동학사상 속에는 다양한 가치들이 공존하고 있지만, 현대사회에 와서 특히 주목받는 것은 시천주라는 독특한 문화를 바탕으로 한 통합적 세계관일 것이다.[12] 동학의 가르침만 따르면 누구나 하늘님과 하나되는 체험을 할 수 있다는 측면에서 인간의 평등을 언급했다. '시천주'란 자기 안에 모시고 있는 한울님과 일체가 되기 위해 자기의 인격수련과 올바른 삶의 태도를 기르는 것이다. 이러한 시천주 사상은 신분과 귀천에 관계없이 모든 사람을 공경하고 동학의 주문 암송을 통해 실현할 수 있다는 종교적 해결책을 제시했다.[13]

최제우의 시천주 신앙에서 한울님 관념은 고대 농경사회의 '한울사상'에서 유래되었다고 볼 수 있다. 농경사회에서 천天은 토질 및 인력과 더불어 핵심적인 중요성을 띠는 요소로서, 천신·지신·조상

12) 제갈덕주, 「동학의 통합적 상상력과 논리구조에 관한 의미론적 접근－최시형의 삼경사상을 중심으로」, 『동학학보』36호, 동학학회, 2015, 249쪽.

13) 권인호, 「동학사상과 갑오농민전쟁의 근대적 자주성－'人乃天'과 '斥倭斥洋' 및 倡義革命을 중심으로」, 『한국민족문화』39호, 부산대학교한국민족문화연구소, 2011, 25쪽.

신의 숭배사상을 낳게 되고, 점차 보다 큰 부족 국가 사회로 발전됨에 따라 천신위주의 '한울사상'으로 전개되었을 것으로 추정된다. 한울님을 모신다는 것은 안으로는 성실한 마음을 가지고 가사의 형식에 권면하는 설득의 특징을 담아 당시 민중들에게 폭넓게 다가가고자 하는 역할을 하는 것이다. 지속적으로 성·경을 강조하여 민중은 한울님을 자신의 몸에 모셨기 때문에 스스로의 생활을 정성스럽게 영위하고, 남을 공경하는 것이 곧 한울님을 공경하는 것이 된다고 보았다. 어떤 확실한 존재, 사람이 아닌 신적인 존재를 믿으라고 말하고 있기 때문이다. 그러한 존재를 통해 보다 진리에 가까운 세상을 열어 보이고자 했던 것이다. 동학의 핵심은 '시천주신앙侍天主信仰'이라고 할 수 있는데, 이는 한울님을 모시는 신앙이다

〈지지가〉 역시 이러한 특징과 믿음이 고스란히 나타난다. 〈지지가〉에서는 한울님 믿음에 대한 '신'과 이 믿음을 통하여 한울님의 뜻을 받들고 위하는 자세인 '경敬'에 대하여, 또 그 마음의 정성을 드려야 한다는 '성誠' 등의 동학의 수행 자세와 덕목이 담겨져 있다.[14] 한울님은 우주 만물을 낳은 창조의 근원이며 만물속에 내재하며 무궁한 생성과 변화를 주재하는 존재로 파악하고 있다. 한울님의 조화는 자연계의 모든 생명과 사회와 인간을 주지하는 존재로 작품속에 그려지고 있다.

'天地陰陽 始判後의 四正四維 잇셔시니'

이 구절에 나타나는 사정四正은 4개의 정괘正卦이다. 즉 『주역周

14) 윤석산, 「동경대전 연구」, 『동학연구』3호, 동학연구학회, 1998, 180쪽.

易』의 팔괘 가운데 감괘坎卦 · 이괘離卦 · 진괘震卦 · 태괘兌卦로, 동서남북을 말한다. 또한 춘하추동 사시四時를 의미하기도 한다. 사유四維는 동서남북의 사잇방위인 동남 · 동북 · 서남 · 서북을 말한다. 결국 이 부분은 천지가 음양으로 나누어지면서 방위가 정해졌다는 것인데, 이는 주역의 사상을 그대로 가져온 것이다. 특히 낙서와 관련이 있다. 이 역시 유교사상과 밀접한 관련이 있는 것으로 보여진다.

'이道알면 살거시요 모른사람 죽나니라'

여기에서 말하는 도道라는 것은 바로 주역에서 말한 음양의 이치를 말한 것으로 보인다. 이 도를 알면 살고 모르면 죽는다고 했는데, 바로 '청림도'이다. 우선 서두에서는 자신들의 도인 '청림도'가 주역의 사상에 출발한 것임을 말하고 있지만, 구체적인 언급이 아닌 추상적인 언급에만 그치고 있다. 이어 그 아래 부분에서 청림도의 구체적인 교리에 대해서는 설명을 하고 있다. 추상적인 언급은 일반백성들에게 어려운 부분이라, 이를 작품의 아래 부분에서 쉽게 설명해주는 방식을 취하고 있는 것으로 볼 수 있다.

'東西南北 四色中에 플을靑字 읏듬이요
春夏秋冬 四時院에 수플林字 생겨선니
仁義禮智 四德下에 질道字을 어더시니
東方靑林 그가온디 청림도가 생겨선니'

무엇보다 이 부분은 주의깊게 살펴야 한다. 우선 동서남북 사색四色의 의미를 짚어볼 수 있다. 東은 靑, 西는 白, 南은 赤, 北은 黑

을 말하는 것인데, 그 중에서 '청'이 으뜸이라고 했다. 이 청靑은 바로 '청림도'의 '청'을 의미하며, 동시에 '동방東方'의 '동'자로도 연결된다. 또한 동서남북을 사용한 이유는 앞부분에서 본 '사정 및 사유'와도 관련되어 있다. 결국 '사정이나 사유'의 추상적이고 난해한 용어를 구체적으로 서술한 것으로 볼 수 있다. '춘하추동 사시원에 수풀림자 생겨선니' 이 부분의 의미를 선명하게 규명하기는 어렵다. 아마도 '청림도'의 '림'자를 설명하기 위한 것으로 보인다. 춘하추동 역시 앞서 말한 '사정'을 구체적으로 밝힌 것이다. 아울러 인의예지는 유교 사상의 핵심인데, 이를 통해 도道를 얻었다는 것으로 보인다. 결국 청림도는 동서남북, 춘하추동, 인의예지를 모두 포괄한 개념으로 설명한 것이다. 이는 다소 추상적인 종교의 교리를 동서남북이나 춘하추동, 인의예지를 통해 구체화시킨 것이며, 포교布敎를 위해서도 구체적인 방식을 사용한 것으로 볼 수 있다.

'最靈者가 사람이라 是爲天地人三才라'

이 구절은 천지인天地人의 사상을 밝힌 대목이다. 그러나 '천지'란 앞서 언급한 동서남북이며 춘하추동이다. '인'은 앞서 말한 인의예지에 해당한다. 그렇다면, '人'의 문제, 즉, 인간의 사유와 실천에 대한 문제를 고민해야 한다. 그래서 이어지는 구절에서는 '人'의 문제를 거론하고 있다. 처음에는 교리에 대한 핵심적인 내용을 다소 추상적인 논의로 말했지만, 작품의 뒷부분으로 갈수록 더 구체화되고 있다. 위로는 하늘이 바탕이 되고, 아래로는 땅이 바탕이 되어 사람이 그 가운데에 자리를 잡게 되니, 음양陰陽이 있는 곳에는 반드시 삼재三才가 있게 되는 것이다. 이것이 삼재의 덕이다. 천지인 삼재에서 맨 먼저 하늘과 땅이 나오고 그 후에 사람이 나왔지만 이 셋의 관계는 서로 영향을 주고받는 순환·발전의 관계이다. 그러므로 '원형이정元亨利貞'도 이와 관계하고 있는 것이다.

'인내천人乃天'은 이 세상에 존재하는 것에는 모두 하늘님의 속성이 담겨있다는 것이다. 따라서 우리 인간 역시 하늘님과 다르다고 할 수 없으므로 인간이 하늘님이라고 할 수 있다. 이것이 바로 동학에서 의미하는 하늘님 사상의 핵심이다. 그러나 "사람이 곧 하늘"이라고 말하는 경지에 도달하려면 마음을 지키고 기氣를 바르게 해야 하며, 이에 수반되는 성, 경, 신의 수양을 해야 한다고 한다. 따라서 항상 경계를 늦추지 않고 부지런해야 한다.

이것은 유학의 수양 방법과 비슷하다. 다만 유학의 수양론은 구체적 생활 속에서 인간이 좀 더 바람직하게 살기 위한 방법의 차원에서 논의된 것이므로 동학처럼 종교적이지 않다는 점이 다르다.[15]

> '五行으로 稟氣ᄒᆡ셔 三綱五倫 法을하여
> 三綱五倫 그가온ᄃᆡ 忠孝二字 발겨ᄂᆡ여'

위의 구절에서는 인간의 문제를 거론한다. 오행, 즉 음양의 조화로 인간으로 태어났으니, 삼강오륜三綱五倫을 본받아야 하는데, 삼강오륜 가운데 충효忠孝가 가장 핵심이라는 대목이다. 이후에도 지속적으로 작품에서 효에 대해 강조하고 있다. 물론 효 속에는 충이 포함되어 있는 것이다. 또한 효가 충으로, 신으로, 경으로까지 이어지니 부모에게 효도를 하면 자연스럽게 충忠, 신信, 경憼이 된다는

15) 권인호, 앞의 논문, 13쪽.

논리를 펴고 있다. 이는 부모의 은덕에 보답하는 사람은 자연스럽게 충신忠臣이 된다는 것이다. 다시 말해 효가 그 출발점이며 핵심임을 재차 강조한 대목이라 생각된다. 동학은 우리 고유의 전통적 사상을 바탕으로 하여 올바른 인간관과 새로운 교육관을 제시하고 있다.

'落盤四乳 그가온딕 밋을信字 第一인니
仁義禮智 法을삼아 恭敬天地 하여보소'

위에서 말하는 낙반사유落盤四乳는 개벽의 대환란으로부터 구원과 생명의 젖줄을 내려주는 구원의 진인(神人, 人神, 절대자) 네 사람이 출현할 것이라는 의미가 담겨있다. 이는 대체로 예언서에 자주 나타난다. 그것을 믿어야 한다는 '신信'을 이끌어내기 위한 설정으로 보인다. 동학사상이 기본적으로 '예언의 사상'이라는 것을 강조하고 예언을 도구로 삼아 동학사상의 여러 측면을 설명하고자 하였다. 어지러운 세상을 피해 사는 것은 참다운 삶이나 진리와는 거리가 있으며 진정한 믿음이 그들을 구원할 수 있다고 설명한다. 환란을 이겨낼 수 있는, 개개인이 각자가 고통스럽게 살지 않아도 되는 곳, 혹은 그러한 세상을 꿈꾸는 것이 새로운 이념인 동학사상으로 이어졌을 것임은 분명하다. 동학 이후로 여러 종교들이 그러한 영향을 이어받아 생겨난 현상들을 보아도 알 수 있다.[16] 여기에 나오는 '경천敬天'은 공중을 향해 비는 것이 아니라 사람을 공경하는 것이고, 자기의 마음을 공경하는 것으로 이어진다.

16) 홍진영, 「동학가사 문중노소문답가의 예언적 성격－정감록과의 비교를 중심으로」, 『동학학보』38권, 동학학회, 2016, 279쪽.

'元亨利貞 行저더면 利在弓弓 알거시오
利在弓弓 알거드면 靑林道士 만날터니'

위에서 말하는 원형이정元亨利貞은 주역의 건괘乾卦의 가장 핵심이 되는 말이다. 『중용中庸』에서는 천지우주 창조의 원리를 원형이정의 원리로 설명하고 있다. 이는 천도天道요, 불변의 도道요, 우주의 근본 원리이다. 이러한 원형이정元亨利貞의 원리를 사람에게 적용할 때 인의예지가 된다. 곧 원元은 봄에 속하며 만물의 시초始初가 되어 인仁이 되는데 사람들은 서로 관계를 맺고 어질게 인의 도리를 기르고, 형亨은 여름에 속하여, 만물이 자라나 예禮가 되는 데 사람들은 상하좌우로 형통亨通하여 서로 협력하여 화목한 조화를 이루는 품성을 기르며, 이利는 가을에 속하며, 만물이 이루어져 의義가 되는 데 서로의 협력과 조화 속에 결실을 이루어 내고, 정貞은 겨울에 속하며, 만물이 거두어져 지智가 되는 데 결실은 바르게 안정되게 성숙되어져야 한다는 이론이다.[17]

'궁궁弓弓'이 청림도의 핵심의 교리라고 한다면, 그 교리가 바로 주역에서 말한 원형이정과 통한다. 이는 난세에 도피할 피난처를 나타내는 의미와 이로움을 얻게 된다는 상징의 뜻으로 사용된 것으로 보인다. '궁궁을을'이라는 단어 외에도 양궁兩弓 · 을을궁궁乙乙弓弓 · 을을 · 궁궁 등의 표현이 있다. 최제우崔濟愚가 상제로부터 받았다는 영부靈符도 선약仙藥임과 동시에 그 형상이 궁궁이라 한 바 있다. 이로움이 궁궁에 있음을 알 것이라는 의미이다.

〈지지가〉에서는 '청림靑林'이란 어휘가 자주 등장한다. 그 뜻이 역

17) 임기중, 『한국역대가사문학집성』, 아세아문화사, 1998.

학易學에서 나온 것으로 후천개벽後天開闢이나 선천회복先天回復을 암시한다. '청림靑林'은 남접계의 실력자이지만 그 계보系譜는 정확히 알 수 없다. 다만 '靑林'은 동학에서 말하는 우상적 존재로 추앙되고 있다. 또한 민중들에게 유교적인 윤리도덕을 고수하면서 인간성 회복을 강조한 것으로 보여진다.

'有福者가 入道하고 不入者가 無福이라'

복이 있는 사람은 동학에 들어와 도를 닦고, 동학에 들어오지 않는 사람은 복을 누리지 못한다는 의미로 수도를 강조하고 있다. 수도修道를 강조하고 있는 것으로 보아 동학을 실천적 관심으로서 받아들인 것이 아니라, 동학을 영적 구원을 추구하는 종교적인 차원에서 동학을 이해하고 포교하고자 했던 의도를 짐작할 수 있다.

'正心正氣 안질坐자 人口有土 이안인가
心和氣和 定할定字 足上加点 이안닌가
矢口矢口 鳥乙矢口 矢口二字 뉘알소냐'

이 구절에서는 '정심정기'해야 하고 '심화기화' 해야 한다는 것으로 보인다. 이는 마음을 조화롭게 하고, 기운을 조화롭게 한다는 의미이다. '坐字 人口有土'와 '定字 足上加点'은 破字로 보인다. 이는 수도를 의미하는 것으로 추측된다. '坐'와 '定'의 의미는 중요한 시사점을 가지고 있다. 또한 '시구시구 조을시구'는 흥미롭게 썼는데, 이는 교리에 대한 다소 지루한 연설 가운데 긴장감을 풀어주려는 역할을 하는 듯 보인다.

'이말저말 다하지니 말도무궁 글도無窮
興也賦也 比히신니 이말저말 거울히서
無窮無窮 살펴닉여 無窮無窮 알겠시면
孝도亦是 無窮이요 忠도亦是 無窮이라
無窮혼 이天地에 無窮혼 닉안닌가'

이 구절에서 어떠한 규명하지 않고 이를 단지 무궁無窮이라고 표현하고 있다. 무궁성은 영구불변하면서 변하는 궁극성을 의미한다. 여기서 변하는 것은 생멸적 세계 현상을 뜻하고, 영구불변은 순수지속을 뜻한다. 생멸이 없는 본체는 죽은 본체이고, 지속이 없는 생멸은 일종의 환상에 지나지 않는다.[18] 아울러 자신의 무궁성을 길러야 하고 이를 바탕으로 세상의 지식을 배우고 익혀서 운용해 나가도록 해야 한다.

'무섭더라 무섭더라 하나님이 무섭더라'

위의 표현은 매우 직설적이다. 종교의 가르침을 일반 민중들에게 쉽게 가르치기 위해 사용된 것으로 보여진다. 종교적 내용의 가사는 일반 민중들을 대상으로 하기 때문에 내용 전개에 있어서도 대체로 평이하게 서술되어 있다. 그렇기 때문에 직설적인 표현을 사용하여 나타내고자 하는 사상을 쉽게 전달할 수 있다. 동학의 수행론修行論은 이질화되어 있는 '자아와 세계'를 통일된 세계로 환원시키는 데 종교적·학문적 가치가 있다.[19]

18) 심형진, 「東學의 사람다움에 관한 硏究」, 중앙대학교 박사학위논문, 2002, 77쪽.

〈지지가〉에서도 '경천명순천리敬天命順天理'으로 받아 들이고, 경천敬天의 방법으로 시천주侍天主와 수심정기修心正氣)를 내세웠다. 다시 말해 공경해야할 하늘은 대상적으로 있는 공중이 아니라 마음에 있고, 마음에서 신령하고 신성한 그 무엇을 자각하여 그것이 주체가 되는 삶을 살아야 한다고 밝힌다. 그래서 '인의예지는 옛 성인의 가르침이요, 수심정기는 오직 내가 다시 정한 것'이라 하여, 선진유학이 강조한 경천의 실천적인 방법으로 제시하고 있다.[20] 동학에서 말하는 한울님(하눌님; 하늘님)은 서양에서 말하는 하느님(하나님)과는 비슷한 점이 있기는 하지만 뿌리가 다르며, 오히려 민간 신앙이나 도가에서 말하는 자연주의 사상과 비슷하다고 할 수 있다.[21]

〈지지가〉는 전체적으로 유교사상을 기반으로 하고 있다. 유교사상은 당대 민중들에게 일반적으로 널리 알려졌던, 생활 속의 실천사상이기에 이를 기반으로 한 교리는 백성들에게 쉽게 포교할 수 있는 방편이 되었을 것이고, 백성들도 거부감 없이 받아들일 수 있었을 것이다. 작품에 나타나는 유교사상은 일반 대중들도 쉽게 이해하고 자주 접했던 사상이기에, 포교하는 입장에서나 대중들의 입장에서도 다른 종교(천주교)보다는 훨씬 거부감을 줄일 수 있었던 것으로 보여진다. 〈지지가〉에 나타난 시어는 평범한 생활 주변에서 일어나는 일상적인 용어, 윤리와 도덕과 관련된 어휘들이 많았다.

이처럼 〈지지가〉에 나타난 동학의 사상은 일률적으로 규정하기는

19) 손병욱, 「동학과 성리학의 수련법 비교－수심정기와 경법을 중심으로」, 『동학학보』27, 동학학회, 2002, 232~249쪽.

20) 임병학, 「소강절의 상수역학象數易學이 한국 신종교에 미친 영향」, 『동서철학연구』제78호, 한국동서철학회, 2015, 186쪽.

21) 권인호, 앞의 논문, 11쪽.

어렵다. 인격적이면서도 그것으로만 설명될 수 없는 부분이 있다. 그래서 어떤 단일한 용어나 개념으로 그것을 규정하기 보다는 실천적인 측면에서 그 의의를 살펴보아야 한다.[22] 무엇보다 대중을 교화하기 위한 교육적 기능을 지니고 있다. 민중에게 나아갈 방향을 제시하고, 희망과 용기를 주기 위한 것으로 판단이 된다. 또한 〈지지가〉에서는 유가儒家의 사상을 계승하여 도덕교화道德敎化를 위주로 형제우애, 효자효부, 충신, 부화부순의 확립을 주장하고, 도덕군자의 인격을 갖춘 후에 세상을 구제할 수 있다고 하였다. 다시 말해 수신제가修身齊家와 가도화순家道和順은 유학의 인륜도덕人倫道德으로서 모든 사람은 마땅히 지켜야 할 것으로 규정하여 교화하고 있다.

다만 유가사상과 배치되는 사상이 나타나는 부분이 있다. 누구든 일심一心으로 수도하면 빈천貧賤이 물러가고 부귀富貴도 온다고 하였다. 이는 인본주의人本主義에 입각한 만민평등사상이라는 것을 알 수 있다. 그러나 이 작품에서 어떤 보편이나 외부의 절대적 하나로의 통합이 아니라 개개인 모두가 자기의 개성과 다름을 존중하면서도 내면에 한울을 모신 거룩하고 신령한 존재로서 우주의 중심이라는 사실을 밝히고 있다. 이는 개인의 자유와 다양성을 인정하면서도 공동체의 원리를 모든 사람들에게 내재하고 있는 거룩하고 신령한 존재에서 찾고자 한 것이다. 나아가 인간의 주체성과 공동체의 조화를 존중하고 생활속에서 실천을 강조하고 한울의 공공성과 성화를 실현하는 것이다.[23]

22) 김춘성, 「東學·天道敎 修鍊과 生命思想 硏究」, 한양대학교 박사학위 논문, 2009, 142쪽.

23) 김춘성, 앞의 논문, 143~145쪽.

〈지지가〉는 가사로서의 문학적 우수성은 떨어지지만 혼란한 시대와 사회를 바로 잡고자 했던 종교적인 목적이 선명히 나타나있고 그러한 방도로 적절히 유통되었다. 여기에 천주교의 확산과 서세동점西勢東漸의 조류 속에서 태동하고 있던 사회적 조류의 변화를 적극적으로 표현하였으며 인도주의에 기초한 평등사상이 정체성의 자각과 민본의식의 성장을 통해 구현된 것이라는 점에서 그 의의가 매우 크다.[24]

5. 맺음말

이 글에서는 그동안 소개되지 않았던 김해정 소장본 〈지지가〉의 특질을 살펴보았다. 가사 〈지지가〉는 하날임을 공경하고 삼강오륜三綱五倫 및 충효忠孝로 수신修身하고 정심정기正心正氣하면 요순시대와 같은 태평성세가 올 것이라는 내용이다. 전형적인 동학가사의 형태를 지니고 있으며, 사용되는 표현적 특징으로 보아 후기 동학가사로 추정할 수 있다. 이 작품에 나타난 동학의 사상은 일률적으로 규정하기는 어렵다. 특히 교육적 기능을 지니고 전파되었으며, 민중이 나아갈 방향을 선명히 제시하고, 이들에게 희망과 용기를 주고 있다.

여기에 유가儒家의 사상이 기본적으로 작용하고 있으며 전통적인 사상과 관습의 울타리를 벗어나지 않는 선에서 인간과 사회의 변화

24) 양삼섭, 「수운 최제우의 남녀평등관」, 『민족사상』6권 4호, 한국민족사상학회, 2012, 181~182쪽.

와 혁신을 강조하였다. 그 핵심에는 '시천주'와 수심정기修心正氣가 자리하고 있다. 이는 다른 동학가사와 다르지 않다.

〈지지가〉는 동학가사의 특질이 분명하게 드러난다. 동학을 민중들에게 전달하고 이들에게 깊은 감명과 삶의 의미를 되새겨 볼 수 있게 하기 위하여 가사라는 장르를 선택했다. 이는 가사가 다른 장르에 비해 유연성을 지니고 있으며, 민중들과 쉽게 호응할 수 있는 운율과 표현을 내포하고 있기 때문이다.

다만 〈지지가〉는 가사로서의 문학적 우수성이나 특수성은 찾기 어렵지만 혼란한 사회질서를 바로 잡고자 했던 종교적인 목적이 분명하게 드러난다. 무엇보다 동학은 자생적인 우리 민족의 종교이면서 우리의 전통적 사상을 바탕으로 유교·불교·도교의 통합을 통해 새로운 인간형과 새로운 사상을 잘 나타내고 있다. 〈지지가〉 역시 동학을 통해 우리가 지향해야 할 사람다움의 의미를 찾고 교리의 이념과 그 방향을 설명하고 있다.

동학가사의 작가는 수없이 많은 사람들이 참여하여 작품을 창작하고 전파하였을 것으로 추측된다. 그러나 대부분이 작가 미상으로 작품만 전하기 때문에 그에 대한 뚜렷한 증거 자료나 기록이 전무하여 작품의 특질과 그 실체를 확인할 수 없다. 김해정 소장본 〈지지가〉 역시 작자 미상으로 작품 전반에 관해 전해지고 있는 바가 선명하지 않아서 이에 대한 세심한 검토와 분석이 더욱 요구되는 바이다.

참고문헌

『동학가사』1 · 2, 한국정신문화연구원, 1979.
『용담유사』(계명대 도서관 소상 목판본).
〈지지가〉(김해정 소장본).

강석근, 「가사문학의 발달사적 관점에서 본 용담유사의 특징과 맥락」, 『한국사상과 문화』70권, 한국사상문화학회, 2013.
구사회, 『한국 고전시가의 작품 발굴과 새로 읽기』, 보고사, 2014.
김상일, 「상주지역 동학교단의 활동과 동학가사」, 『동학학보』10권 2호, 동학학회, 2006.
김상일, 「전후기 동학가사의 연구」, 『동학연구』14, 한국동학학회, 2003.
김용만, 김문기, 「상주 동학교와 동학가사 책판 및 판본 연구」, 『퇴계학과 유교문화』39권, 경북대학교 퇴계연구소, 2006.
김춘성, 「동학 · 천도교 수련과 생명사상 연구」, 한양대학교 박사학위 논문, 2009.
나동광, 「「몽중노소문답가」에 나타난 시적 세계」, 『동학연구』27집, 한국동학학회, 2009.
손병욱, 「동학과 성리학의 수련법 비교－수심정기와 경법을 중심으로」, 『동학학보』27, 동학학회, 2002
양삼섭, 「수운 최제우의 남녀평등관」, 『민족사상』6권 4호, 한국민족사상학회, 2012.
윤석산, 「동경대전 연구」, 『동학연구』3호, 동학연구학회, 1998.
이상원, 「동학가사에 나타난 시천주 사상 연구」, 『우리문학연구』24집, 우리어문학회, 2008.
임기중, 『역대가사문학전집』, 아세아문화사, 1998.
임병학, 「소강절의 상수역학象數易學이 한국 신종교에 미친 영향」, 『동서철학연구』제78호, 한국동서철학회, 2015.
정선자, 「동학가사의 배경사상 연구」, 조선대학교 석사학위논문, 2001.
제갈덕주, 「동학의 통합적 상상력과 논리구조에 관한 의미론적 접근－최시형의 삼경사상을 중심으로」, 『동학학보』36호, 동학학회, 2015.
한국종교연구회, 『한국종교문화사 강의』, 청년사, 1998.
홍진영, 「동학가사 문중노소문답가의 예언적 성격－정감록과의 비교를 중심으로」, 『동학학보』38권, 동학학회, 2016.

제9장

『환구음초環璆唫艸』에 나타난 지식인의 근대 문명 인식과 특질

1. 머리말

여행旅行을 통해 인간은 다른 지역의 다른 삶을 보기도 하지만, 동시에 근대의 균질화된 생활을 접하기도 한다. 이로써 여행은 철도를 따라 구체적으로 몸을 이동하며 근대를 학습하는 도구이며, '근대近代'라는 새로움을 체험하는 계기이며, 나아가 근대 그 자체가 되기도 한다.[1]

19세기 말엽의 우리나라는 문호 개방에 따른 서구문물이 유입되고 봉건체제가 해체되면서 근대 사회로 전환되고 있었다. 하지만 이 당시 우리나라의 문호개방은 식민지를 개척하려는 제국주의에 맞서 대응할 수 있는 기반이나 준비 과정도 없이 이루어졌다고 말할 수 있다. 결과적으로 우리나라는 중국과 일본, 그리고 러시아 등과 같은 외세의 침탈 대상으로 전락하고 말았다. 그러나 근대 전환기에

1) 곽승미, 「'외부'의 동경과 '근대인 되기'」, 『근대의 첫 경험』, 이화여자대학교 출판부, 2006, 167쪽.

조선인의 세계 체험은 서구 세계로 확장되었다. 이 시기의 서구 체험은 대부분 외교 사절단에 의한 공적인 성격을 띠고 있었고, 그들이 남긴 견문록은 근대 문명에 대한 문화적 충격이 고스란히 담겨 있었다.[2)]

建陽元年(1896) 2월에 아관파천이 발생하였고 조정에서는 민영환을 특명전권공사로 임명하여 윤치호·김득련·김도일을 러시아 니콜라이 2세의 황제대관식에 사절단으로 파견했다. 이들은 4월 1일에 인천항을 출발하여 중국 상해와 일본을 거쳐 태평양을 건너서 미대륙을 횡단하였고, 다시 대서양을 건너서 영국과 네덜란드, 그리고 독일을 지나 러시아 수도에 도착하여 5월26일에 니콜라이 2세의 황제 대관식에 참석하였다. 이들 일행이 모든 일정을 끝내고 돌아오는 귀환길은 시베리아를 횡단해서 몽고와 간도를 통하여 블라디보스톡에 이르렀고, 그곳에서 부산을 경유하여 여행의 시작점이었던 인천항을 통하여 입국하였다.

이것은 우리나라가 서구사회에 모습을 보인 첫사행使行이었고, 최초의 본격적인 세계기행이었다고 할 수 있다. 당시에 김득련은 민영환을 수행했던 2등 참서관參書官이었는데, 그는 7개월여에 걸친 사행 과정을 장르적 성격이 서로 다른 2개의 여행 기록물로 남겼다. 하나는 개인적으로 세계기행의 견문과 감회를 시적 형상화하여 발간했던 기행시집 『환구음초環璆唫艸』였고, 다른 하나는 공식적으로 사행과정을 편년체로 기록했던 『환구일록環璆日錄』이였다.[3)]

2) 구사회, 「근대전환기 조선인의 세계 기행과 문명 담론」, 『국어문학』61집, 국어문학회, 2016, 134쪽.

3) 당시 러시아 니콜라이2세의 황제대관식과 관련된 사행기록에는 『환구일록』(김득련)이외에도 『해천추범』(민영환)과 『부아기정』(필자명 무)이 있다. 그렇

러시아어를 모르던 중국어 역관 김득련이 민영환을 따라가게 된 것은 공식 기록을 한문漢文으로 남기기 위한 것으로 민영환과 한시漢詩를 주고받기 위해서였다. 러시아 사람들과의 대화는 김도일이 맡았기에, 김득련은 상대적으로 한가하게 시詩를 지을 수 있었다. 그는 지구를 한바퀴 돌며 새로운 세상에 대한 감회를 한시 136수로 읊었는데 이를 『환구음초』라고 하고, '지구를 한바퀴 돌며 읊은 시집'이라는 뜻이다.[4] 『환구음초』는 김득련이 역관으로 경험한 사행 기록을 한시로 표현한 최초의 세계 일주 한시집이다.

김득련은 사행使行을 통해 새로운 문물에 대한 충격과 기대를 갖게 되었다. 이전에 경험하지 못했던 새로운 세계를 접하게 된다는 기대감과 아울러 미지의 세계를 여행하는 비교대상으로 연행燕行을 떠올렸던 것이다. 『환구음초』에는 김득련의 문학적 재능과 시적 감수성이 작품 전반에 나타나며 생생한 현장감을 부여했다.

또한 조선에 있어서 19세기 말은 이전에는 전혀 그 존재를 인지하지 못했던 광범위한 영역 속의 여러 타자들과 처음으로 접촉하고 적극적으로 소통해야 했던 시기이다. 이 시기 다양한 타자들과 자신의 세계를 어떤 방식으로 규정하는가는 상당히 중요하고도 어려운 일이었다. 위의 사절단 기록들도 이국異國에서 처음으로 만나는 사람, 문물, 풍습, 제도 등에 대한 조선 지식인의 시선을 보여주고 있으므로, 러시아 사절단의 기록 연구는 19세기 말 조선인의 세계 관찰과 인식 분석을 고찰하는 것에 큰 도움이 된다. 19세기 말의 사행使行은 과거

지만 이들 3책은 모두 김득련에 의해서 집필된 것이고, 앞의 두 책은 사실상 동일서이며, 『부아기정』은 전반부가 간략화簡略化되었을 뿐 역시 동일서로 보았다.(고병익, 『동아교섭사의 연구』, 서울대학교출판부, 1988, 520쪽.)

4) 허경진, 『조선의 르네상스인 중인』, 랜덤하우스, 2008, 332쪽.

와 매우 다른 사회적 상황속에서 진행되고 있었다. 그렇지만 김득련이 그 표현 방식을 한시로 택한 것은 과거의 전통과 단절되었다고 말하기는 어렵고 이들과 연속 선상에 놓여있다고 볼 수 있다.

그간 김득련의 『환구음초』에 대한 연구자들의 논의는 활발하지 않았지만 지속적으로 이루어지고 있다. 대체로 김득련의 가계家系와 작품의 양상, 문학적 성격의 규명, 러시아 사행의 특질, 작자의 의식 양상을 중심으로 최근까지 연구가 이루어지고 있다.[5] 그러나 그 여정과 목적지가 상당히 주목받을 만한 요소를 지니고 있지만 여전히 큰 관심을 얻지는 못하고 있는 실정이다. 이 글에서는 『환구음초』에 나타난 기록을 바탕으로 해외 체험을 한 지식인 김득련의 근대문명의 인식을 살펴보고, 그 의미와 특질을 논의하고자 한다.

2. 김득련의 러시아 사행과 여정의 시적 형상화

'새로운 것'은 인간의 역사에 있어 근원적인 원천이며, 인간 사회는 이러한 '이국적인 것'들의 유입流入으로 변화하는 것이다.[6] 김득

5) 정양완, 「환구음초에 대하여」, 『한국한문학연구』2권, 한국한문학회, 1977; 홍학희, 「1896년 러시아 황제 대관식 축하사절단의 서구체험기, 「해천추범」」, 『한국고전연구』17집, 한국고전연구학회, 2008; 김미정, 「러시아 사행시 『환구음초』의 작품 실상과 근대성 고찰」, 『인문학연구』99권, 충남대학교 인문과학연구소, 2015; 최식, 「여항문학 종말기의 한 양상: 김득련의 『환구음초』를 중심으로」, 『한문학보』4집, 우리한문학회, 2001; 황재문, 「『환구음초』의 성격과 표현방식」, 『한국한시연구』16권, 한국한시학회, 2008; 이효정, 「1896년 러시아 사절단의 기록 연구」, 연세대학교 석사학위논문, 2008; 김양수, 「조선후기 우봉김씨의 성립과 발전－계동공파의 김지남 등 중인을 중심으로－」, 『실학사상연구』33집, 무악실학회, 2007.

련은 1896년 4월 1일에 한양을 출발하여 10월 20일 복명하기까지의 민영환閔泳煥을 따라 러시아황제의 대관식에 참석하고 오면서 쓴 기행시집으로 사행 과정에서 지은 작품을 모아 사행시 『환구음초』로 엮었다. 여기에는 총 111제題 136수首로 사행의 일정대로 작품을 싣고 있다. 사행이 중국, 일본, 미국, 영국, 네델란드, 독일, 러시아, 몽골의 8개국을 7개월 동안 여행하는 것이었는데 사행기록을 담당했던 김득련이 그동안의 견문과 감상을 한시로 옮긴 것이다. 구성은 '국내 노정-국외 노정-국외 회정-국내 회정'으로 시간적 순서대로 전개되고 있으며, 작자는 각 사행지에서 자신이 보고 듣고 느낀 것을 충실하게 작품으로 남겼다. 그 중 국외 노정, 특히 러시아에서 지은 작품이 주를 이루고 있다.[7] 『환구음초』에는 여행과정에서 보았던 도시와 도로, 교통과 통신, 철도와 기차, 건물과 호텔, 영화와 연극 등을 담았다. 또, 박물관과 미술관, 도서관, 예배당, 전화기나 전등과 같은 전기 시설, 동물원과 식물원, 천문대와 조선소 등을 방문하여 그 내용을 시로 기록하였다. 주로 비유적 표현을 사용하여 황홀하고 신기한 경험을 집약적으로 설명하고자 하였다. 또한 러시아 사행에서 민영환과 김득련은 신분과 직무의 차이에도 불구하고, 서로의 문화적 소양의 전제가 되는 의식적 유사점에 의해 긴밀한 관계를 구축하게 되었다고 볼 수 있다.[8]

6) 리드, 『*The Mind of the Traveler-From Gilamesh to global tourism*』, *BasicBooks*, 1991, 14~18쪽.

7) 김미정, 「러시아 사행시 환구음초의 작품 실상과 근대성 고찰」, 『인문학연구』 99권, 충남대학교 인문과학연구소, 2015, 13쪽.

8) 류충희, 「민영환의 세계 여행과 의식의 추이-한국 근대형성기 조선 축하사절(1896)의 여행기록물을 중심으로-」, 성균관대학교 석사학위논문, 2007, 31쪽.

김득련은 조선 후기에 역관으로 이름을 날린 우봉 김씨의 후손이다. 숙종 38년(1712)에 역관 김지남(1654~1718)이 백두산의 정계를 정하고 비를 세운 일이 있었는데, 그가 바로 김득련의 7대조이기도 하다. 그처럼 우봉 김씨의 문중은 17세기 이래로 역과를 비롯한 잡과에서 다수의 인물을 배출했던 조선조의 대표적인 중인 집안이었다. 이들 우봉 김씨 중인들은 주로 잡과나 주학籌學 분야에서 활동하였다. 특히 잡과의 역관에서 활동한 이들은 대를 이어 외교와 관련한 다수의 저작들을 남겼고,[9] 직계 조상은 물론 외가·처가에 역과 혹은 의과 출신의 인물이 적지 않았다.[10] 개화기의 김득련도 예외가 아니었다. 그가 민영환과 함께 사행에 참여하게 된 것은 역관가문의 후예이며 한어漢語 역관譯官으로서 시문에 능한 인물이었다는 점을 고려한 것으로 보여 진다.[11] 다만 그의 청년 시절과 후에 민영환과 함께 러시아사행에 합류하게 되었는지 그 이유는 명확하게 찾기가 어렵다.

그러나 김득련은 영어나 러시아어에 능숙하지 못하여 외교적 임무를 직접 수행할 수 있는 상황은 아니었지만 시문詩文을 바탕으로 여러 나라의 교섭 현장을 목도하고 이를 기록하는 역할을 담당하여 매우 충실하게 임무를 수행했다. 『환구일기』·『해천추범』·『부아기정』이 그 결과물이라고 할 수 있다. 그 중 『환구일기』는 러시아 황제

9) 김양수, 「조선후기 우봉김씨의 성립과 발전－계동공파의 김지남 등 중인을 중심으로－」, 『실학사상연구』33집, 무악실학회, 2007, 5~73쪽.

10) 정양완, 「환구음초에 대하여」, 『한국한문학연구』2권, 한국한문학회, 1977, 128~130쪽.

11) 이민원, 「조선특사의 러시아외교와 김득련: 니콜라이Ⅱ 황제대관식 사행을 중심으로」, 『역사와 실학』제33집, 역사실학회, 2007, 205~208쪽.

대관식에 특명전권공사로 임명된 민영환을 비롯한 사절단 4인의 임명장을 비롯한 국서나 친서 등의 외교 문서와 김득련이 사행 과정을 기록한 『환구일록環璆日錄』으로 구성되어 있다. 외교문서는 조칙詔勅, 국서와 친서, 친서축사, 국서진정시의 축사, 친서증정시의 공사축사, 친서와 토산품 선물인 토의土儀를 러시아 황제에게 올리면서 바친 공사의 축사, 러시아 황제에게 보내는 선물 목록인 토의, 고종이 특명전권공사로 임명한 민영환에게 내리는 훈유訓諭, 고종이 특명전권공사인 민영환에게 깨우침과 당부의 말씀을 기록한 유문諭文, 조회문, 조선황제에게 보내온 러시아 황제의 친서인데 『환구일록』의 앞에 기록되어 있다.

『환구일록』에는 김득련의 이름과 함께 민영환을 따라 러시아 황제의 대관식에 참석하고 돌아온 모든 과정이 편년체編年體로 기록되어 있다. 따라서 이들 기록을 살펴보면, 『환구일록』은 김득련이 지은 사행록이고, 『환구일기』는 외교문서와 함께 『환구일록』을 포함하는 일련一連의 기록물을 지칭한다. 『환구일록』은 사행과정에서의 견문을 객관적이고 사실적으로 적은 사행록의 성격을 지니고 있다면, 『환구음초』는 김득련이 여행 중에 공식적인 기록물이었던 『환구일록』에서 담지 못했던 견문에 대한 자신의 개인적인 심회와 서정을 형상화한 것이다. 이는 자신이 가지고 있던 문학적 소양과 같은 문화양식에 대한 의식은 한시와 사행록이라는 전통적인 수단의 선택이라는 점에서 그 의미를 찾을 수 있다.[12] 『환구일록』을 보면 김득련이 지명地名과 이수里數를 최대한 자세히 기록하고자 하는 의지

12) 황재문, 「『환구음초』의 성격과 표현 방식」, 『한국한시연구』16권, 한국한시학회, 2008, 367~368쪽.

가 나타난다.[13]

한시는 표현물을 통해 자신의 의식을 담고 사람들과의 소통을 가능하게 하였는데, 다른 문화에 대한 '감상을 한시로 적어낼 수 있다는 것'은 자신의 의식체계와 다른 문화적 대상에 대한 구체적인 자기 의식화를 통한 변형된 의식이 형성되었다는 사실을 알게 한다.[14] '근대성'에 지나친 가치 부여를 함으로써 이전 시기의 세계관을 간과하고 조선시대 지식인들에게는 심화된 지적 담론이나 대타적 자기 인식이 부재했던 것처럼 단순하게 치부하고 논의를 진행하는 시각은 반드시 지양되어야 한다. 기행문은 그간 경험했던 사실적인 것들과 주관적 진정성을 바탕으로 하는 근대적 글쓰기의 일종이다.[15]

또한 『환구음초』는 우리 한문학사의 마지막 시기에 이루어진 작품이라는 점에서 의미가 있다. 한시와 사행이라는 전통과 새로운 문화적 환경이라는 대비적 요소를 바탕으로 19세기 말의 격동기 조선의 지식인 김득련이 자신이 체험한 서양문명과 그에 대한 인식을 작품 전반에 선명하게 그리고 있다. 이국에서의 경험을 서술하면서 그 속에 그가 접한 서양의 문화 체험과 충격을 사실적으로 형상화하고 있다. 서양의 새로운 세계를 직접적으로 '체험'한 사실 자체에 일차적으로 가치를 부여했을 것으로 본다. 더욱이 대외를 인식하는 기제

13) 『환구일록』9월 6일. "初擬隨站詳錄地名里數, 海多不下車而仍行, 無處向問, 此後只錄下車處地名.(처음에는 역참에 따라 지명과 이수를 자세히 기록하려고 하였다. 매번 하차하지 않고 가는 곳이 많은데 질문할 곳이 없다. 이후로는 다만 하차하는 곳의 지명만 기록할 것이다."

14) 류충희, 앞의 논문, 34쪽.

15) 차혜영, 「동아시아 지역 표상의 시간·지리학－『문장』의 기행문 연구」, 『한국근대문학연구』20, 한국근대문학회, 2009, 125~128쪽.

가 '중화中華'에서 '근대'로 변환되면서 서구세계에 대한 경탄의 시선도 강화되었을 것이다. 또한 그의 시선을 통해 19세기 말의 조선인의 정서와 사상을 이해하는 측면이 되기도 한다.

3. 『환구음초』에 나타난 지식인의 서구 견문과 신문명의 충격

조선인이 서구 과학 문물을 접하는 것은 쉽지 않은 일이었다. 그러나 개화기에 국호를 개방하면서 조선인은 주로 공식적인 외교 사절의 형식으로 서구 세계에 가서 그들의 근대 문물을 직접 체험하였다. 따라서 조선인의 서구 체험은 개화기부터 시작되었고, 이전의 중국이나 책을 통한 간접 체험과는 근본적으로 달랐다.

김득련은 긴 여정 속에서 많은 사람들을 만나고 다양한 경험을 하는 가운데 동양적 사고에서 벗어나 근대적 사고를 갖게 되며, 이는 시간과 장소의 이동에 따라 다른 양상을 보이고 있다. 사행의 목적지인 러시아는 사행단이 가장 오래 머무른 곳이자 다양한 체험을 한 장소로 작자의 세계관 형성에 가장 큰 영향을 미쳤다고 할 수 있다.

김득련은 생애 처음 접하는 근대 문명을 통해 감탄과 충격을 경험한다. 가장 감탄했던 것은 모스크바를 수놓았던 등불이었으며, 화려한 야경을 '봉황의 골수鳳髓와 용의 기름龍膏을 밤새도록 태우는 듯'했고 '불야성不夜城'의 잔치처럼 보였다고 표현했다. 사행단은 고생스러운 여정에도 불구하고 시베리아를 횡단하면서 러시아 측의 적극적인 협조로 각종 행사와 시설施設을 시찰視察할 수 있었다. 도시의 번화함에 놀라고, 동물원, 해군기기처, 박물관, 학교, 소방서, 박물관, 박람회 구경을 할 수 있었다. 『환구음초』는 공적 담론의 생성 및 유통을 의식한 여타 사행시들과 달리 자신의 심회를 문학적으로 섬세하게 풀어가고 있다. 그러나 외국 체험이 소재가 되는 사행가사는 자국의 경계를 넘어 타국의 공간에서 촉발된 감회, 목도目睹한 풍경이나 문물 등이 주요한 축으로 형상화된 작품군이라 할 수 있다. 특히 시대, 국가, 작가에 따라 공간에 대한 인식과 형상화의 차이가 발견되기 때문에 이에 유의한 해석이 필요하다.[16]

1) 교통수단의 체험

坎拿大乘火輪車向東行九千餘里
— 캐나다에서 기차를 타고 동쪽을 향해 9천 여리를 가면서

汽輪駕鐵迅如飛 기차 바퀴가 철로를 날듯이 빠르게 달리며
行止隨心少不違 마음대로 가며 멈추며 조금도 어김이 없네.
透理何人知此法 이치를 꿰뚫어 누가 이 법을 알아냈는가
泡茶一葉刱神機 차를 한 잎 끓이다가 신비한 기기를 만들었다지.
風馳電掣上嵯峨 바람처럼 빠르게 전기로 끌어서 높은 곳을 올라가니
萬水千山瞥眼過 수만 물과 수천 산이 별안간 눈앞을 스친다.
長房縮地還多事 장자방의 축지법도 도리어 번거로우니
十日郵程在刹那 열흘 동안 갈 역마차의 여정이 순식간이다.[17]

16) 김윤희, 「사행가사에 형상화된 타국의 수도首都 풍경과 지향성의 변모」, 『어문논집』제65집, 민족어문학회, 2012, 104쪽.

17) 김득련, 『환구음초』, 8쪽.

이 시는 김득련이 1896년 4월 30일에 캐나다 밴쿠버에서 기차를 타고 미국 뉴욕으로 가면서 지은 한시이다. 당시 우리나라에는 기차가 개통되지 않았다. 작자는 난생 처음 기차를 타보게 된다. 이에 놀란 눈으로 기차가 나는 듯이 철로 위를 빨라 달린다고 신묘하게 여기며 감탄하고 있다. 열차 속도가 축지법縮地法보다 빠르다고도 하였다. 옛날 영국인 '와튼'이 다관茶罐에서 물이 끓으면서 다관 뚜껑이 들렸다 뒤집혔다 하는 것을 보고서 이것으로 미루어 이치를 깨달아 비로소 기기를 만들었다고 한다.

이 시에서 迅, 少, 馳, 瞥, 還, 刹那의 표현이 모두 놀라움을 담고 있다. 각 구절마다 놀라움의 표현들이 있는데, 지속적으로 반복되면서 하나하나 쌓여 결국 '찰라'라는 표현으로 폭발한 듯 보인다. 이러한 점층적인 놀라움으로 인해, 그들의 문명에 대한 동경은 점차 강해진다. 기차를 처음 탔던 그들에게는 기차 밖 풍경은 번개처럼 지나가는 '찰나刹那'로 느껴졌을 것이다.

또한 기차는 대중의 운송수단運送手段으로 다양한 목적을 가진 여러 사람이 똑같은 시간에 같은 목적지를 향해 한꺼번에 타고, 때로는 한 공간에 머물러야 했다. 분명히 이는 그간 그들이 경험한 교통 운송수단과는 분명히 다른 특성을 지니고 있다.

乘火輪車入東京
— 화륜차(기차)를 타고 도쿄에 들어가서

及到東京眼忽明	도쿄에 이르니 눈이 문득 밝아지고
繁華形勝此專名	번화한 모습 이곳이 가장 이름나네.
令人應接眞無暇	구경하느라 정신없게 만드노니
絕似山陰道山行	정말로 산음의 길을 가는 듯 해라.[18]

요코하마에서 도쿄까지 기차를 이용했는데, 기차를 "화륜차火輪車"라고 표현했다. 연기를 뿜으며 철로를 달리는 열차의 모습을 묘사한 것으로 보인다. 철도는 지역에 존재하는 현재성, 즉 지역적 시간성과 공간성을 깨트리면서 공통의 시공간을 형성해갔다.[19]

이 시에서 2구의 '此專名'은 이곳이 그 명성을 독차지 했다는 의미로, 도쿄가 번화함으로 최고라는 표현을 나타낸 것이다. 3구는 글자 그대로 번역하면 사람으로 하여금 구경하느라[應接] 겨를이 없게 만든다는 의미이다. 4구의 '絶似'은 완전히 같다는 말로 보인다. '산음의 길'이란 산의 북쪽으로 늘 그늘진 곳이라는 것이다. 여기에서는 높은 건물들로 인해 온통 그늘진 산길을 가는 것과 같다는 의미이다. 그렇다면 이 작품은 3, 4구가 도시의 화려한 모습을 참신하게 표현해 내고 있으며, 다닥다닥 붙어 있는 건물에 대한 경이로움을 그늘진 산길로 나타낸 것이다.

鋏路馬車(亦有電氣代馬)
– 철로마차(역시 전기로 말을 대신하였다.)

從橫鋏軌布衢街　종횡으로 철로가 길거리로 펼쳐있고
雷碾朱輪駕兩騧　우레 소리 붉은 바퀴를 두 말이 끄는 듯.
車上能容三十客　전차에는 손님이 서른 명이나 탈 수 있어
飛樓行閣突然排　날으는 누각이 갑자기 펼쳐졌네.

위의 시는 작자가 당시 길거리에서 목격한 전차를 보고 자신이

18) 김득련, 『환구음초』, 24쪽.
19) 볼프강 쉬벨부쉬·박진희 역, 『철도 여행의 역사』, 궁리, 2002, 63~64쪽.

생각한 바를 시로 형상화한 것이다. 서구의 근대 문명과 문물에 대해 놀라움과 호기심을 보이고 있다. 또한 전차에는 손님이 서른 명이나 탈 수 있다고 설명하여 그 크기나 규모를 짐작할 수 있게 한다. 우선 4구의 '배'는 배열이라는 말에서 보이듯, 펼쳐져 있다는 의미로 여겨진다. 날아다니고 걸어 다니는 누각이라는 표현은 기차의 지붕을 말하고 있다. 특히 기차가 달려오는 것을 보니, 마치 지붕이 있는 누대가 날아다니고 걸어 다니고 있는 듯이 표현하여 기차를 본 충격과 흥분을 생생히 표현하고 있다.

또한 1구에서는 시각적으로 2구에서는 청각적인 측면에서 기차와 철로를 본 충격을 상세히 묘사하고 있다. 특히 4구의 '누대가 날고 다닌다.'라는 표현은 참신하면서도 작가에게 다가온 문화적 충격을 고스란히 담아 낸 구절로 보인다.

獨行車
— 자전거

手持機靷足環輪　손으로는 기축을 쥐고 발로는 바퀴를 돌리니
飄忽飛過不動塵　문득 가볍게 날듯이 지나가는데 먼지조차 나지 않네.
何必御車勞六轡　굳이 수레를 끄느라고 말 여섯 마리를 괴롭히랴
自行遲速在吾身　더디고 빨리 감이 내 몸에 달려 있네.[20]

위 시는 자전거의 모습을 묘사한 시이다. 속도를 내며 쏜살같이 지나가지만, 먼지도 발생하지 않고, 수레를 움직일 필요 없다고 하고 있다. 1구는 자전거를 이용하는 모습을 그대로 묘사했다. 2구에서는 '날듯이', '먼지조차 없다'를 통해 생경함을 드러냈다. 그러한

20) 김득련, 『환구음초』, 24쪽.

인식은 3구로 이어져, 말이나 소가 끄는 수레에 익숙해 있었던 작가에게 조선의 현실을 생각하게 만든다. 먼지가 풀풀 나는 조선의 수레와 달리 날듯이 달리면서 먼지 조차 나지 않는 자전거, 거기에다 속도도 자신이 마음대로 조절할 수 있는 자전거에 동경의 시선을 보내고 있다. 더욱이 조선의 운송 수단과의 비교를 하면 서양 문물의 발달과 효율성에 놀라고 있다.

이처럼 작자는 문명의 편리함을 교통수단을 보면서 서양 문화에 대하여 경계의 시선보다는 비교적 긍정적으로 긍정적인 반응을 보인다. 전근대적인 교통수단에 비할 때 상대적으로 빠른 기차나 철로 마차, 자전거는 작자에게는 신기한 경험으로 볼 수 있다.

선진 문물先進文物에 대한 체험 및 문화적 차이에서 오는 충격 등을 생생하게 묘사하고 있다. 작품의 대부분을 차지하는 작자는 해외에서 접하게 되는 낯선 문화가 때론 어색하기도 하고, 때로는 놀랍고 신기하기도 하다.[21] 이들은 근대성의 원인이나 실체보다 근대 세계자체로서의 특징에 무게 중심을 두고 있는 것으로 보인다.

2) 화려한 경물과 이상세계

五月二十六日, 卽俄皇戴冠慶禮, 各國使入參賀班

—5월 26일, 러시아 황제 대관식에 축하하는 각국 사절들이 축하식에 참석하다.

兩宮盛典趁期完　두 궁궐에서 성대한 의전이 예정대로 이뤄지며

21) 김상진, 「이종응의 〈서유견문록〉에 나타난 서구 체험과 문화적 충격」, 『우리문학연구』23집, 우리문학회, 2008, 46쪽.

禮拜堂中共戴冠　예배당 안에서 함께 대관식을 개최하네.
先見教師方受賀　먼저 대주교를 뵙고 축하를 드리니
玉階金仗列千官　옥 계단에서 금빛 복장의 많은 관리들이 도열하였네.
珠宮高處錦筵開　구슬로 장식한 궁궐 높은 곳에 비단장막이 펼쳐져
聘幣煌煌取次來　축하 예물들이 휘황찬란하게 차례대로 들어오네.
(二十餘國使臣同會開宴　이십여 나라의 사신들 모여 잔치를 열었다.)
玉液瓊漿同盡醉　신선들이 마시는 좋은 술에 모두 취하니
此身疑是到蓬萊　이 몸이 아마도 봉래산에 온 것은 아닐런지[22)]

이 시는 대관식의 풍경과 축하祝賀 연회宴會를 담은 작품이다. 대관식의 묘사는 간략하게 사실적으로 나타내었다. 연회장의 모습과 20여국의 사신들이 함께 모여 새롭게 러시아의 황제가 된 니콜라이 2세에게 예물을 증정하는 모습 역시 사실적으로 설명하고 있다. 하지만 축하 연회를 '선경仙境'으로 설명한다. 또한 여기에 화려한 연회宴會를 즐기는 모습을 함축적 표현을 통해서 나타내는데 자신이 마신 것은 '신선들이 마시는 술[玉液瓊漿]'이었고 서양식 연회의 공간은 신선들이 머무는 '봉래산蓬萊山'으로 비유하고 있다.

그는 도가적 표현을 사용하여, 자신이 연회에서 느낀 감흥의 신이함과 흥겨움을 극대화하고 있다. 또한 접한 화려한 연회는 조선 사회에서는 쉽게 체험하기 어려운 것으로 여겨진다. 여기에 애주가愛酒家였던 김득련의 개인적인 면모가 드러나는 부분이기도 하다.[23)]

22) 김득련, 『환구음초』, 14쪽.

23) 김득련은 상당히 술을 즐겼던 것으로 보인다. 윤치호의 일기에 'Fish'라는 표현이 자주 등장한다. 이것은 김득련의 별명으로 사행을 함께한 러시아인 스테인이 붙인 것이다. 스테인의 눈에는 술을 물같이 마시는 김득련의 모습이 마치 물속에서 헤엄치며 물을 들이키는 물고기와 같아 보였기 때문이다.(『윤치

기존 조선의 지식인은 대부분 인간의 시선을 압도한 자연 경관을 마주할 때, 그 곳을 신선세계로 연결시켰다. 이 시에서 대관식의 모습을 신선세계로 표현한 것은 그만큼 화려하다는 것을 알 수 있다. 이러한 생각은 결국 조선 지식인이 가지고 있었던 신선세계에 대한 균열을 가져오는 계기가 되었다고 할 수 있다.

滿都三夜點燈
—온 도시에 사흘 밤 동안 등을 밝히다

皇家有慶民祝賀　황실 경사에 백성들이 축하하고
結彩長燈連三宵　채색한 긴 등을 사흘 밤 계속해서 밝히네.
門壁輝煌無隙地　문과 벽이 휘황찬란하여 빈틈이 없고
路傍立架作浮橋　길가에는 횃대를 세워 허공에 다리를 만들었네.
色色形形萬億盞　여러 모양과 색깔로 수많은 등잔을 만들어
電煤油燭一時挑　전기불과 기름촛불이 한꺼번에 켜지네.
滿都街巷同朱燄　온 도시의 길과 골목에 불꽃을 함께 하여
通明如晝無近遙　원근 가릴 것 없이 온통 대낮처럼 밝네.
復有龜林宮垣內　게다가 크렘린 궁궐 담 안쪽에는
電樓電塔聳九霄　전기 누대와 탑들이 하늘 높이 솟아 있네.
五色玻璃工搭結　다섯 색깔 유리가 교묘히 연결하여 얽혀 있고
玲瓏璀璨畵難描　영롱하고 아름다워서 그림으로 묘사하기 어렵구나!

處處炎山湧平地　곳곳에 불꽃 산이 평지에서 용솟음쳐서
熒光閃鑠久不銷　형광불이 번쩍이면서 오래도록 꺼지지 않네.
海上怳惚蜃噓氣　바다 위에 황홀하게 신기루를 만드니
珠宮貝闕懸迢迢　구슬 보물로 만든 궁궐이 아득히 매달려 있다.

호일기』, 4월11일 4권, 167쪽.)

宛如瑤池敞仙宴 마치 요지연의 신선 잔치를 드러내듯
鳳髓龍膏徹夜燒 봉황의 골수와 용의 기름을 밤새도록 태우는구나.
廣陵觀燈何足道 광릉의 관등놀이쯤이야 어찌 말할 것이 있으랴
鰲山銀樹太蕭條[24] 오산의 은빛나무는 여기에 비하면 너무도 초라하다
況值今日文明世 더구나 오늘 날 문명의 세상을 만나서
君民共樂奏笙簫 임금과 백성이 다함께 음악을 연주하며 즐기는데 말일세.
我從東方仗玉節 나는 동방으로부터 옥절을 가지고 온 사람으로
良夜來聽太平謠 오늘처럼 좋은 밤에 태평가를 듣고 있구나.[25]

위의 시는 모스크바의 점등點燈 풍경을 묘사한 것이다. 여기에는 도가적 이상향이 나타난다. 니콜라이 2세의 러시아 황제 대관식 후 러시아 정부는 모스크바의 모든 거리에 등燈을 밝혀 행사를 했는데, 이를 체험한 작자는 모스크바의 밤을 대낮과 같이 바꾼 수많은 등불을 보면서 신비로움을 느꼈다.

蜃噓氣, 珠宮貝闕, 瑤池, 仙宴, 鳳髓龍膏, 廣陵, 鰲山의 단어에서 보듯이 이곳을 선계로 인식하면서 상상계로 들어서고 있다. 여기에서도 기존의 상상속에 있었던 신선세계 등의 상상계를 현실로 가져온 것인데, 기존 조선 지식이 가지고 있었던 대자연 속에서 찾던 신선계가 인간계로 확장하거나 혹은 하강한 것으로 인식된다. 다시 말해 자연스럽게 기존 인식에 대한 균열이 엿보인다. 또한 이 시에서 광릉의 관등놀이나 오산을 가져와 비교를 했는데, 이는 자신의 편폭이 경험을 통해 넓어지게 된 경우라고 볼 수 있다.

24) '오산'은 신선들이 사는 곳으로 옛 사람들은 중국 광릉에서 등불을 구경하는 것은 오산화수鰲山火樹라고 칭하였다는 데에서 유래한 말이다.

25) 김득련, 『환구음초』, 14~15쪽.

또한 마지막 4구절은 작가의 의미가 선명하게 드러난다. 김득련은 시속에서 화려함을 지속적 노래하면서 이를 선계로 연결시켰는데, 이러한 것을 '문명세계'로 인식한 것으로 보인다. 여기에 유교의 이상 군주의 표상인 '與民同樂(여민동락)'까지 이루어졌으니, 진정한 태평시절이라고 말하고 있는 것이다. 그 배후에는 조선의 실상이 자리 잡고 있기에, 선계나 태평시절은 작자를 깊은 생각에 잠기게 했다.

紐約之殷富繁華, 口難形言, 筆難記述(地璆上, 第二港口)
— 뉴욕의 풍성함과 번화함은 말로 형용하기 어렵고 붓으로 기술하기 어렵다.(지구상에서 두 번째로 큰 항구이다.)

長春園裡無愁地　장춘원에는 수심이 없는 땅이고,
不夜城中極樂天　불야성 안은 극락의 하늘이다.
港內居人三百萬　항구 내에 사는 사람이 삼백만이나 되고
揮金如土酒如泉　금을 흙처럼 뿌리고 술이 샘처럼 많다네.[26]

김득련은 세계 최고의 도시 뉴욕에서 최고조에 달한 도시의 밤을 경험하였다. 특히 풍경은 자연 장면의 객관적 재현만이 아니라, 시인이 지니는 꿈과 욕망 또는 '이념과 표상이 매개된 구성이거나 특정한 문화적 의도를 실현하는 수행적 성격'을 지닌다.[27] 이는 기행가사를 분석하는 유용한 개념의 틀이 될 수 있다. 이 작품은 눈에 보이는 것만 감상하고 있다. 타인의 삶에 대한 공감이나 내면에 대

26) 김득련, 『환구음초』, 9쪽.
27) 이형대, 「17·18세기 기행가사와 풍경의 미학」, 『민족문화연구』40호, 고려대 민족문화연구원, 2004, 124쪽.

한 접근은 전혀 이루어지지 않았다. 이는 바로 김득련을 포함한 여행자들이 지닌 한계라는 것을 알려준다.

뉴욕의 도시 풍경은 작자가 가진 언어로 표현할 수 없이 화려하고 아름답다. 주야를 구별하기 힘든 뉴욕을 보면서 어둠이 사라진 도시의 찬란한 불빛과 분주한 근대 초기의 조선인들은 '이상향'의 모습을 서구에서 찾았다. 또한 외부 세계의 실상을 보고, 조선의 문명개화의 고취시키려는 사명감도 작동되었을 것으로 짐작된다.

入英都倫敦(更乘汽車行)

— 영국의 수도 런던에 들어가다.(다시 기차를 타고 가다)

政治倫敦盛	정치는 런던이 아주 발달해서
君民意共孚	임금과 백성이 서로의 생각을 믿는다.
五洲稱覇國	다섯 대륙 제패한 패권국가라 일컬으며
千載鎭名都	천 년동안 이름난 도시로 자리를 잡았네.
天上神仙境	하늘의 신선이 사는 곳이고,
人間富貴圖	인간 세상의 부귀한 그림이네.
我來觀俗美	내가 와서 아름다운 풍속을 살펴보니,
花月滿城衢	꽃과 달이 도시 안에 가득하구나.[28]

러시아사절단은 뉴욕에서 루카니아호를 타고 대서양을 건넌다. 이들은 영국 리버풀에 도착하여 기차를 타고 런던으로 향한다. 이들이 '상해上海'를 시작으로 대도시에 대한 문명 인식이 근대 런던이라는 도시를 기점으로 자극의 증폭이 이루어지고 이상적인 국가에 대한 열망이 강렬해진다. 이는 런던이 근대성의 진원지로 간주된 상

28) 김득련, 『환구음초』, 11쪽.

징적 공간이었음을 의미한다.

김득련은 도교에서 사용되는 유토피아의 이미지인 '신선神仙' 내지 '극락極樂'과 같은 표현으로 상황을 재현하면서 동시에 그 대상을 자신의 생각에 맞추어서 규정하고 있다. 이 시에서는 런던 정치의 성대함, 군주와 백성의 신의信義가 유지되는 이상적인 국가의 모습을 형상화하고 있다. 현실과 이상이 합일合一되는 이상국가의 모습을 지니고 있다. 이를 '천상의 신선경'으로 '선경'이라는 단어를 사용해서 절제되었지만 동경憧憬의 시선이 극명하게 나타난다. 그는 유교적 이상을 바탕으로 도가적 이상이 어우러질 수 있는 유토피아적 세계관을 희망하는 것으로 보인다. 조선은 급격한 사회, 경제적 변화를 겪으며 문화의 격변기였다. 새로운 시대를 향한 다양한 사유와 모색이 보여지기 시작했다. 당시 국제 사회에서 약소국이었던 조선인 화자는 근대적 세계의 구심점이 군사력임을 간파하고 영국을 그 실권의 중심으로 간주하면서 런던의 풍경을 낙관적·초월적으로 제시한 것으로 생각할 수 있다. 김득련은 유교 사회를 유토피아로 인식했다. 도가적 사유는 일정의 유희 정도의 인식이었다고 볼 수 있다. 문학 작품에서 도가적 상상력은 자신의 정회를 풀어내는 하나의 방식이다.

『환구음초』에 수록된 시들은 지각知覺의 범위를 넘어서는 체험과 그 과정에서 시작된 감정적 진폭을 형상화하는데 있어 유효有效한 단면으로 작용한 것으로 보여진다. 여기에는 일정 이상의 사실을 왜곡하거나 확대하는 등의 모습이 발견되기도 하였다. 이러한 공통적 현상 역시 체험을 자긍적自矜的으로 재현하는 과정에서 의식적 지향성을 투사함으로써 발생한 현상으로 해석해 볼 수 있을 것이다.

3) 서구의 볼거리와 심회

작자는 다른 나라의 풍습風習이나 인물을 보고 다양한 호기심을 표현하여 작품속에 형상화하고 있다. '구경'이라는 단어는 단순한 호기심을 지나 다양한 면모가 포함되어 있다. 적극적 관찰과 기록을 통해 대상을 효과적으로 설명하거나 묘사하는 하나의 용어로 인식해야 한다. 그것은 두 작품이 독자들에게는 단순히 '읽는 독서물'이 아니라 서구에 대한 '간접적 시각 체험'을 가능케 한 자료로 작용할 수 있다.[29] 또한 외국을 다녀온 후 근대적 문물에 대한 전달의 욕망慾望을 보이기 이전에 타국에서 생성된 감상感想이나 객수客愁가 강조되어 있다. 또한 서술에 있어 서정적인 측면에 치중하기 보다는 자신의 경험을 상세히 서술하는 것에 중심을 두고 있다.

生物院
　—동물원

動走飛潛箇箇殊	움직이고 달리고 날고 잠기는 것이 각각 다르고
柵籠池窟自分區	울타리와 연못, 굴이 구역별로 나뉘어 있네.
敎馴有術皆呈技	순종시키는 기술이 있어 모두 재주를 드러내고
演戱收錢任嗇夫	공연에서 돈을 거두는 것은 직원에게 맡긴다네.[30]

戱象
　—재롱부리는 코끼리

牛體無毛眼小穿	소같은 몸에 털이 없고 눈이 작게 뚫렸는데

29) 김윤희, 「사행가사에 형상화된 타국의 수도首都 풍경과 지향성의 변모」, 『어문논집』제65집, 민족어문학회, 2012, 117쪽.

30) 김득련, 『환구음초』, 23쪽.

張牙揮鼻立臺前　상아를 드러내고 코를 휘두르며 무대 앞에 섰네.
戱舞彈琹爲口腹　춤추고 악기 연주로 밥벌이를 하는데
向人叩索買餳錢　사람을 향해 조아리며 돈을 요구하네.[31)]

이 시는 새로 접한 문명에 대한 호기심보다는 근대 문명이 지닌 문제의식에 비중을 두고 있으며 우리 민족이 처한 상황을 단편적으로 보여준다. 신문명에서 인간은 자연自然을 지배하기 시작하였다. 인간은 다양한 면모를 지니고 있다. 동물원에서 본 코끼리와 사자는 그들이 지닌 본성인 야성野性을 상실한 채 인간에 의해 제압制壓되어 있다. 또한 우리 안에 갇히거나 돈벌이의 대상으로 전락轉落하고 있다는 것을 선명하게 보여준다. 이러한 상황은 단순히 인간과 동물 간의 관계가 아니라 서구 열강으로 인해 다양한 고통을 겪고 있는 조선의 불우한 상황을 일정 이상 이야기한 것으로 보여진다.

劇戱場
— 서커스장

傀儡登場善滑稽　꼭두각시가 등장하여 익살을 부리는데
百般演事盡先題　갖가지 연기들이 모두 제목을 먼저 붙이네.
每回看到神奇處　매회를 보면서 신기한 곳에 이르면
滿座無譁拍手齊　꽉 찬 자리에서 숨죽이며 일제히 박수를 치네.[32)]

작자는 서구의 오락娛樂 문화를 접하게 된다. 조선 후기의 공연물은 탈춤과 판소리가 주를 이루며 공연 문화가 중심이 되는데 이들은

31) 김득련, 『환구음초』, 36쪽.
32) 김득련, 『환구음초』, 23쪽.

상업적인 성격을 가지고 있는 것이 아니라 개방성을 중심으로 하였다. 그러나 서양에서 경험한 공연들은 모두 상업성商業性을 띄고 있다는 것이 다르다. 실제처럼 공연되는 서양 연극을 신기하게 느꼈던 것이다. 이에 사실적인 서양의 연극演劇에 매력을 느꼈을 것으로 예상된다. 서구에서의 연극은 시간과 공간과 행위와 존재가 일치하는 가상적인 행동을 표현한 것으로 조선인들은 경험하지 못한 공연의 한 형태였다. 또한 서양의 공연은 무대장치를 화려하게 하거나 생생한 스토리를 통해 재미를 극대화시켰다. 서양 흥행 공연의 결정판은 바로 서커스였다.

電氣戱影館
　－무성영화관

鏡中照畵電中開	거울 속에 비친 그림은 전기에서 시작되니
移影玻璃壁上來	그림자를 옮겨서 유리벽 위로 옮겨온다.
人能跳舞車能走	사람이 춤도 추고 수레를 달릴 수도 있으니
活動如眞去復回	살아 움직이는 것이 진짜처럼 가고 오는구나.[33]

작자는 조선에서는 경험하기 어려운 '영화映畵'라는 신문물을 접하고 영화에 대한 설명을 주로 하고 있다. 영화 감상은 신기한 경험임에도 불구하고 작자는 최대한 감정을 조절하고 객관적인 장면 묘사를 위주로 형상화하였다. 작자는 러시아의 발전된 문물을 체험하고 이를 감탄感歎과 경이驚異를 표현하는 것이 아니라 그 내용을 성실하게 전달하는 데에 주력하고 있다. 러시아의 황제가 머무르는 별

33) 김득련, 『환구음초』, 23쪽.

궁을 구경하면서도 외관의 전경을 차분히 표현하였고[34], 제지소에 다녀와서도 종이 만드는 과정을 시로 지었다.[35]

또한 조선을 객관적으로 바라볼 수 있는 시선을 갖게 한다. 조선의 냉혹한 현실을 감당해야 했던 당시 지식인들에게 해외 체험은 근대화된 세계를 적극적으로 탐색할 수 있는 계기로 인식되었을 것이다. 또한 이 시기의 작품들은 체험한 국가나 동기에 따라 세계 인식이 변모하는 양상을 보이고 있다. 조선 지식인에게 있어 근대성은 불안한 세계를 극복할 수 있게 하는 이념적 지향점이 되었던 것이다. 그러나 구심점求心點만이 대체되었을 뿐 그 논리적 기반과 실체는 유교儒教적 도덕관념에 의거해있음을 알 수 있다.[36] 아울러 구舊지식에 익숙한 작가가 전통적인 글쓰기 방식으로 서양을 형상화하고 있어 근대와 전근대가 혼류混流하던 당시의 모습을 전형적으로 압축하고 있다.[37]

러시아는 강력한 국가이지만 조선은 군사, 정치가 제대로 갖추어지지 않아 주변 국가로부터 위협을 받거나 도움을 요청하고 있는 안

34) 「皇邨夏行宮」, "궁중 정원 곳곳에 있고 별궁이 있어/ 모든 집과 문들이 차례대로 통한다./ 문양석 대들보와 호박으로 벽을 장식하고/ 역대 황제를 그린 초상이 걸려 있네(御園處處有離宮 萬戶千門次第通紋石棟楣蜜花壁 列皇圖像揭當中). - 김득련, 『환구음초』, 21쪽.

35) 「造紙所」, 「"부순 물건을 거둬 찌니 열기가 피어오르는데/ 짧은 시간에 갈아서 하얀 즙을 엉기게 하고,/ 포목과 대자리로 받아 여러 모양의 종이가 되는/ 나라의 장부와 문서가 모두 번역되고 등사된다(收蒸敗物熱騰騰 頃刻磨來白汁凝 布簀自成多樣紙 一邦簿牒盡飜謄)." - 김득련, 『환구음초』, 27쪽.

36) 김윤희, 「조선후기 사행가사의 세계 인식과 문학적 특질」, 고려대학교 박사학위논문, 2010, 250쪽.

37) 박애경, 「대한제국기 가사에 나타난 이국 형상의 의미 - 서양 체험가사를 중심으로 -」, 『고전문학연구』 제31집, 한국고전문학회, 2007, 53~54쪽.

타까운 상황 속에 놓여 있는 것이다. 타국의 번영繁榮을 경험하니 조선의 현실이 더욱 참담하게 느껴졌을 것으로 예상된다.[38] 다만 서구 세계를 유력遊歷하면서 그들의 선진 문명과 부강함을 목격하고 놀라기도 하고 부러워하기도 하였지만 동시에 조선의 현실을 생각하면 안타까움을 감추기 어려웠다. '문명개화'의 의미는 양자의 의미가 모두 미래의 지평을 새롭게 이끌어냄으로써 새로운 기대를 제기하고 일깨우는 역할을 하는 것으로 설정되었다는 점에서 역사의 새로운 역학을 표현하는 합성어로 사용된 것일 수 있다.[39]

김득련은 자신이 체험한 문물을 성실히 기록했고 조선의 부강富强을 고심하지 않을 수 없었다. 『환구음초』에서 작자는 조선의 현실을 인식하면서 서구문명의 실상과 비교를 했지만, 전체적으로 작품 속에서 조선의 발전을 위한 실용적인 방안을 모색하는 것이 아니라 서구 문물이 지닌 화려한 외적인 속성만을 강조하고 있다. 이 또한 외부의 충격으로 인한 반응으로 볼 수 있다. 여기에는 자본資本에 기반한 근대적 세계에 대한 동경이 내재해 있다는 점도 추론해 볼 수 있다. 특히 시공간을 극복하여 새로운 공간으로 들어가는 일에 망설임이 없이 적극적으로 수용하여 인식하는 비판적 지식인의 역할이 사실상 필요한 시기였다. 또한 상세한 서술은 다양한 독자들에게 새로운 세상에 대한 지향이나 충족의 계기를 촉발할 수 있다. 19세기말 조선인의 세계 관찰과 인식 분석의 중심이 될 수 있다.

조선시대의 경우 환상과 지리적 현실을 중심으로 유토피아와 풍

38) 황재문, 앞의 논문, 23쪽.

39) 김현주, 「『서유견문』의 '(문명)개화'론과 번역의 정치학」, 『국제어문』24집, 국제어문학회, 2011, 223~247쪽.

경이 조화를 이루는 경우가 있다. 이러한 상황은 '땅'에서 체험한 '형이상학形而上學적 전율'은 미적 체험의 중요한 촉진제로 기능하여 예술에서 초월적 미의식이 생성되었던 것이다.[40] 이러한 논리를 참고해 본다면 19세기 말 기행시에서 발견되는 초월적 표상은 근대적 문물이나 자본의 정도가 '형이상학적 전율'로 작동하여 유토피아와 풍경이 합치된 결과로 해석해 볼 수 있을 것이다.

4. 맺음말

여행旅行은 제한된 생활에서 오는 억압된 욕망을 조금이나마 해소할 수 있는 기회였다. 여행을 통해 다양한 규범과 경험을 기록하면서 자신의 삶과 사회적 상황을 돌아보는 계기가 된다. 여행기는 주체의 자기정체성 형성과 타자他者 인식사이의 역학 관계를 살펴볼 수 있는 텍스트이다. 김득련의 『환구음초』에는 그가 체험한 서구의 문물을 성실히 풀어나갔다. 그러나 조선에는 경험하지 못한 서구의 문물을 재현할 표현이 없었다. 그렇지만 그는 '형언形言할 수 없는' 체험 대상을 자신의 언어로 재현하고자 자신의 의식속에 존재하는 개념을 이용하였다.

『환구음초』는 근대 전환기에 나온 세계 여행의 기록물로 이전의 중국 연행이나 일제강점기의 서구 유람遊覽과 다양한 측면에서 구별된다. 이전 시기에 나온 기행문에 비해 새로운 서구 문물을 경험하면서 받은 문화적 충격과 함께 이전과 다른 세계 지리와 시공간을

40) 김우창, 「풍경과 선험적 구성」, 『풍경과 마음』, 생각의 나무, 2003, 45~60쪽.

상세히 고찰하고 있다는 것을 확인할 수 있다. 김득련은 전고典故와 대비시켜 견문을 제시하는 방식을 사용하고 있는데 이는 자신이 러시아를 비롯한 새로운 세계를 이해하는 방식으로 판단된다. 아울러 자신의 지식과 교양을 확인해보고자 노력하는 것이 작품 전반에 나타난다. 그가 경험한 서구의 문물은 지리와 사회, 풍물과 풍속, 역사와 정치, 종교와 예술 등과 같이 다방면에서 경험하고 그 범위 역시 폭넓고 다양하였다.

아울러 조선에서 자국自國의 영향력을 확대하고자 했던 러시아의 의도로 인해 사행단은 시베리아의 각종 근대 시설 및 조선 유민流民들의 실태를 목격目擊할 수 있었다. 그러나 김득련은 서구의 기술 문명에 관심을 보이고, 동양의 전통적 가치관이나 세계관의 우월성에 대해서 상세히 언급하지 않는 것으로 보인다.

근대 전환기에 세계 기행을 한 김득련의 『환구음초』에는 서구의 근대 문명과 문물에 대해서 놀라움과 호기심이 곳곳에 표현되어 있다. 이는 서구의 선진화된 문물 제도와 과학 문명을 국내에 소개하고 계몽啓蒙의식을 고취할 수 있는 계기로 작용한 것으로 보인다. 또한 서구로 가는 새로운 길을 개척하고 기존의 중국 중심의 문물 수용의 양상에서 벗어나 시공간의 확장을 확인하게 되는 계기라는 점에서 그 의미를 찾을 수 있다.

김득련은 한시漢詩와 사행使行이라는 전통과 새로운 문화의 경험이라는 대비적 요소를 바탕으로 19세기 말의 격동기 조선의 지식인의 일면을 보여주었다. 그가 경험한 서양문명과 제도는 신문명에 대한 인식과 낙후된 조선의 환경과 시대에 대한 복잡한 심경을 보여준다. 특히 서구의 발전된 문물을 접하면서 문명 담론을 형성하는 동시에 낙후된 조국의 현실을 되돌아보면서 갖게된 다양한 심정을 알 수 있다. 그러나 서구 체험과 견문見聞의 기록인 김득련의 『환구음초』는 조선이 새로운 근대 문명을 만나고 확장시키는 계기가 되는 발판으로 작용하였다.

참고문헌

김득련, 『환구음초』.

고병익, 『동아교섭사의 연구』, 서울대학교출판부, 1988.

곽승미, 「'외부'의 동경과 '근대인 되기'」, 『근대의 첫 경험』, 이화여자대학교 출판부, 2006.

구사회, 「근대전환기 조선인의 세계 기행과 문명 담론」, 『국어문학』61집, 국어문학회, 2016.

김득련·허경진 역, 『환구음초』, 평민사, 2011.

김미정, 「러시아 사행시 환구음초의 작품 실상과 근대성 고찰」, 『인문학연구』 99권, 충남대학교 인문과학연구소, 2015.

김상진, 「이종응의 〈서유견문록〉에 나타난 서구 체험과 문화적 충격」, 『우리문학연구』23집, 우리문학회, 2008.

김상진, 「이종응의 〈서유견문록〉에 나타난 서구 체험과 문화적 충격」, 『우리문학연구』23집, 우리문학회, 2008.

김양수, 「조선후기 우봉김씨의 성립과 발전－계동공파의 김지남 등 중인을 중심으로－, 『실학사상연구』33집, 무악실학회, 2007.

김우창, 「풍경과 선험적 구성」, 『풍경과 마음』, 생각의 나무, 2003.

김윤희, 「사행가사에 형상화된 타국의 수도首都 풍경과 지향성의 변모」, 『어문논집』제65집, 민족어문학회, 2012.

김윤희, 「조선후기 사행가사의 세계 인식과 문학적 특질」, 고려대학교 박사학위논문, 2010.

김현주, 「『서유견문』의 '(문명)개화'론과 번역의 정치학」, 『국제어문』24집, 국제어문학회, 2011.
류충희, 「민영환의 세계 여행과 의식의 추이—한국 근대형성기 조선 축하사절(1896)의 여행기록물을 중심으로—」, 성균관대학교 석사학위논문, 2007.
박애경, 「대한제국기 가사에 나타난 이국 형상의 의미—서양 체험가사를 중심으로—」, 『고전문학연구』 제31집, 한국고전문학회, 2007.
볼프강 쉬벨부쉬·박진희 역, 『철도 여행의 역사』, 궁리, 2002.
이민원, 「조선특사의 러시아외교와 김득련: 니콜라이Ⅱ 황제대관식 사행을 중심으로」, 『역사와 실학』제33집, 역사실학회, 2007.
이형대, 「17·18세기 기행가사와 풍경의 미학」, 『민족문화연구』40호, 고려대 민족문화연구원, 2004.
이효정, 「1896년 러시아 사절단의 기록 연구」, 연세대학교 석사학위논문, 2008.
정양완, 「환구음초에 대하여」, 『한국한문학연구』2권, 한국한문학회, 1977.
차혜영, 「동아시아 지역 표상의 시간·지리학—『문장』의 기행문 연구」, 『한국근대문학연구』20, 한국근대문학회, 2009.
허경진, 『조선의 르네상스인 중인』, 랜덤하우스, 2008.
황재문, 「『환구음초』의 성격과 표현 방식」, 『한국한시연구』16권, 한국한시학회, 2008.

제 10장

고전 시문에 나타난 한식韓食의 의미와 양상

―냉면冷麪을 중심으로

1. 머리말

전통문화는 현대와 단절된 것이 아니라 연속성을 가지며, 전통 문화는 건축설계, 의상패턴, 사고방식, 행동원리, 생활양식 또는 여러 가지 예술에 담겨져 있는 에스프리(esprit: 정신, 정수, 형식적 요소, 의미)의 주형(모델)으로서, 현대와 미래의 문화 창조를 풍요롭게 해주는 바탕, 즉 새로운 문화 창조의 원동력이며, 현대사회와 미래사회에 알맞은 문화의 발전방향을 정립하는 기초가 된다.[1)]

현재를 살아가고 있는 우리에게 최대 화두話頭는 음식이다. 지구촌의 다양한 인종과 국가의 정체성을 규정하는 새로운 잣대가 음식이고, 현대인의 삶의 질을 평가하는 새로운 코드로 작용한다. 대중문화 속에 음식기호는 문화를 규정하는 중요한 코드로 기능하고 있

1) 김복수 외, 『문화의 세기 한국의 문화정책』, 보고사, 2003, 96쪽.

다. 음식은 국가와 민족의 삶과 문화가 내재된 것으로 정치·경제·사회 등과 상호 작용을 가지며 역사적 의미를 지니는 문화적 상징이다. 이처럼 현대 대중들은 음식에 대한 체험을 바탕으로 그와 관련된 스토리까지 관심을 확장한다. 단순히 음식은 먹는 것이 아니라 문화를 향유할 수 있다.

우리나라 고유의 음식인 냉면chilled buckwheat noodle soup은 말 그대로 차가운冷 국수麵다. 냉면은 고려 말부터 시작된 전통 음식으로, 평양과 함흥, 진주 등 각 지역의 환경과 문화를 반영하고 있다는 점에서 향토음식이다. 어떤 지역의 문화상품은 반드시 그 지역의 역사·문화적 전통과 긴밀하게 연관되었을 때, 가치 있는 문화상품이 될 수 있다. 그러한 상품이 그 지역의 정체성을 경험하게 하는 데 기여하기 때문이다.[2)] 이제는 새로운 미각味覺을 추구하고, 음식이 문화로 설명되면서 각 민족음식에 담긴 문화적 표상 역시 중요해지고 있다. 최근에는 한식을 궁중宮中 음식, 반가班家 음식, 사찰寺刹 음식, 향토鄕土 음식의 기준으로 설명하거나, 발효 음식, 잔치 음식, 계절 음식 범주에서 다루고 있다.

그러나 냉면은 최근에 들어서 그 정체성을 규명하기가 어려워졌다. 냉면은 순조에서부터 헌종, 철종, 고종에 이르기까지 임금이 모두 즐겨먹었던 것으로 보이는데, 특이한 점은 냉면이 일상적으로 먹는 궁중 음식은 아니었던 것으로 여겨진다. 이처럼 우리나라의 냉면은 매우 다양한 특징을 가졌는데, 대체로 냉면의 재료는 다양했다. 이에 지역의 산물로만 한정하여 볼 것이 아니라 우리나라 전역에서

2) 배영동, 「안동지역 간고등어의 소비전통과 문화상품화 과정」, 『비교민속학』 31집, 비교민속학회, 2006, 98쪽.

냉면을 즐겼을 것으로 짐작할 수 있다. 따라서 냉면이라는 용어 자체도 현재 통용되고 있는 한정된 의미의 냉면이 아니라 '냉면冷麪' 즉 넓은 의미에서 '차갑게 식힌 면' 혹은 '차가운 면'으로 이해하는 것이 적당하다.[3]

냉면은 한국 사회의 발전과 함께 대표적인 대중 음식과 문화로 손꼽히며 창작자들에게 이야기의 근원이 되고 있다. 냉면은 무엇보다 노래, 소설, 영화, 만화 등 전반적인 문화의 원천소스로 작용하여 대중들에게 친숙한 음식으로 자리 잡았다. 이처럼 냉면은 단순히 음식飮食으로만 인식되는 것이 아니라 문화文化를 아우르는 관심의 대상으로 작용하였다. 또한 광범위한 학문 분야에서 지속적으로 연구되었는데, 식품영양학·식품공학·식품과학·관광 및 외식 경영학·농학·조리학, 인문학 분야[4]에 이르기까지 다양한 관점에서 논의가 되고 있다. 이 글에서는 고전 시문에 나타난 우리나라 냉면의 형성과정과 특징을 살피고, 이를 통해 우리 한식의 양상과 문화적 특수성을 점검하고자 한다.

3) 이윤정, 최덕주, 안형기, 최소례, 최재영, 윤예리, 「냉면冷麪의 형성과 분화 고찰考察」, 『외식경영연구』19-6, 한국외식경영학회, 2016, 257쪽.

4) 김남순, 「고향의 맛: 남북의 입맛을 통일시킨 냉면 이야기」, 『北韓』260, 북한연구소, 1993; 오소인, 「불고기·냉면·쟁반의 평양정통맛: 서울 을지로 우래옥」, 『한국논단』180, 한국논단 2004; 서정민, 「남북을 잇는 평양냉면」, 『플랫폼』6, 인천문화재단, 2007; 유중하, 「거제포로수용소 유적공원과 냉면의 방정식」, 『플랫폼』22, 인천문화재단, 2010; 이애란, 「칠성각의 평양냉면: 북한음식」, 『北韓』481, 북한연구소, 2012; 김영신, 「강동 '평앙도오부자' 감칠맛 돋우는 겨울의 별미 '펑냉면'을 맛보다」, 『통일한국』265, 평화문제연구소, 2006; 박채린·정혜정, 「비빔냉면관련 조리법에 관한 문헌적 고찰－1800년대 1980년대까지」, 26-4, 한국식생활문화학회 2016.

2. 한식문화의 양상

예로부터 우리 민족은 자연환경과 사회, 문화적 환경의 영향 속에서 독특한 한식韓食문화를 형성하였고 전통의 계승과 재창조라는 흐름 속에서 그 원형적 요소가 현재에까지 전달되고 있다. 한식문화는 오늘날 전통적인 식문화를 계승한 '전통 상차림'과 전통적인 상차림을 재해석하여 현대적인 감각에 맞게 재구성된 '현대 상차림'을 아우르는 개념으로 우리 민족의 정서와 문화가 깃들었다.[5] 오늘날 한국인은 우리 조상의 오랜 삶의 모습이 고스란히 담고 있는 전통음식인 한식을 먹고 살고 있다. 이러한 한식에 담긴 5,000년의 문화와 역사성은 과거로부터 현재까지 지속된 것처럼 앞으로도 이어질 것은 분명하다.

최근 들어 각 나라를 대표하는 민족음식ethnic food이 지구촌 사람들의 새로운 외식산업으로 등장했다. 아시아 음식이 부상하고 있다. 베트남의 쌀국수나 멕시코의 타코만을 전문으로 하는 식당도 서울의 골목에 자리를 잡았다. 실로 민족음식의 대유행이 21세기를 장식한다.[6] 이러한 아시아 음식의 화려한 부활復活과 함께 한국 음식 문화는 새로운 의미로 떠오르고 있다. 그런데 우리 한식을 세계적인 음식으로 부상시킨다는 '한식 세계화' 정책까지 수행되었지만 한국 음식은 그동안 확고한 문화로 자리매김하지 못하였다.

한국의 식생활 문화는 자연적인 환경, 사회적인 환경 등을 반영하

5) 이승은, 「한식문화 구성요소의 색채분석을 통한 오브제적 표현 연구」, 경희대학교 박사학위논문, 2013, 15쪽.

6) 주영하, 「민속문화의 국제화 요구와 비교민속학의 대응」, 『한국민속학』40권, 한국민속학회, 2004, 203쪽.

여 서로 밀접하게 각 지역의 독특한 식생활 문화를 형성하고 있다. 사람들은 음식을 먹으며 당질이나 지방, 혹은 단백질과 같은 다양한 영양소를 섭취하는 동시에 포만감飽滿感을 갖고, 아울러 음식이 지닌 상징과 의미를 수용한다. 인간에게 음식은 생존生存을 위한 가장 현실적인 방법이지만, 반복적이고 일상적이기 때문에 이를 올바로 이해하지 못하고 심지어 문화로 인식하는 것에 무지하다. 무엇을 어떤 방식과 연유로 먹느냐 하는 것 등이 음식 문화인데, 음식을 통해 사회구성원이 중요시 여기는 관심사나 지향하는 바가 상세히 나타나게 된다. 음식이 문화를 읽는 하나의 상징적인 코드로 해석됨으로써 각 민족의 문화적 특징을 살펴볼 수 있다.

한국 전통 음식은 채식菜食위주이고 채식과 육식肉食의 절묘한 조화를 이루는 과학적인 음식이다. 육류위주의 서양음식과는 달리 농경문화에 바탕을 두고 발달하여 곡물류 중심의 음식이 발달하였다. 한국전통 음식의 특징은 밥을 중심으로 한 반찬 문화가 발달하였는데, 곡류穀類에 맛을 부여하는 다양한 조리법의 반찬문화가 형성되었다.7) 각기 시각과 미각의 양태성을 구현하는 고명과 양념은 한국 요리의 다양한 텍스트를 생성하는 핵심 기제로서 오훈채五葷菜, 신선로神仙爐, 계란찜, 보쌈 등 거의 모든 한국의 요리에 적용된다.8) 한식처럼 종합적으로 우수한 식문화를 가진 나라들은 많지 않다. 우리의 음식은 채식 안에서 영양의 균형을 찾고자 하였기에 현대의 식생활에 본받을 만한 의미가 있고, 특히 다양한 발효 음식을

7) 정해옥, 「한식의 브랜드화 방안」, 『국학연구』제8집, 한국국학진흥원, 2006, 162쪽.

8) 박여성, 「융합기호학Synchretische Semiotik의 프로그램으로서의 음식기호학」, 『기호학 연구』14권, 기호학회, 2003, 149쪽.

통해 독창적인 식문화를 꽃피워왔다.

한국 음식 문화에는 기원祈願과 소망所望이 담긴 행위가 있다. 현대사회까지도 남아 있는 대표적인 것이 죽은 이에 대한 제사祭祀이다. 제사음식은 제례를 거치면서 신神이 드시고 남긴 신성한 음식으로 바뀐다. 제사를 행하고 난 이후의 음식은 음복飮福이라는 과정을 거쳐서 신의 축복이 전달되는 매개체의 역할을 한다. 이때, 한 항아리의 술을 신과 가족 모두가 함께 나누어 마시는 것은 가족의 결속을 다지는 행위였다.[9)]

'한식Hansik'은 좁은 의미에서 전통식품과 같은 의미로 쓰이는데, "전통식품"이란 국산 농수산물을 주원료 또는 주재료로 하여 예로부터 전승되어오는 원리에 따라 제조·가공·조리되어 우리 고유의 맛味·향香 및 색色을 내는 식품을 말한다.[10)] 우리나라의 냉면, 메밀국수, 녹말국수, 칼국수 등의 국수는 생일, 혼례, 귀빈 접대 음식이다. 국수는 경사스러운 날에만 맛볼 수 있는 특별음식으로 길게 이어진 면발 모양과 관련해 장수長壽, 결연結緣이 길하기를 기원하는 뜻으로 행운·재물·건강·행복·사랑의 의미를 담은 음식이다.[11)]

한식 정책의 의미로는 "한국 식문화의 대표성과 상징성을 지닌 음식으로 전통 음식과 함께 현대적 가공식품도 포함된다. 더 넓은 의미로는 "한국에서 전통적으로 사용되어온 식재료 및 그와 유사한 식재료를 사용해 한국 고유의 조리 방법 또는 그와 유사한 방법으로 만들어진 음식으로, 한국 민족의 역사적·문화적 특성을 갖고 생활

9) 김상보, 『조선시대의 음식문화』, 가람기획, 2006, 30~45쪽.
10) 농림축산식품부, '식품산업진흥법' 상의 전통식품 정의이다.
11) 황혜성, 한복진, 한복려, 『한국의 전통 음식』, 교문사, 2003, 243~244쪽.

여건에 알맞게 창안되어 발전·계승되어온 음식"을 뜻한다. 또한 한식의 범주와 특징을 살펴보면 농수축산물農水畜産物과 같은 식재료, 술과 차와 같은 음료류 및 가공식품을 포함하고, 조리 및 식사 예절 그리고 기호와 영양까지 포함된다. 이에는 그릇, 공간 스토리 음악, 소품, 디자인, 그리고 예절까지 한국 음식 문화의 범주에 포함된다고 할 수 있다.[12)]

3. 한국 냉면의 원형과 특질

냉면은 육수肉水를 부어 말아먹는지, 양념장을 넣어 비벼 먹는지에 따라서 물국수형과 비빔형으로 분류할 수 있었다. 물국수형 냉면은 통상 물냉면으로 지칭되며, 육수나 김치 국물에 메밀을 주원료로 한 국수를 넣고 꾸미와 고명을 얹어 차갑게 먹는 음식이다. 국물의 종류에 의해 다시 세분할 수 있는데 통상 쇠고기, 닭고기 및 돼지고기 등의 육류의 육수와 김칫국물이 주종을 이루나 깨국물이나 콩국물 등이 사용되기도 하였다.[13)]

냉면에 대한 기록은 고려말 이색의 『목은시고』 중 「하일夏日의 즉사卽事」에서 찾을 수 있다. "더운 구름이 온종일 쇠한 얼굴 비추어/ 팔면이 텅빈 집에 관도 안쓰고 앉았노니/ 도엽 냉도는 시원함이 뼈에 사무치고요/ 무더위엔 매양 벌빙 귀족이 부럽거니와/ 진창을 보

12) 정혜경, 「한국 음식문화의 의미와 표상」, 『아시아 리뷰』5-1호, 서울대학교 아시아연구소, 2015, 97~121쪽.

13) 박채린, 권용석, 정혜정, 「냉면의 조리사적 변화 양상에 관한 고찰」, 『한국식생활문화학회지』26-2호, 한국식생활문화학회, 2011, 135쪽.

고야 행로의 어려움을 안다네/ 한번 한가로움이 진정 즐거움직하여라/ 숲에 바람이니 절로 찬 기운이 나누나"[14]에서 '도엽냉도桃葉冷淘'를 냉면으로 볼 수 있다. 귀족이 얼음을 저장해두었다가 썰어 먹을 정도인 부자들을 부러워했는데 냉면을 먹으며 오히려 시원함과 즐거움을 느끼게 되었다는 것이다. 이와 같이 냉면을 한여름의 더위를 이기는 음식으로 보았다.

장유의 『계곡집』에는 「자장랭면紫漿冷麪」라는 시가 수록되어 냉면에 관하여 상세히 묘사하고 있다. "집이 높아 탁 트여 너무 좋은데/ 게다가 별미까지 대접을 받다니/ 자줏빛 즙에 노을 빛 비치고/ 옥가루에 눈꽃이 골고루 내려 배었어라/ 젓가락 담그니 어금니엔 싱싱한 감미로움/ 몸을 뚫는 냉기에 옷을 더하네./ 나그네 시름을 이로부터 없애니/ 돌아가는 꿈 드디어 자주하지 않으리라."[15] 이 시는 냉면에 대한 작자의 감정이 여실히 느껴진다. '자줏빛 육수'의 실체에 관하여 분명하게 밝히고 있지 않다. 다만 조금 특수한 성격의 육수로 짐작할 뿐이다. 당시 냉면은 차게 먹었던 것으로 추정한다. 또한 '눈꽃', '서늘함'을 통해 냉면에 대해 추론할 수 있다. 그러나 지역적 특성을 지닌 냉면인지에 대해서는 선명하지 않지만 맛에 있어서 미각을 일깨우는 음식임에는 틀림없다.

정약용의 『다산시집』의 내용에 수록된 냉면의 특징은 지금과 매우 흡사하다. 「희증서흥도호림군성운戲贈瑞興都護林君性運」에서는

14) 이색, 『목은시고』제7권. 火雲終日照衰顏 八面虛堂坐不冠 桃葉冷淘淸入骨 橘皮新劑暖凝肝 炎蒸每感伐氷貴 濘方知行路難 只得一閑眞可樂樹林風動自生寒.

15) 「계곡선생집」 제7권. 已喜高齋敞 還驚異味新 紫漿霞色映 玉粉雪花勻 入箸香生齒 添衣冷徹身 客愁從此破 歸夢不須頻.

"시월 들어 서관에 한 자 되게 눈 쌓이면/이중 휘장 폭신한 담요로 손님을 잡아두고는/ 갓 모양의 남비에 노루고기 전골하고/무김치 냉면에다 송채무침 곁들인다네".[16] 이 시에서는 당시의 지방 문화의 특색을 찾을 수 있다. 여기에서 언급하는 냉면은 대체적으로 평안도 냉면으로 볼 수 있는데, 고기와 더불어 무김치에 말아 먹었던 것으로 보인다. 추운 겨울에 휘장을 치고 먹었던 냉면은 술과 안주로 뜨거워진 몸의 열을 식히는 음식으로 작용했을 것으로 짐작된다.

정약용의 다른 시 「앞의 운으로 다시 짓다[再疊]」에도 냉면이 등장하는데 "온면도 먹고 냉면도 먹으면서/ 서로 수작酬酢하며 서로 위로하노니.[17] 여기에서는 온면과 냉면을 함께 먹으면서 서로 술잔을 주고받았다는 것을 통해 냉면은 술과 함께 곁들여서 먹는 음식으로 추정할 수 있다.

평양냉면에 관하여는 『동국세시기(1849)』에 잘 나타났다. '메밀면에 무김치[菁菹]·배추김치[菹], 돼지고기[猪肉]를 섞은 것을 냉면이라고 한다. 여러 채소[雜菜]와 배[梨], 밤[栗], 쇠고기[牛切肉], 돼지고기 썬 것[猪切肉]과 기름[油], 간장[醬]을 면에 넣은 것을 골동면骨董麵이라 한다. 관서지방關西(평양)의 것이 가장 좋다.'[18] 이는 지금의 비빔냉면과 흡사하다. 여러 가지를 섞는다는 의미의 골동骨董이라는 중국식 한자어가 한국 땅에서 비빔음식을 뜻하는 말로 고착된 것으로 보이지만 원래 한국음식에 존재하던 비빔이라는 낱말을 한자어

16) 정약용, 『다산시집』. 西關十月雪盈尺 複帳軟氍留欵客 笠様溫銚鹿臠紅 拉條冷麪菘菹碧.

17) 湯餅錯冷淘 酬酢以胥慰.

18) 用蕎麥麵 沈菁菹菹 和猪肉 名曰冷麵 又和雜菜梨栗牛猪切肉 油醬於麵 名曰骨董麵 關西之麵最良

골동으로 표기한 것인지, 골동이라는 한자어가 한국에 유입된 이후 비빔이라는 음식이 탄생하게 된 것인지 선후관계는 밝히기 어렵다.[19] 중국의 골동반은 음식물의 조리형태나 재료 구성을 살펴보았을 때 한국 비빔음식의 그것과 유사점을 찾기 어려우므로 낱말 형성 과정과는 별개로 한국만의 고유한 속성이 잘 드러난 음식으로 볼 수 있다. 또한 『오주연문장전산고五洲衍文長箋散稿』의 「만물편萬物篇」에도 평양의 냉면에 관하여 서술하고 있다.[20] 그 당시 시장에서 메밀국수를 판매한 적이 있었다는 사실도 기록되어 있다. 시장에서 산 메밀을 볕에 말려두면 갑작스럽게 손님이 찾아올 경우나 여행을 갈 때 사용하기 좋다고 하였다. 문맥으로 미루어 국수를 뽑아 호화시킨 면을 시장에서 사다가 집에서 건조한 후 저장해 두었다가 사용하는 방법을 소개한 것으로 보인다. 시장에서 파는 이러한 숙면熟麵 형태의 면은 일제강점기를 거쳐 1970년대까지도 판매되고 있었던 것으로 보였다.

조선말 문신 이유원이 중국과 조선의 사물에 관해 기록한 『임하필기林下筆記』의 「춘명일사春明逸史」에는 냉면에 얽힌 순조와의 일화는 유명하다. 순묘純廟가 초년에 한가로운 밤이면 매번 군직軍職과 선전관宣傳官들을 불러 함께 달을 감상하곤 하셨다. 어느날 밤 군직에게 명하여 문틈으로 면麵을 사오게 하며 이르기를 "너희들과 함께 냉면을 먹고 싶다"하셨다. 한사람이 스스로 돼지고기를 사가지고 왔으므로 상이 어디에 쓰려고 샀느냐고 묻자 냉면에 넣도록 하려는 것이라고 대답하였는데, 상은 아무런 응답을 하지 않으셨다. 냉

19) 장지현, 『한국 전래면류 음식사 연구』, 수학사, 2004, 251~267쪽.

20) 이규경, 『오주연문장전산고』「萬物篇」. 平壤之紺紅露 冷麪 骨董飯.

면을 나누어 줄 때 돼지고기를 산 자만은 제쳐두고 주지 않으며 이르기를 "그는 따로 먹을 물건이 있을 것이다"하셨다. 이 일은 측근 시신侍臣이 자못 본보기로 삼을 만한 일이다.[21]

순조가 야간에 야참으로 궁 밖에서 음식을 반입하게 하는 것을 다룬 일화이다. 이 시대는 1800년대로 늦은 밤에 음식을 사고파는 행위가 이루어진다는 사실이 매우 놀랍다. 또한 당시에도 면을 파는 곳이 따로 존재하고 있다는 것을 알 수 있다. 또한 '돼지고기 수육을 냉면에 넣어서 먹는 신하에게는 냉면을 주지 않았다는 이야기'는 다소 해학적이기는 하지만 이들의 식성을 이해할 수 있는 하나의 이야기이다. 이처럼 서울 냉면은 19세기 이미 외식으로서 전국적으로 건실하게 자리매김하고 있었다. 이는 유만공柳晩恭이 서울 풍속風俗을 적은 시집 '세시풍요歲時風謠'에도 잘 나타나는데, 여기에도 냉면이 등장한다. '냉면집과 탕반湯飯(장국밥)집이 길가에서 권세權勢를 잡고 있어, 다투어 들어가려는 사람들이 마치 권세가 문전門前처럼 벅적인다.'고 표현되어 있는 것으로 보아 당대에도 냉면에 대한 관심과 선호가 매우 높았다는 사실을 짐작하게 한다.

작자 미상의 『규곤요람』은 1896년대의 작품으로 추정하는데 여기에는 냉면이 "밋밋한 맛이 나는 간이 덜 된 무김치 국에 메밀국수를 말고 그 위에 잘 삶은 돼지고기를 썰어 넣고 배와 밤, 그리고 복숭아를 엷게 저며 넣은 후 잣을 넣어 먹는다."고 기록되어 있다. 또한 심환진이 필사한 『시의전서』의 상편 「주식류의 면麵편」에서는 육류를 삶은 육수만을 냉면의 국물로 사용한 것을 장국냉면이라고 하며 처음 등장했다. '고기 즁국 슬히여 쓰느러키 식혀 국슈말고 우

21) 이유원, 『임하필기』, 29권.

희난 외ᄎᆡ쳐 소곰에 간 져리여 ᄉᆡ라 ᄊᆞ져 살 ᄌᆞᆨ 복가 ᄭᆡᆯ소금 고추 가루 유ᄌᆞᆼ에 뭇친 것과 양지머리 ᄎᆡ쳐 셕거 언고 실고초 석이 계란 부쳐 ᄎᆡ쳐 언져 쓰라 호박도 외와 갓치 복난니라.'는 방법으로 제시된다.

18세기 말~19세기 초반에는 평양의 명물인 냉면이 한양에서도 이미 널리 알려졌을 뿐만 아니라 어렵지 않게 냉면을 구하거나 사 먹을 수 있을 정도로 냉면집이 확산된 것이다. 순조 즉위년인 1800년에 당직군사가 대궐 밖으로 나가 쉽게 냉면을 구하여 반입搬入할 수 있었다면 이는 경기도 출신인 조선 후기의 실학자들이 평양에서 냉면을 한 번 맛보고 그 맛을 잊지 못해서 냉면을 노래했다고 보기는 어렵다. 다만 냉면이 이미 일상 생활에서 일정 이상 자리를 잡았고 낯선 음식이 아니라 익숙했기 때문이다. 문화는 보통 상류에서 하류로 전파되는 경향이 있지만 냉면은 하류층에서 시작해서 상류층으로 유입되었을 확률이 있다. 공간 역시 평양에서 시작하여 중심부인 한양으로 이동되었을 것으로 본다. 민중의 입맛에서 시작해 양반층에게 전달되고 이는 임금에게까지 매력을 주는 음식으로 자리 잡았다.

1920년대 초반에는 평양냉면을 판매하는 음식점은 이미 서울에 자리 잡고 있었다. 1926년 12월 1일자 잡지 『동광』 제8호에 실린 소설 중 김랑운의 「냉면」이라는 글에 나타난 '저육과 채로가신 배[梨]쪽과 노란 게자를 우에 언즌 수북한 냉면 그릇'이라는 표현과 1924년 조리서인 『조선무쌍신식요리제법』에 소개된 '가게에서 파는 냉면'의 조리법을 통해서 당시 서울에서 팔던 냉면의 구체적인 모습을 좀 더 세밀하게 알 수 있다. '가게에서 파는 냉면은 고기나 닭국을 식혀서 금방 내린 국수를 말고 한가운데다가 어름 한덩이를 느코 국수위에다가 제육과 수육과 전유어와 배추김치와 배와 대초와 복숭아와 능금과 실백과 계란 살마 둥굴게 썬거와 알고명과 석이 채친거와 실고초와 설당과 겨자와 초를 쳐 먹으나 여러가지 늣는 것이 조치 못하니 잡고명은 느치 말고 김치와 배와 제육만 늣는 것이 조흐니라.' 위의 예문에서 알 수 있듯이 고기나 닭 육수를 식혀 얼음을 띄운 육수를 사용하고 있어 전형적인 고기육수의 냉면 국물이라는 것을 알 수 있다. 제육, 수육, 배추김치, 배를 기본으로 하고 숙란, 계란지단, 석이, 실고추, 실백을 고명으로 얹고 설탕, 겨자, 초를 곁들여 먹는데 과실果實류로 배 이외에 대추, 복숭아, 능금도 푸짐하게 추가되어 맛과 상품의 경쟁력을 높이고 있었다.

문헌	시기	저자	명칭	참고
목은시고	고려 말	이색	도엽냉도	여름철
허백당시집	조선 중기	명조	괴엽냉도	여름철
계곡집	조선 인조	장유	냉면	여름철
다산시문집	조선 후기	정약용	냉면	음력 10월
동국세시기	조선 후기	홍석모	냉면	평양냉면 맛 일품
임하필기	조선 순조	이유원	냉면	면을 사다 먹음
오주연문장전산고	조선 헌종	이규경	냉면	평양의 대표음식
매천집	구한말	황현	냉면	봄에 먹음
하재일기	1890년대	허씨	냉면	공인/여름철

4. 한국 냉면의 문화적 의미

인간은 음식을 만들고 분배하고 섭취함으로써 가족, 친구, 망자亡者 그리고 신神과의 중요한 관계를 형성한다. 음식은 세상에 질서를 제공하고 현실성에 대한 여러 의미를 표현한다. 그리고 음식의 사회적, 문화적 이용은 인간조건에 대한 많은 통찰력을 제공한다.[22] 오늘날의 음식은 전지구화globalization과정에서 표준화, 특수화, 혼성화되고 있다.[23] 냉면은 원래 겨울 음식이었다. 냉장고와 제빙기製氷機 등이 존재하지 않던 시대에 얼음을 띄운 육수에 면을 말아 먹을 수 없었다. 그러나 이제 냉면은 여름을 대표하는 음식이다. 시대가 바뀌면서 음식 문화도 변모하였다.

1) '어우러짐'의 조화

음식은 그 지역의 산물이며 그 지역에 일어났던 일들의 산물이자 그 지역에 살고 있는 사람들과 그곳의 역사, 다른 지역들과 맺고 있는 관계의 산물産物이기도 하다. 우리는 어떤 지역에서 생산되는 음식에 대해 이야기하는 것만으로도 그 지역에 대한 이야기를 하고 있는 셈이다.[24] 한국 음식 문화의 중요한 특징 중 하나는 어울림과 음식간의 조화이다. 이는 섞이기 좋아하고 어울려 다니기 좋아하는 한국인의 특성이 음식에도 자연스럽게 포함된 결과라고 할 수 있다. 우리의 전통 음식은 자연이 지닌 생명력을 잘 반영하고 있으며 화려하기 보다는 소박한 아름다움을 지니고 있다. 이 소박함은 지나치게 화려하여 거부감을 갖게 하는 것이 아니라 천연의 색상과 맛으로 나

22) 캐롤M. 코니한, 『음식과 몸의 인류학』, 김정희 옮김, 갈무리, 2005, 60쪽.
23) 박상미, 「맛과 취향의 정체성과 경계 넘기」, 『현상과 인식』90호, 한국인문사회과학회, 2003, 54~58쪽.
24) 카를로페트리니, 『슬로푸드 맛있는 혁명』, 김종덕·황성원 옮김, 이후출판사, 2008, 63쪽.

타난다.

냉면처럼 다양한 재료를 섞어서 먹는 음식은 드물다. 냉면은 처음에는 매우 단순한 음식으로 보인다. 그러나 다양한 재료를 넣고 비비거나 육수를 부으면 기존의 속성은 흔들리고 다양한 맛을 낸다. 그래서 원래의 면이 지닌 속성과 아주 다른 음식이 된다. 그뿐만 아니라 그 맛이 독특하다. 다양한 재료를 고명으로 얹어 비벼서 먹으면 면의 부드러움과 동시에 그 안에 있는 재료들의 참맛을 다 느낄 수 있다. 이를 통해 오색五色과 오미五味를 가진 음양오행陰陽五行을 실현할 수 있다. 냉면은 대체로 동물성인 고기 육수와 여러 채소 및 면을 섞어 만드는 것이니 '섞음의 철학'이 잘 반영된 음식이다. 혹은 채소로 육수를 내고 수육을 곁들여 먹기도 하는 냉면은 현재 한국 사람들이 가장 즐겨 먹는 음식이고, 외국인들 역시 자주 접할 수 있는 음식이다. 냉면은 다양한 식품 재료를 가지고 각 식품 재료의 맛을 성실히 살리면서도 또 함께 다양한 맛을 실현하고 있다.

2) '대중의 입맛'의 실천

냉면이 예로부터 아주 큰부자나 양반들만 점유할 수 있는 권력의 음식이 아니다. 우리나라에서 냉면은 대체로 고려말부터 시작되었으며, 겨울 뿐만 아니라 여름이나 봄에도 먹었던 것으로 전한다. 특히 조선 후기에 이르면 냉면이 대중적으로 확산되는데 왕과 양반들뿐만 아니라 일반 평민들도 냉면을 자주 먹었으며 면만을 따로 사서 먹거나 음식점에서 냉면을 팔기도 했던 것으로 추정된다.

'입맛'은 오래도록 길들어져서 형성된 것으로서 보수성이 강하다.

다소 이질적인 음식의 맛에 대해서는 사람들이 민감한 반응을 보인다. 지역에 따라 음식의 종류와 전해지는 맛이 다르기도 하고, 같은 종류라 할지라도 맛이 다른 것이 있다. 이 모두가 사람들의 평가 대상이었다. 지역의 음식이 어떠한지에 대해서 사람들의 입에서 입으로 전해졌다. 오늘날의 음식과 음식 문화는 크게 달라지고 있다. 우리나라 사람들이 먹는 음식이라고 해서 모두 한국인이 오래전부터 향유享有한 것으로 보기 어렵다. 다양한 이유로 외국에서 유입流入되거나 전파되는 경우가 있다. 그리하여 한국에서 자리매김하는 경우도 있다. 북한식 온면溫麵과 냉면도 한때 인기를 모은 적이 있다.

그럼에도 불구하고 여전히 냉면은 대중들의 사랑을 받고 있다. 한식에는 한국인의 독특한 맛과 향이 있다. 발효식품은 한식의 맛을 내는 필수 조미류로 한국처럼 종류와 방식이 다양하게 발달한 곳이 없다. 한식은 다양한 조미류를 이용해 특유의 독특한 맛을 낸다. 냉면에는 간장, 고추장을 비롯해 식초류, 유지류, 조미 향신료류, 김치 등의 배합으로 맛을 낸다.

현대의 대중들은 간편식을 선호하며, 밀을 이용한 면 요리와 다양한 식재료를 섞어 먹는 비빔류의 음식이 다수를 차지한다. 이는 쌀로 만든 밥이 한국인을 대표하는 정체성과도 같았던 전통 한식 문화의 변화를 의미한다.[25] 주식 자체에 변화가 나타나기 시작하는 것은 쌀이 주식이 되어 부식을 함께 섭취했던 전통 한식의 밥상 문화를 파기하는 형태로, 서구화된 한국인의 입맛과 함께 현대인의 일상에서 잊혀져가는 한국인의 정체성 혼재를 의미한다. 또한 바쁜 시간에

25) 김현혜, 백선기, 「일일삼식, 음식 준비와 과정의 일상성, 요리의 문화성」, 『기호학연구』48집, 한국기호학회, 2016, 40쪽.

쫓기거나 개별적으로 식사를 해결하는 현대인들이 증가하면서 많은 현대인들이 한 그릇의 냉면을 섭취하여 포만감과 만족감을 느낄 수 있다.

5. 맺음말

지구화로 인해 사람과 물적物的 자원의 교류交流가 자유로워지면서 국경國境의 의미는 점차 사라지고, 민족의 정체성도 모호해진 측면이 있다. 이런 현상은 각 민족의 정체성을 찾기 위한 역사와 문화 찾기를 강조하고 있다. 이런 상황에서 음식 문화 연구는 새로운 문화 연구의 비전을 제시할 수 있을 것이다. 특히, 음식 문화는 지구촌의 다양한 인종과 국가의 정체성을 규정하는 새로운 코드라고 할 수 있다.

시대時代와 지역地域에 따라 맛에 대한 인식이 다르며, 한 공동체共同體 내에서도 일반적인 미각이 모든 개인에게 통용되지는 않는다. 가치관의 다양화가 진전된 사회에서 음식에 대한 기준도 다양한 차이가 있다. 이 글에서는 우리의 한식 문화를 점검하고 고전 시문詩文에 나타난 우리나라 냉면의 형성과정과 특징을 살피고자 하였다. 냉면은 차가운[冷] 국수[麵]다. 그 기원이 고려 말부터 시작되었다고 볼 수 있고, 전통 음식으로 평양과 함흥, 진주 등 각 지역의 환경과 문화를 반영하고 있다. 냉면이 오랜 세월을 거쳐서 현대의 대중들에게 전달된다는 것은 사람들의 입맛에 맞고 흥행에 성공했다는 것이다. 여기에 냉면을 단순히 지역의 문화상품으로만 볼 것이 아니라 그 속에 내재된 지역의 역사·문화적 전통을 규명하여 그 위상과 실체를 연구해야한다.

이규경, 『오주연문장전산고』.
이규경, 『오주연문장전산고』.
이색, 『목은시고』제7권.
이유원, 『임하필기』29권.
정약용, 『다산시집』.

김복수 외, 『문화의 세기 한국의 문화정책』, 보고사, 2003.
김상보, 『조선시대의 음식문화』, 가람기획, 2006.
김현혜, 백선기, 「일일삼식, 음식 준비와 과정의 일상성, 요리의 문화성」, 『기호학연구』48집, 한국기호학회, 2016.
박상미, 「맛과 취향의 정체성과 경계 넘기」, 『현상과 인식』90호, 한국인문사회과학회, 2003.
박여성, 「융합기호학Synchretische Semiotik의 프로그램으로서의 음식기호학」, 『기호학 연구』14권, 기호학회, 2003.
박채린, 권용석, 정혜정, 「냉면의 조리사적 변화 양상에 관한 고찰」, 『한국식생활문화학회지』26-2호, 한국식생활문화학회, 2011.
박채린 · 정혜정, 「비빔냉면관련 조리법에 관한 문헌적 고찰 – 1800년대 1980년대까지, 26-4, 한국식생활문화학회 2016.
배영동, 「안동지역 간고등어의 소비전통과 문화상품화 과정」, 『비교민속학』31집, 비교민속학회, 2006.
이승은, 「한식문화 구성요소의 색채분석을 통한 오브제적 표현 연구」, 경희대학교 박사학위논문, 2013.
이윤정, 최덕주, 안형기, 최소례, 최재영, 윤예리, 「냉면冷麪의 형성과 분화 고찰考察」, 『외식경영연구』19-6, 한국외식경영학회, 2016.
장지현, 『한국 전래면류 음식사 연구』, 수학사, 2004.
정해옥, 「한식의 브랜드화 방안」, 『국학연구』제8집, 한국국학진흥원, 2006.
정혜경, 「한국 음식문화의 의미와 표상」, 『아시아 리뷰』5-1호, 서울대학교 아시아연구소, 2015.

주영하, 「민속문화의 국제화 요구와 비교민속학의 대응」, 『한국민속학』40권, 한국민속학회, 2004.
카를로페트리니, 『슬로푸드 맛있는 혁명』, 김종덕·황성원 옮김, 이후출판사, 2008.
캐롤M. 코니한, 『음식과 몸의 인류학』, 김정희 옮김, 갈무리, 2005.

제11장 고전시가 작품의 발굴 동향과 전망

1. 머리말

고전시가古典詩歌는 향가를 비롯하여 시조와 가사에 이르기까지 우리말로 전하는 노래이기에 귀중한 가치가 있다.[1] 고전시가는 한국문학 연구의 초창기부터 오랫동안 중심적인 연구 분야였지만, 1970년대에 들어 고전문학 연구의 핵심에서 밀려났다. 그 이래 고전시가 분야에서의 연구의 열정과 성과는 타 분야들에 비해 다소 미약하다. 고전 자체가 궁지로 몰린 것은 사실이지만, 한문학과 고전산문은 나름의 현실 감각을 가지고 재생산되고 있다. 이에 비해 고전시가는 후미지고 인적 드문 지대에 아직도 여전히 머물러 있다.[2]

한국 고전시가는 고전으로서의 위상을 찾는 연구가 필요하다. 과거에 있었던 모든 것을 고전古典이라고 할 수 없다는 것은 주지의

1) 조동일 외, 『한국문학강의』, 길벗, 1998, 233~234쪽.

2) 김흥규, 「한국 고전시가 연구와 주제사적 탐구」, 『한국시가연구』15집, 한국시가학회, 2004, 6쪽.

사실이다. 과거의 것 중에서 어떤 식으로든지 현재와 의미를 가질 수 있을 때 고전으로서의 위상을 지닐 수 있으며 가치와 의미를 지닐 수 있게 된다. 이 논문은 이러한 시대적 상황을 인식하고 2000년대 이후 학계에 새롭게 발굴되어 소개된 고전시가 작품을 중심으로 발굴 동향을 소개하고 앞으로의 연구 방향을 조망하는 것을 목적으로 한다. 그 이전에도 여러 연구자들이 새로운 고전시가 작품 발굴과 소개에 관하여 지속적으로 연구성과를 발표하였다. 또한 그 자료들의 상당 부분은 학계에 널리 알려지고 그 활용도 절실하다고 본다.

이에 이 글에서는 2000년대 이후 발굴된 고전시가 작품 중 학계에 소개된 내용을 중심으로 검토하고, 작품 별로 간단한 서지적 사항과 작품의 특질과 그 의미를 밝히고자 한다. 또한 새로운 자료를 학계에 처음 소개하는 작품들의 서지적 사항과 작품의 특질, 그리고 문학적 의미에 대해 우선적으로 설명하고자 한다. 물론 이러한 사항들은 자료를 처음 소개한 연구자들의 소개에 전적으로 의지될 수 밖에 없는 실정이다.

그동안 새롭게 발굴되어 소개된 고전시가 연구도 많은 분량이 축적되었고 관련 논의까지 포함하면 오십여 편에 이른다. 이제는 새롭게 발굴된 고전 시가 작품의 연구 성과를 정리하여 문학적 의미와 그 특질을 작성할 필요가 있다. 또한 이를 바탕으로 고전 시가의 현황을 점검하고 향후 전망을 제시하여 새로 발굴된 고전시가 작품들이 지닌 의미와 위상을 밝히는데 기여하고자 한다.

2. 2000년대 고전시가 작품의 발굴 동향

경기체가	「구촌龜村 이항로李福老의 경기체가-〈화산별곡花山別曲〉과 〈구령별곡龜嶺別曲〉-」
한시	「새로 발굴한 김삿갓의 한시 작품에 대한 문예적 검토」, 「새로 발굴한 김병연金炳淵의 과체시科體詩 검토」, 「새로운 고시조 작품의 발굴과 검토」, 「새로 나온 송만재의 〈관우희觀優戲〉와 한시 작품들」, 「권선서權先曙의 한시와 새로운 시조 작품 3수」, 「새 자료 『치원소고巵園小藁』와 황상黃裳의 만년 교유」, 「조선후기 향촌 문인 목태림의 제화시 연구: 새 자료 『浮磬集』 소개를 겸하여」, 「새로 발굴한 古時調集 『古今名作歌』 硏究」, 「다산 정약용의 죽란시사竹欄詩社 결성과 활동양상-새로 찾은 죽란시사첩竹欄詩社帖을 중심으로」, 「성시전도시城市全圖詩와 18세기 서울의 풍경」, 「일제강점기 다산 박영철의 세계기행과 시적 특질」
시조	「신발굴 가집 『시가詩歌』의 특성」, 「새로운 고시조 작품의 발굴과 검토」, 「19세기 전반 가곡 가집 『시가전詩歌典』의 특성과 계보」, 「『시조집詩調集』과 시조 작품 15수에 대하여」, 「『전가비보』와 송정 이복길의 새로운 연시조 〈오련가〉에 대하여」,
가사	「새자료 〈무자서행록〉의 이본으로서의 특징」, 「새로 발굴한 가사 작품 〈미강별곡嵋江別曲〉에 대하여」, 「새로 발굴한 신승구申升求의 〈관동별곡번사關東別曲飜辭〉에 대하여」, 「새로 발굴한 가사 작품〈미강별곡嵋江別曲〉에 대하여」, 「우고 이태로의 농부가와 애국적 형상화」, 「새로 발굴한 과재過齋 김정묵金正默의 〈매산별곡梅山別曲〉 연구」, 「새로 발굴한 풍수가사 〈청금곡靑錦曲〉의 검토」, 「이충무공의 선양 사업과 『튱무공행장』 소재 새로운 가사 작품 〈난부가〉 2편에 대하여」, 「새로운 가사 작품 〈감별곡〉에 대하여」, 「새로운 가사 작품 홍희洪憙의 「영언永言」에 대하여」, 「자료집『계문』과 새로운 가사 작품 4편에 대하여」, 「새로운 가사 작품 〈즁춘동유가〉에 대하여」, 「새로운 가사 작품 윤씨부인의 〈문여가〉에 대하여」, 「가사 작품 〈유향가〉의 발굴과 담론 내용」, 「새로운 가사작품 〈송비산가〉에 대하여」, 「한창기본 〈슉영낭자젼〉 소재所在 가사 작품8편에 대하여」, 「계몽시가를 통해 본 근대적 시간표상의 몇 국면-『학교가』와 『열烈가집歌集』(박재수 편)을 중심으로-」, 「신발굴 『오일논심기』해제」, 「『박학사포쇄일기朴學士曝曬日記』와 가사의 기록성」, 「신출 가사 「즌별가」, 「효열가」와 규방가사의 전통」, 「18세기 전반의 농민현실과 『임계탄任癸歎』, 「복선화음가」류 가사의 이본현황과 텍스트 소통, 「우고 이태로의 농부가와 애국적 형상화」, 「이도희李道熙의 새로운 가사 작품 〈직즁녹〉에 대하여」, 「관해록과 가사작품 〈관동해가〉와의 비교」, 「이충무공의 선양 사업과 『튱무공행장』 소재 새로운 가사 작품 〈난부가〉 2편에 대하여」

1) 경기체가

경기체가景幾體歌는 고려 고종 때의 〈한림별곡〉을 효시로 조선조 말인 1860년 민규의 〈충효가〉에 이르기까지 꾸준한 명맥을 유지했던 국문학의 시가장르다. 전·후절의 분단이 뚜렷이 드러나므로 한국시가 양식 중에서 외형적으로 전절과 후절로 구분될 수 있는 구성을 취하고 있는 대표적 연형식 시가이다. 한국 시가문학의 발전과정에 있어서 고려 후기에 나타난 경기체가는 특이한 양식으로 일찍부터 학계에 주목을 받았다. 경기체가는 25수에 지나지 않지만 한국 시가사에서 도외시 될 수 없는 영역으로 근대적 국문학 연구의 초기부터 지금까지 그 기원과 생성, 발전, 변천, 작자, 주제, 장르 등에 관한 상당한 연구 성과가 축척되었다.[3] 2000년 이래의 연구성과들은 일반론에 관한 연구가 많았다. 김영진은 계명대학교 동산도서관에 소장된 이복로의 경기체가 〈화산별곡〉과 〈노령별곡〉을 소개하였다.[4] 현존 경기체가 작품이 25편 밖에 되지 않는다는 점에서 이복로의 경기체가 두 편의 발굴은 그 자료적 의미가 매우 크다. 이 두 편은 내용적으로는 경기체가의 본령에 맞닿아 있고 안축-김구-주세붕-권호남으로 이어지는 영남嶺南의 경기체가 전승의 중간에 위치하고 있다는 점에서 그 중요성을 인식할 수 있다.

2) 한시

한시漢詩는 전근대 시대 우리나라 상층 문인들이 익혀야 할 필수

3) 임기중 외, 『경기체가 연구』, 태학사, 1997, 7쪽.

4) 김영진, 「신발굴 자료: 구촌龜村 이항로李福老의 경기체가–〈화산별곡花山別曲〉과 〈구령별곡龜嶺別曲〉, 『한국시가연구』25권, 한국시가학회, 2008, 347~360쪽.

교양이었다. 당시 한시는 상층 문인들이 자신의 감정과 의식을 표현하는 가장 일반적인 시문학 장르였다. 한시 텍스트가 오늘날과 전혀 다른 어떤 시기의 미학과 문화를 읽는 도구만이 아니라면 당대적 해석과 비평의 맥락을 도외시하지 않는 선에서 텍스트의 미학을 탐구해야 하는데, 이 문제는 중요하지만 동시에 어려운 작업이기도 하다.[5]

무엇보다 과체시에 대한 발굴은 신선하다. 과체시란 조선시대 관리 선발 제도인 과거 시험의 가장 중요한 과목으로 시를 작성하여 제출하는 우리나라 독특한 시형의 하나로서 '과시', '행시', '시문', '동시', '동인시', '공영시'라고 불린다. 과체시의 외형外形은 기본적으로 칠언 율시나 칠언 배율과 비슷하나, 내용이나 형식 등에서 일반 한시와는 구별되는 특징들을 가지고 있다. 과체시科體詩는 조선 과거제도의 특수성을 설명해 주는 매우 유력한 자료임에도 불구하고, 최근까지 깊이 연구되지 못했다.

구사회[6]는 새로 김삿갓의 과체시 11수를 발굴하였다. 그는 과체시가 조선 후기 몰락 양반이 겪고 있었던 궁핍한 삶의 현실을 실감나게 표현하고 있다는 점에서 일정한 현실주의 문학의 가치를 갖고 있다고 평가하였다. 특히 김삿갓의 과체시 〈호남시〉와 신재효의 판소리 단가短歌였던 〈호남가〉의 유의적 연관성에 주목하였는데 시적 발상이나 표현 방식에서부터 어구에 이르기까지 많은 부분에서 그 관련성을 설명하고 있다. 이이서 유년석, 양동식[7]이 김병연의 과체

5) 이은주, 「한국 한시 연구사의 검토와 과제－최근 10년 한국한시연구를 회고하며」, 『동양학』60권, 단국대학교 동양학연구원, 2015, 242쪽.

6) 구사회, 「새로 발굴한 김삿갓의 한시 작품에 대한 문예적 검토」, 『국제어문』35권, 국제어문학회, 2005, 131~161쪽.

시 12편을 발굴하여 김병연의 과체시는 현실에 대한 비분강개한 심정이 있어서 당시의 현실인식이나 사회상을 찾아낼 수 있다고 밝히고 있다.

19세기 중엽을 전후로 안동 지방에서 활동했던 권선서權先曙라는 문인의 새로운 시조 작품 3수와 207수가 발굴되었다.[8] 이 작품들은 권선서의 시문집인 선서재시고先曙齋詩稿에 수록되어 있었다. 권선서의 한시는 자연 경물을 읊고, 교유 과정에 지어진 화답시나 차운시가 대부분으로 본격적인 문예물로 자연 경물을 읊으면서 그 안에 내재된 의미를 탐색한 것으로 찾아내고 있다. 반면에 시조는 충효사상과 같은 유교적 이념을 교훈화 한다든가, 연회에서 만수무강을 축원하는 송축적인 용도로 사용하고 있었다. 19세기 중엽을 전후로 안동지역에서 활동했던 지방 문사들의 삶의 양태와 문화적 특성을 확인할 수 있는 자료적 의미에서 그 가치를 찾을 수 있다. 그리고 이를 통해 시조와 한시가 서로 다른 문예 양식임에도 생활 속에 함께 창작되고 있었다는 점을 주목할 수 있다.

새로 발굴된 『치원소고』는 여러 가지 의미에서 시사하는 바가 크다.[9] 『치원소고』는 황상이 만들어 소장했던 시집으로 모두 265제題 345수의 한시가 수록되어 있고, 유고집인 『치원유고』와 중복되지 않는다는 점에서 눈여겨 보아야 한다. 황상이 교류한 인물군은 세 부

7) 유년석, 양동식, 「새로 발굴한 김병연金炳淵의 과체시科體詩 검토」, 『한국시가문화연구』18권, 한국시가문화학회, 2006, 101~124쪽.

8) 구사회, 「권선서權先曙의 한시와 새로운 시조 작품 3수」, 『시조학논총』41, 한국시조학회, 2014, 9~30쪽.

9) 구사회 · 김규선, 「새 자료 『치원소고巵園小藁』와 황상黃裳의 만년 교유」, 『동악어문학』58, 동악어문학회, 2012, 311~341쪽.

류로 나눌 수 있는데 첫째는 다산과 다산가의 인사들, 둘째는 추사와 추사가의 사람들, 셋째는 다산학단을 중심으로 활동했던 강진 문인들이다. 여기에 황상은 다산가와 우의를 넘어 깊은 교분을 갖고 있었고 스승이었던 다산에 대한 존경과 사랑을 변함없이 지속하고 있다는 점에 그 의미를 둘 수 있다.

특히 시작품 「증황치원贈黃巵園」은 『완당전집』에 수록된 것으로 추사가 황상에게 주는 시인데 이에 화답하는 「추차완당증시追次阮堂贈詩」의 수록은 중요한 의미를 지닌다. 또한 차茶와 관련한 작품도 그 의미를 살펴야 한다. 무엇보다 『동다기』의 저자가 다산 정약용이 아니라, 강심江心 이덕리李德履였다는 사실을 알려주는 작품이 있어서 매우 흥미롭다.

제화시題畵詩에 대한 발굴 역시 흥미롭다. 정선희[10]는 목태림의 새로 발견된 문집 『부경집浮磬集』에 수록되어 있는 제화시를 중심으로 그의 시적 형상화 방법의 특징을 상세히 설명하고 있다. 목태림은 그림의 대상이 되는 인물이나 동물에 관한 고사와 특징들을 서술하면서 자신의 처지와 인생관을 피력披瀝했다는 점으로 보아 소설 작가이며 서사문학에 편향적이었다. 또한 역대 문인들이나 경화의 사족들과는 달리 향촌에서 일상적으로 접할 수 있던 그림들을 택한 것은 그가 향촌의 중간층 문인으로 향촌 문화를 적극 향유했던 사실은 문학사와 연관해 그 의미를 찾을 수 있다.

새로 나온 송만재의 〈관우희觀優戲〉와 새로 발굴한 한시 작품들도 그 시사하는 바가 크다.[11] 송만재의 〈관우희〉와 그의 한시 작품

10) 정선희, 「조선후기 향촌 문인 목태림의 제화시 연구 : 새 자료 『浮磬集』 소개를 겸하여」, 『어문연구』36-2호, 한국어문교육연구회, 2008, 371~396쪽.

이 실린 『판교초집板橋初集』이라는 서책은 일반 한시 24수가 담긴 「옥전잉묵玉田賸墨」과 연희시가 실린 「관우희오십절觀優戲五十絶」로 편제되어 있었다. 이들 작품은 자하紫霞 신위申緯와 밀접한 관련을 맺고 완성되었다. 지금까지 〈관우희〉는 연세대학교 탁사문고에 유일하게 필사본이 수장되어 있었다. 그동안 연세대본에서 결자缺字 상태로 있었던 〈관우희〉 50절의 제4수와 제29수의 두 글자를 구사회본을 통해 다른 16자를 확인했다. 서발序跋에도 누락 글자가 있었는데, 표기가 다른 19자가 있어서 바로 잡았다. 새로운 필사본이 나오면서 그동안 연세대본이 가지고 있었던 부분적인 오탈자를 바로 잡을 수 있었고 새로 나온 구사회본이 기존의 연세대본에 비해 원본에 근접하고 있다는 것을 알 수 있다. 이 자료를 통해 송만재의 한시 작품 24수를 새롭게 접할 수 있다. 「옥전잉묵」에 실려 있는 한시는 〈관우희〉가 창작된 1843년 즈음에 송만재가 판교에 거주하면서 지은 것으로 시를 통해서 그의 교유 관계와 자연 미감을 추론할 수 있다. 아울러 신위와 송만재의 연결고리는 소론少論이라는 것을 짐작하게 하는 중요한 자료이다.

안대회는 『익찬공서치계첩翊贊公序齒稧帖』이란 새 자료를 발굴하였다.[12] 그것이 『죽란시사첩竹欄詩社帖』의 실물임을 고증한 다음, 그 결과에 따라 죽란시사의 실체와 활동양상이 분명하게 확인되었다. 『익찬공서치계첩』은 죽란시사 동인의 한 사람인 한백원韓百源이

11) 구사회, 「새로 나온 송만재의 〈관우희觀優戲〉와 한시 작품들」, 『열상고전연구』 제36집, 열상고전학회, 2012, 143~178쪽.

12) 안대회, 「다산 정약용의 죽란시사竹欄詩社 결성과 활동양상－새로 찾은 죽란시사첩竹欄詩社帖을 중심으로」, 『대동문화연구』 83권, 성균관대학교 대동문화연구원, 2013, 93~129쪽.

소장했던 계첩으로 시사가 결성된 당시에 제작되었고, 동인의 명단인 '서치序齒'와 시사의 규약인 '社約'으로 구성되었다. 그 내용은 다산이 밝힌 시사의 실상과 정확하게 부합한다. 이 연구에서 시사는 1794년 7월 이후 결성된 것으로 추정하였고, 남인 관료들이 교류한 살롱이자 창작서클 및 정치적 결사로서 시사의 성격을 지니고 있음을 설명하고 있다.

또한 안대회는 〈성시전도시城市全圖詩〉와 관련하여 현재 모두 9편의 작품이 남아 있다는 것을 확인하였다.[13] 이들 작품은 한양漢陽의 경관에서 풍경의 선택과 시선의 특수성을 어떤 방식으로 묘사했는지 분류하고 있다. 모든 작품은 제왕帝王적 권위의 상징으로서 한양의 화려함을 묘사하는 태도를 공유하지만 대체적으로 큰 차이가 나타나는 사실을 찾았다. 18세기 후반의 역동적이고 활력이 넘치는 도시 풍경과 도시민의 이미지를 포착해 입체적으로 보여주는 〈성시전도〉 그림과 시는 한양의 독특한 풍경과 이미지를 내부 사람들의 시선으로 관찰하여 이후 한양을 문학과 문화의 흐름을 선도하는 공간으로 규정하고 있다는 점에서 그 의미를 찾을 수 있다.

3) 시조

시조時調만큼 우리 조상들이 오랜 기간에 걸쳐 향유享有했던 시가는 없다. 그것은 고려말엽에 이미 형식을 갖추고 있었고, 조선시대에는 모든 사람들이 가창歌唱할 정도였다. 근대 이후로 시조는 음악보다는 문학으로 존재 방식을 바꿔서 자리를 잡았지만 여전히 시

13) 안대회, 「성시전도시城市全圖詩와 18세기 서울의 풍경」, 『고전문학연구』35권, 한국고전문학회, 2009, 213~249쪽.

조의 전승 방법도 구전에서 문자로 정착되는 과정을 거치고 있다. 특히 조선 후기부터 근대 시기로 이어지는 시기에는 여러 시조집들이 나왔고, 근대 이후로 학자들이 본격적으로 시조를 수집하거나 정리하였다.

조선 후기 시조의 특징적 양상은 가집歌集 편찬이다. 이전 시기까지는 개별 텍스트 단위나 혹은 작은 가첩歌牒 형태로 전승되던 시조가 조선 후기에 들어와서는 적게는 사 오백 수, 많게는 천 여 수가 넘게 대규모로 수록된 가집이 편찬됨으로써, 시조 문화권에 새로운 현상이 나타나게 된다. 이 가집들은 편찬자의 편찬의식에 따라, 혹은 시대에 따라, 혹은 가창방식(가곡창/시조창)에 따라 여러 가지의 양태로 존재하게 된다. 이렇듯 가집 편찬은 조선 후기 시조를 특징짓는 양상이라고 할 수 있다.

권순회는 새로 가집 『시가詩歌』를 발굴하였다.14) 『시가』는 1888년에 필사된 가곡 가집으로 사설 이외에는 어떠한 부가 정보도 수록되어 있지 않고 순한글로 표기된 것으로 시조 147수와 가사 5편이 수록되어 있는 소규모 가집이다. 『詩歌』는 편자의 취향이나 소용에 따라 '애정'이라는 단 하나의 주제를 특화해서 편집한 가집으로 불특정 다수에게 통용될 목적으로 편집된 것이 아니다. 이는 특정한 개인이나 소규모 동호인 모임에서 사용될 목적으로 기방妓房에서 가곡에 능했던 기녀와 같은 여성 창자의 특별한 관심을 담아냈거나 혹은 그 주변의 남성이 특정한 기녀妓女를 염두에 두고 편집했던 것으로 보여진다. 무엇보다 19세기 이전의 가집 가운데 독특한 편집을

14) 권순회, 「신발굴 가집 『시가詩歌』의 특성」, 『한민족어문학』65권, 한민족어문학회, 2013, 421~446쪽.

갖춘 가집으로 그 의미를 둘 수 있다.

구사회는 고시조집인 『고금명작가』를 발굴하여 학계에 보고한 바가 있었다.[15] 최근에는 새로운 자료인 고시조 53수 이외에도 12잡가인 〈평양가〉와 〈선유가〉가 두루마리 한지에 함께 실려 있는 작품을 발굴하였다.[16] 이 자료는 'ㅅ' 계 합용병서, 음절말자음, 'ㅣ' 모음 역행동화 등의 사례를 통해 19세기 후기의 표기법을 알 수 있는 귀중한 자료이다. 또한 작자와 관련하여 흥선대원군의 시조가 포함되어 있다는 것은 매우 의미 있다. 이 자료는 19세기 말엽이나 20세기 초기의 것으로 보여지는데 새로 발굴된 시조 작품 이외에도 시조가 잡가나 민요로, 또는 시조가 판소리 단가短歌로 양식의 변화를 가져오는 사례를 확인할 수 있다. 무엇보다 이러한 유통과정에서 시조는 다른 노래양식과 교섭하며 다양성을 갖지만, 한편으로 가창 기반을 상실하는 처지로 내몰렸을 가능성을 진단하고 있다.

최근에 발굴된 『시조집詩調集』은 여러 가지 특이점을 지니고 있다.[17] 1963년 12월 하순경에 전라남도 함평군 손불면 월천리에 살고 있던 조두상이 만든 것으로 추정되는데 15수의 시조 작품이 수록되어 있는데, 마지막 두 수를 제외한 13수는 시조창으로 부르기 위해 음조를 표시해두었다는 특이점이 있다. 15수에서 5수는 학계에 알려지지 않았던 새로 나온 시조이고, 4수는 시조의 초·중·종장에서 어

15) 구사회, 「새로 발굴한 古時調集 『古今名作歌』의 재검토」, 『한국문학연구』 27집, 한국문학연구소, 2004, 205~233쪽.

16) 구사회, 「새로운 고시조 작품의 발굴과 검토」, 『시조학논총』36집, 한국시조학회, 2012, 43~70쪽.

17) 구사회, 「새로운 자료 『시조집詩調集』과 시조 작품 15수에 대하여」, 『시조학논총』45집, 2016, 104~124쪽.

느 한 장이 달라진 이본異本 가치가 있는 것으로 혼철混綴표기와 사투리가 많이 쓰였다는 특수성을 지니고 있다.

또한 새로운 시조 작품 5수는 자손이 번성하기를 바라는 축원祝願의 내용을 제외하고 대부분 전가생활의 유유자적悠悠自適한 삶을 노래하거나 자연 친화나 인생무상을 읊는 취락적인 내용이다. 중요한 것은 근대 이후에 나왔지만 내용상 고시조 자료집에 해당한다. 15수가 근대 이전의 고시조 작품으로 보여지고 오늘날 활자화되어 파편화된 시조 사전의 작품들이 지니지 못하는 아우라가 있을 것으로 보고 있다.

『詩調集』에서는 이정보의 시조 작품을 일제강점기 판소리 단가인 〈운담풍경〉과 관련하여 주목하였고 여기에 수록된 15수의 시조들은 당대인들이 즐겨 불렀던 시조 작품으로 서로 유기적 연관성을 생각해 볼 수 있다.

최근에 17세기 전기에 송정松亭 이복길李復吉(1579~1640)이 지은 연시조 〈오련가〉 2편이 발굴되었다. 〈오련가〉 2편은 한편당 5수이고 모두 10수로 되어 있다. 이들 작품은 1630년대 전후로 창작되었을 것으로 여겨지며 16세기 호남가단의 영향을 받은 것으로 파악하였다.[18]

무엇보다 시조의 유통과정의 변모를 살필 필요가 있다. 양식의 변화는 전근대에서 근대로 넘어오는 19세기 말기에서 20세기 초기에 시조·가사·잡가·민요·판소리 등이 가창歌唱되면서도 서로 착종되며 교섭하고 있었기 때문이다. 게다가 뒤이어 창가나 찬송가, 서구

18) 구사회·박재연, 「『전가비보』와 송정 이복길의 새로운 연시조 〈오련가〉에 대하여」, 『한국시가연구』40집, 한국시가학회, 2016, 97~117쪽.

가요가 밀려오면서 기존의 노래 양식들은 많은 변전變轉 과정을 겪게 된다. 한 마디로 단정하기가 어렵지만 이 과정에서 시조는 다른 노래 양식과 교섭하면서 양식적 다양성을 갖게 되지만, 한편으로 가창 기반을 상실하는 처지로 내몰렸을 가능성도 있다.

4) 가사

가사歌辭는 4음보 연속체의 율격 장치 안에서 작가의 생각이나 감정을 낱낱이 진술하는 장르이다. 조선 전기에는 사대부가 성리학 이념이 담긴 작품을 창작하였기 때문에 자연, 유유자적悠悠自適한 삶, 연군지정戀君之情 등이 토로되었다. 조선 후기에는 담당층이 확대되고 세계관의 변화를 겪으며 전기와는 다른 향유 양상을 보여준다. 전기에는 심화되지 않던 규방의 삶, 시정인市井人들의 삶, 농촌의 궁핍한 현실, 부정부패한 관리의 핍박처럼 여러 가지 소재가 선택되어 형상화되었다. 사대부 문화권에서만 유통流通되던 가사가 다양한 문화권으로 진출한 것이다. 이에 따라 가사는 규방 문화권에서 규방 부녀자들이 가사를 필사筆寫하며 교양 의식을 함양하기 위하여 향유되기도 하고, 시정市井 문화권에서 여항인閭巷人들이 유흥의 흥취를 고취하기 위해 가창의 방식으로 향유되기도 하며, 억압적 현실을 고발하기 위해 한문 소장訴狀을 바탕으로 창작되기도 한다. 이렇듯 가사는 담당층의 세계관 및 미의식에 기반을 두고 사회적, 역사적, 문화적 조건과 그 변화에 밀접하게 대응하며 창작되었다. 가사는 여타 장르에 비해 작품수와 분량이 방대하고 자료의 유통이나 형태가 다양한 방식으로 나타난다.

구사회는 신승구의 〈관동별곡번사關東別曲飜辭〉를 발굴하여 원문을 소개하고, 그것이 지닌 문학적 특질에 대하여 논의하였다.[19] 이 과정에서 신승구의 〈관동별곡번사〉가 조선 후기에 이루어진 가사의 유통 과정에서 일어났던 번역문학과 관련한 가치와 의미를 상세히 고찰하고 있다. 무엇보다도 19세기 중엽에도 〈관동별곡〉이 교방敎坊이나 궁중의례에서 가창되거나 연행되었는데, 다른 한편으로 그것이 번사라는 문학적 양식으로 제작되며 유통되었다는 사실을 신승구의 〈관동별곡번사〉를 통해서 확인하게 되었다. 이러한 발굴을 통하여 번사飜辭가 넓게는 삼국시대부터 있어 왔던 국문시가에 대한 번역문학사에 편입되고 있으며, 좁게는 조선 후기에 이루어졌던 가사의 번역문학, 즉 번사 양식에 대한 가치와 논의의 필요성을 강조한다는 점에서 의미가 깊다.

〈미강별곡嵋江別曲〉은 학계에 최초로 보고되었다.[20] 〈미강별곡〉은 27절 54구의 단형가사로 정격 양반가사로 '봄'이라는 시간적 배경과 미강서원이라는 공간적 배경을 제시하면서 18세기 말엽에서 19세기의 표기법을 사용하고 있다. 작자는 윤희배(윤처사)라는 인물로 황학산을 배경으로 하는 기호남인畿湖南人으로 추정하고 있다. 〈미강별곡〉은 조선 중기의 미수 허목許穆에 대한 학문과 덕행을 흠모하는 도학가사道學歌辭로 볼 수 있으며 기호남인의 학통의식이 깊게 투영된 작품으로 설명하고 있다. 또한 문학사적으로도 미강서원의 일대에 널려있는 미강팔경을 시적 대상으로 삼고 있다는 점에서 한국 팔경문학의 흐름을 알 수 있다.

19) 구사회, 「새로 발굴한 신승구申升求의〈관동별곡번사關東別曲飜辭〉에 대하여」, 『국어국문학』139호, 국어국문학회, 2005, 237~270쪽.

20) 구사회, 「새로 발굴한 가사 작품〈미강별곡嵋江別曲〉에 대하여」, 『국어국문학』142호, 국어국문학회, 2006, 163~185쪽.

이원승은 팔도유람가八道遊覽歌를 발굴했다.[21] 이 작품은 현재 팔도기행가사라는 이름으로는 처음 발굴된 것으로 가사문학사적 의미가 매우 크다. 팔도를 유람遊覽하면서 각 도의 산천과 명승, 역사와 인사를 여정에 따라 감상을 노래한 것으로 결사가 없어 미완未完의 작품일 수 있다는 추정을 하게 한다. 아울러 필사자의 후기가 작품 끝에 붙어 있어 필사 연도와 필사자가 여성이라는 점, 한글 흘림궁체를 썼다는 것을 알 수 있어 서예연구에도 좋은 자료가 될 것이다.

정무룡은 풍수가사를 발굴했는데 눈여겨 볼 수 있다.[22] 〈청금곡〉은 1941년에 서당 교육 이상의 한학을 습득한데다 당대 규범화 된 표기법을 익힌 작자가 대필자의 손을 빌어 완성한 279행의 풍수가사로 성거사의 〈답산부〉와 같은 계통으로 확충과 삭제를 거친 개작改作본으로 볼 수 있으며 인간사의 길경보다는 재난에 강세를 두는 풍수론의 독특한 사유의 반영을 알 수 있다. 〈청금곡〉은 당대의 풍수가사의 전형일 뿐만 아니라 가사 장르가 잠복할 수 밖에 없던 모습을 대변한다는 점에서 문학사적 의미를 찾을 수 있다.

한영규는 〈무자서행록〉을 1920~30년대에 최남선의 일람각一覽閣에서 필사된 것이지만, 그 모본은 기존의 연행록본보다 선행해서 성립된 것이라고 추론하고 있다.[23] 작자는 김노상으로 홀어머니 연일延日 정씨鄭氏(1761~1845)를 위해 지은 것으로, 특히 일람각본은 연

21) 이원승, 「새자료 〈팔도유람가〉 연구」, 『도남학보』제24집, 도남학회, 2012, 111~147쪽.

22) 정무룡, 「새로 발굴한 풍수가사 〈청금곡靑錦曲〉의 검토」, 『한국시가연구』25권, 한국시가학회, 2008, 199~234쪽.

23) 한영규, 「새자료 〈무자서행록〉의 이본으로서의 특징」, 『한국시가연구』33권, 한국시가학회, 2012, 191~224쪽.

행록본에 비해 일상적이고 구어적 표현이 구사되어 있다는 특징을 보인다. 일람각본이 구술적 문맥을 강하게 담지하고 있다는 사실을 통해 이 장편 가사를 보다 새로운 각도에서 해석할 필요성을 제기하고 있으며 〈무자서행록〉을 통해 경화사족의 장편 기행 가사 창작이 1828년 무렵부터 시작되었으며, 그 문학적 성취도 탁월했다는 사실을 확인할 수 있다.

자료집 『계문』에는 시조 2편 가사 6편이 수록되어 있는데 작품 사이의 콘텍스트context에 주목하여 한산 이씨라는 특정 문중과의 관련성을 추출하였다.[24] 새로운 시가집의 출현과 가사 작품의 4편의 발굴이라는 의미와 아울러 자료를 기록한 서체인 궁체를 주목하여 그것이 조선 후기의 필체 연구에 도움이 될 것으로 추론하고 있다. 이외에도 18세기 후반에 활동했던 기호학파 유학자였던 과재過齋 김정묵金正默(1739~1799)의 도학가사 〈매산별곡〉이 발굴되었다.[25]

이수진은 여성기행사가 〈송비산가〉를 발굴하여 그 의미를 밝히고 있다.[26] 〈송비산가〉는 송비산을 유람하고 기록한 작품으로 합천陜川에서 자란 남인南人계열의 안동 권씨 부인에 의해 지어졌으며, 하동 지역으로 넘어와 노론계열의 필사자 의도에 맞게 삭제·첨가되어 지금의 〈송비산가〉로 필사되었다는 것을 알 수 있다. 〈송비산가〉에는

24) 구사회, 「자료집『계문』과 새로운 가사 작품 4편에 대하여」, 『고전문학연구』47권, 한국고전문학회, 2015, 185~210쪽.

25) 구사회, 「새로 발굴한 과재過齋 김정묵金正默의 〈매산별곡梅山別曲〉 연구」, 『한국시가문화연구』29집, 한국시가문화학회, 2012, 395~424쪽.

26) 이수진, 「새로운 가사작품 〈송비산가〉에 대하여」, 『동양고전연구』44권, 동양고전학회, 2011, 107~130쪽.

목적지에 대한 서술과 회정을 기록하여 완결성을 갖추고 있다. '서사-본사-결사'로 이루어져 유람의 동기, 송비산에 도착, 윤리적 덕목, 송비산을 주변 지역에 대한 실경 묘사와 내면의 정서, 봄날의 유람을 기약하는 것으로 이루어졌다. 〈송비산가〉는 학계에 소개되지 않은 새로운 필사본이라는 점과 여성기행가사로서의 한 유형을 보여준다는 점에서 그 문학사적 의의를 찾을 수 있다.

2000년대 이후 규방가사의 발굴은 다양한 형태로 지속적으로 이루어지고 있다. 성무경은 '임형택 선생 소장 가사자료' 가운데 「효몽구고치슌가」·「괴똥전」·「권선징악가」·「계녀옥셜」등에 주목하였다.[27] 이 작품들은 「복선화음가」류 가사의 이본들로 19세기 중·후반에서 20세기 초에 이르는 기간 동안 많은 이본을 양산한 일종의 '교양가사'로 규정하는 한편 그 소통에 관하여 설명하고 있다.

구사회가 발굴한 〈감별곡〉은 1892년 2월에 작성된 규방가사로 내용은 경상도 양반 집안의 아녀자들이 자신들의 처지를 하소연하며 지은 규방가사이다.[28] 같은 마을에서 성장하다가 출가했던 아녀자 7인이 20여년 만에 다시 만나 즐거운 시간을 보내고 헤어지면서 재회를 기약하는 신변탄식류의 가사작품으로 조선 사회 남존여비男尊女卑의 봉건제도 아래에서 여성들이 삼종지도三從之道라는 전통적 규범을 따라야만 하는 고통과 원망의 내용을 담론화하고 있다. 이 작품은 봉건사회에서 사회적 주체가 되지 못하고 타자他者로서 살아갈 수밖에 없는 여성들의 고충과 한탄을 상세히 그려내고 있으며

27) 성무경, 「『복선화음가』류 가사의 이본현황과 텍스트 소통」, 『민족문학사연구』22권, 민족문학사학회, 2003, 81~110쪽.

28) 구사회, 「새로운 가사 작품 〈감별곡〉에 대하여」, 『한국시가문화연구』26권, 한국시가문화학회, 2010, 35~56쪽.

유교적 이념에 입각한 봉건국가로서 남성 중심의 사회에 주변인의 역할을 하는 여성의 모습을 형상화하고 있다는 점을 밝히고 있다.

〈슉영낭ᄌᆞ젼〉 소재所在 가사 작품 8편이 발굴되었다.[29] 이는 전남 순천의 '뿌리깊은 나무 박물관'에 한창기韓彰琪(1936~1997)본으로 고소설 〈슉영낭ᄌᆞ젼〉에 8편의 가사 작품이 필사되어 있는 것을 수집하였다. 한창기본에는 기존 작품의 내용과 전혀 다른 새로운 작품 〈셰황가〉와 〈바늘가〉가 수록되어 있으며 이들이 원전原典에 가깝다. 아울러 한창기본은 지금까지 전혀 알려지지 않았던 가사 작품이 5편이나 있었고, 이미 알려진 작품도 완성도가 높아서 기존의 작품을 대체할 수 있다는 평가를 하고 있다. 또한 문헌 자료에 대한 수집과 해제의 측면에서 이들 가사 작품의 생성 공간을 설명할 수 있는데 경북 내륙 지방에서 창작되어 수집과 공간 이동의 과정을 거친 것을 살피는 동시에 아울러 영주문화권에 대한 문예적 의미를 규정할 수 있는 의미있는 작품이다.

〈유향가遊鄕歌〉의 발굴은 규방가사에서 여권의식의 성장을 확인할 수 있는 계기가 되었다.[30] 이 작품은 두루마리 한지에 국문으로 기록된 신변탄식류의 규방가사이다. 작자는 장씨 부인으로 1960년대에 지어진 것으로 보인다. 이는 근래에 이르기까지 영남 아녀자들 사이에서 규방가사가 창작되어 존속하고 있었다는 사실과 아울러 가사의 소멸시기에 온전한 형태를 갖추지 못하고 최소한의 잔존 형식만을 유지하여 전해진 전형적인 규방가사이다. 기존의 규방가사

29) 구사회, 「한창기본 〈슉영낭자젼〉 소재所在 가사 작품 8편에 대하여」, 『열상고전연구』41호, 열상고전학회, 2014, 391~453쪽.

30) 구사회·김규선, 「가사 작품 〈유향가〉의 발굴과 담론 내용」, 『동양고전연구』 47권, 동양고전학회, 2011, 51~74쪽.

와는 달리 남존여비男尊女卑나 여필종부女必從夫와 같은 전통적인 가치 규범이 약화되고 시대의 변화와 함께 성장된 여권 의식女權意識을 확인할 수 있다는 점에서 특수한 작품이다.

장안영이 발굴한 〈증춘동유가〉는 기존의 규방가사와는 다른 특징을 보이고 있다.[31] 이 작품은 국문으로 기록된 계녀가誡女歌류 규방가사로 주인공의 일생을 강조하는 서술방식으로 비탄과 체념보다는 이상화된 여성의 모습을 강조하고 있다. 여성 화자가 젊은 나이에 치르게 되는 성혼成婚 과정과 출가出家 후 고향을 그리워하는 간절한 마음, 성혼에 대한 서술이 다른 항목들에 비해 매우 구체적이다. 〈증춘동유가〉는 혼례婚禮 과정에 대한 서술이 구체적이면서도 혼례 풍경과 같은 외적 묘사에 치중하고 있고, 결사 부분에서 이별의 괴로움 토로에 대한 언급이 이전의 가사에 비해 많이 보이지 않는다. 이는 계녀가류에 해당되지만 관념적인 내용들을 생략하고 구체적인 성혼의 모습을 보여주는 방향으로 서술된 작품이라는 점에 그 의의를 둘 수 있다.

〈문여가〉는 개화계몽류의 호소청유형 규방가사이다.[32] 이 작품에서 화자는 새로운 문명사회가 다가오고 있는 것을 예견하며 언어적 탈중심화를 지향하고, 새로운 질서를 세우려는 개화기 때에 남자뿐 아니라 여자들도 모두 글을 배워야 한다고 강조하고 있다. 특이점은 화자가 직접적으로 호소하는 방식이 아니라 찾아간 이웃집의 아녀자가 화자와 옆에 있는 여성들에게 호소하는 방식으로 구성되어 있

31) 장안영, 「새로운 가사 작품 〈증춘동유가〉에 대하여」, 『문화와 융합』37-1호, 한국문화융합학회, 2015, 191~214쪽.

32) 장안영, 「새로운 가사 작품 윤씨부인의 〈문여가〉에 대하여」, 『퇴계학논총』24권, 퇴계학회, 2014, 215~231쪽.

다는 것이다. 기존의 호소 청유형 규방가사는 화자가 직접적으로 호소하는 작품이 대부분이라면, 〈문여가〉는 작품 속의 타인에 의해 호소되고 있다는 점에서 그 특수성을 찾을 수 있다.

2014년 이후 이충무공의 위업을 인식시키고 가르치기 위해 지어진 가사 작품이 다수 발굴된다. 『튱무공힝장』에 필사되어 있는 〈난부가懶夫歌〉와 〈난부가懶婦歌〉2편이 발굴되었다.[33] 이 가사는 충무공 후손가 문중 아녀자들에게도 조상인 충무공 이순신에 대한 행적을 알리고 가문에 대한 자부심을 심어주고, 윤리적 규범과 바른 행실을 위한 교육의 목적으로 지어진 것으로 충무공 행장으로 엮어서 문중 아녀자들로 하여금 읽게 한 것으로 추정된다. 충무공 이순신 후손가의 어른들은 교육용으로 교훈가사 나부가류 가사 작품을 지어서 집안 아녀자들이 읽게 하였는데 〈난부가〉 2편도 이러한 목적과 다르지 않다는 사실을 알 수 있다. 어휘 형태나 표기법이 19세기 후반 이전에 필사되거나 지어졌던 것으로 보이며 지금까지 발굴된 나부가류 가사 작품 4편은 모두 덕수 이씨 이 충무공 후손가에서 나왔는데, 모두 집안 아녀자들을 염두에 두고 지어진 것을 알 수 있다.

이들 나부가류 가사 작품은 이 충무공가家라는 특정 문중에서 후손들의 교육을 위해 문중 내에 전승시키며 활용했던 매우 특이한 사례로 이들 나부가류 가사 작품들의 특징은 조선 후기 나쁜 여자들의 세태를 풍자하기보다는 반면교사反面教師로 경계하려는 목적을 지닌 교육적 문예물이라는 점이다.

덕수이씨 이 충무공 후손가에서 부녀자들에게 조상인 이 충무공

33) 구사회·김영, 「이충무공의 선양 사업과 『튱무공행장』 소재 새로운 가사 작품 〈난부가〉 2편에 대하여」, 『퇴계학논집』24권, 퇴계학연구원, 2014, 199~215쪽.

의 위업을 인식시키고 가르치기 위해 지어진 가사의 발굴은 흥미롭다. 발굴된 〈직즁녹直中錄〉은 충무공 이순신의 직계 후손인 이도희李道熙(1842~1902)가 지은 것으로 가문에 대한 자부심과 애국정신을 고취하기 위한 계녀가사이다.[34] 아녀자들의 폐습弊習을 경계하고 마땅히 지녀야할 부덕婦德을 권유하는 내용으로 형상화되었다. 이 작품을 통해 덕수 이씨 문중門中에 전해오던 다른 계녀가사 〈나부가〉와 비교하여 동일한 성격을 지닌 가사 작품으로 짜임이나 표현방식에서도 상호텍스트성을 확인할 수 있다. 또한 이 충무공의 후손들이 충무공 행장류 한글본과 계녀가사 〈직즁녹〉을 통해 집안 부녀자들을 가르치고 일깨울 목적을 갖고 있었다는 사실을 알 수 있는 의미있는 작품이다.

아울러 2000년대 이후 애국담론과 관련된 계몽가사의 발굴이 지속적으로 이루어지고 있다는 점을 알 수 있다. 겸산兼山 홍희洪憙(1884~1935)의 가사 작품 「영언永言」이 발굴되었다.[35] 이는 196구의 중형 가사에 해당하는데 도道의 학습과 실천의 중요성을 강조하며 동방 도학의 흐름을 밝힌 가사 작품으로 도의 실천 문제를 계몽하기 위한 작품이다. 홍희의 「영언」을 창작한 것은 1910년 전후로 판단하는데 국권침탈國權侵奪이라는 역사적 유례를 찾기 힘든 시기에 우리 민족의 도학 정신과 주체성을 고취시키기 위해서였다. 민족주체적인 시각에서 애국 담론의 일종으로 지어진 것 「영언」은 그의 친일 행적과 관련이 없다고 판단되며 서술 방식과 표현 기법으로 「역대

34) 구사회·김영, 「이도희李道熙의 새로운 가사 작품 〈직즁녹〉에 대하여」, 『한국시가문화연구』34권, 한국시가문화학회, 2014, 33~60쪽.

35) 구사회, 「새로운 가사 작품 홍희洪憙의 「영언永言」에 대하여」, 『우리어문연구』49권, 우리어문학회, 2014, 231~253쪽.

가」와 관련하여 상호텍스트성에 주목하고 있다.

그리고 일제강점기 초기에 일제에 저항하는 우고又顧 이태로李泰魯(1848~1928)의 〈농부가〉가 발굴되었다.[36] 우고의 〈농부가〉는 국토를 강탈당한 일제 치하의 암담한 현실을 제시하면서 주권회복을 위해 무력투쟁을 불사하자는 애국적인 내용을 형상화하고 있다. 우고의 〈농부가〉는 양식적으로 조선 후기 권농가형 계열의 〈농부가〉에 접속되면서 일제 현실을 반영하며 국권 회복을 다짐하고 있다. 또 문학사적으로 〈농부가〉의 당대 현실에 대한 능동적이고 주체적인 변용 능력을 보여주는 사례로 보았다.

3. 맺음말 – 고전시가 작품의 발굴 전망과 반성

어느 시대이든지 고전古典으로서의 위상을 지닌 텍스트가 존재한다. 인간의 삶과 사상을 형성하는데 반드시 필요한 의미를 지닌 텍스트라면 시대를 불문하고 그 중요성은 인식되어야 한다. 그러한 가치와 의미를 지니지 못한다면 고전으로서의 위상을 상실하게 되는 것이다. 이러한 입장에서 한국 고전시가의 상당수 작품은 현재 고전으로서의 자리가 확고하지 않으며 향후 고전의 지위를 상실할 수도 있는 열악한 상황이다. 무엇보다 한국 고전시가는 '현재', 그리고 '우리의 삶'과 관련되는 '무엇'인가를 지니고 있는 텍스트여야 한다.

한국 고전시가가 고전으로서의 위상을 지니려면 현재 우리가 잃

36) 구사회, 「우고 이태로의 농부가와 애국적 형상화」, 『국어국문학』147집, 국어국문학회, 2007, 295~318쪽.

어버린 세계를 고전시가가 모색해 주어야 한다. 다시 말해 한국 고전시가를 읽거나 외우거나 기타의 방법으로 향유하면 세계와의 동일성을 회복할 수 있거나, 그렇지는 않더라도 한국 고전시가에 내포되어 있는 특수성을 밝힐 수 있어야 한다. 이를 변형하여 다양한 의미를 찾을 수 있는 방안을 제시해야 한다. 현재 한국 고전시가 연구에서 필요한 방향 중 하나는 이러한 특질을 찾는 것이어야 한다.

새롭게 발굴된 고전시가 작품들은 대체적으로 문학적 특질을 갖추고 있으면서, 변화된 사회의 모습과 의식을 담고 있다. 지금까지 고전시가 작품의 발굴은 양적으로 상당한 성과를 거두었다. 발굴현황을 작성하면서 개별의 작품이 지닌 다양한 특성과 문학적 의미를 분명히 확인할 수 있었다. 이와 같이 2000년 이후 새로운 고전시가 작품이 많이 발굴되었다는 것과 자료의 다양성에서 중요한 의미가 있다. 새로운 자료를 통해 기존의 자료가 갖지 못한 새로운 방법을 모색하고 적용해야 한다.

그러나 문제는 새 발굴 자료에 대한 지속적인 연구가 필요하다는 점이다. 자료 발굴 이후 발굴자에 의해 소개가 된 후 후속 논의가 이루어지지 않거나 후속 논의가 있는 경우에도 발굴을 한 연구자에게 전적으로 의지하는 것이 대체적이다. 무엇보다 새로 발굴된 고전시가 작품들이 소개의 차원에서 그칠 것이 아니라 그 활용방안에 대해서도 실용적인 모색이 필요하다.

이 글에서는 그동안의 발굴된 고전시가를 경기체가, 한시, 시조, 가사 부문으로 분류하여 정리해보았다. 논의들이 주로 개별 작품의 서지적 특징을 밝히는 것에만 초점을 두고 발표되었고 이러한 상황은 개선이 시급하다. 앞으로도 고전시가에서 심도 있는 작품의 발굴과 그 특질을 면밀히 밝히는 작업이 필요하다. 그러나 간과해서는 안 될 부분이 있다. 미발굴 자료는 정보화 사회에서 비전문적인 소장자所藏者들의 무관심과 방치로 급속도로 소멸消滅될 가능성이 높아가고 있는 실정이어서 연구자의 개별적인 작업으로는 발굴이 어렵다. 따라서 국가나 단체 등의 차원에서 다양하고 조직적인 자료수집이 적극적으로 이루어져야 필요가 있다.

그리고 이들 발굴 작품의 내역을 검토하면서 가장 눈에 띄게 아쉬운 것은 시조작품에 대한 발굴이 상대적으로 미비하다는 점이다. 시조작품은 무엇보다 지속적으로 유통되어 향유되는 장르라는 점을 감안한다면 지금의 성과는 너무나 부족하다. 아울러 최근에 발굴된 충무공 가문과 관련하여 발굴된 가사 작품작품은 더욱 세심한 분석이 요구된다.

참고문헌

경기체가

김영진, 「신발굴 자료 : 구촌龜村 이항로李福老의 경기체가—〈화산별곡花山別曲〉과 〈구령별곡龜嶺別曲〉」, 『한국시가연구』25권, 한국시가학회, 2008.

한시

구사회, 「권선서權先曙의 한시와 새로운 시조 작품 3수」, 『시조학논총』41, 한국시조학회, 2014.

구사회, 「새로 나온 송만재의 〈관우희觀優戲〉와 한시 작품들」, 『열상고전연구』제36집, 열상고전학회, 2012.

구사회, 「새로 발굴한 김삿갓의 한시 작품에 대한 문예적 검토」, 『국제어문』35권, 국제어문학회, 2005.

구사회, 「일제강점기 다산 박영철의 세계기행과 시적 특질」, 『열상고전연구』제 42집, 2014.

구사회·김규선, 「새 자료 『치원소고巵園小藁』와 황상黃裳의 만년 교유」, 『동악어문학』58, 동악어문학회, 2012.

안대회, 「다산 정약용의 죽란시사竹欄詩社 결성과 활동양상－새로 찾은 죽란시사첩竹欄詩社帖을 중심으로」, 『대동문화연구』83권, 성균관대학교 대동문화연구원, 2013.

안대회, 「성시전도시城市全圖詩와 18세기 서울의 풍경」, 『고전문학연구』35권, 한국고전문학회, 2009.

유년석, 양동식, 「새로 발굴한 김병연金炳淵의 과체시科體詩 검토」, 『한국시가문화연구』18권, 한국시가문화학회, 2006.

정선희, 「조선후기 향촌 문인 목태림의 제화시 연구 : 새 자료 『浮磬集』 소개를 겸하여」, 『어문연구』36-2호, 한국어문교육연구회, 2008.

시조

구사회, 「새로 발굴한 古時調集 『古今名作歌』의 재검토」, 『한국문학연구』27집, 한국문학연구소, 2004.

구사회, 「새로운 고시조 작품의 발굴과 검토」, 『시조학논총』36집, 한국시조학회, 2012.

구사회, 「새로운 자료 『시조집詩調集』과 시조 작품 15수에 대하여」, 『시조학논총』45집, 2016.

구사회·박재연, 「『전가비보』와 송정 이복길의 새로운 연시조 〈오련가〉에 대하여」, 『한국시가연구』40집, 2016.

권순회, 「신발굴 가집 『시가詩歌』의 특성」, 『한민족어문학』65권, 한민족어문학회, 2013.

가사

고미숙, 「계몽시가를 통해 본 근대적 시간표상의 몇 국면－『학교가』와 『열烈가집歌集』(박재수 편)을 중심으로－」, 『민족문학사연구』22권, 민족문학사학회, 2003.
구사회, 「새로 발굴한 가사 작품〈미강별곡嵋江別曲〉에 대하여」, 『국어국문학』142호, 국어국문학회, 2006.
구사회, 「새로 발굴한 과재過齋 김정묵金正默의 〈매산별곡梅山別曲〉 연구」, 『한국시가문화연구』29집, 한국시가문화학회, 2012.
구사회, 「새로 발굴한 신승구申升求의 〈관동별곡번사關東別曲飜辭〉에 대하여」, 『국어국문학』139호, 국어국문학회, 2005.
구사회, 「새로운 가사 작품 〈감별곡〉에 대하여」, 『한국시가문화연구』26권, 한국시가문화학회, 2010.
구사회, 「새로운 가사 작품 홍희洪熹의 「영언永言」에 대하여」, 『우리어문연구』49권, 우리어문학회.
구사회, 「우고 이태로의 농부가와 애국적 형상화」, 『국어국문학』147집, 국어국문학회, 2007.
구사회, 「자료집 『계문』과 새로운 가사 작품 4편에 대하여」, 『고전문학연구』47권, 한국고전문학회, 2015.
구사회, 「충무공 이순신가의 문중 교육과 〈나부가〉류 가사 작품들」, 『국어국문학』171호, 국어국문학회, 2015.
구사회, 「한창기본 〈숙영낭자전〉 소재所在 가사 작품8편에 대하여」, 『열상고전연구』41호, 열상고전학회, 2014.
구사회 · 김규선, 「가사 작품 〈유향가〉의 발굴과 담론 내용」, 『동양고전연구』47권, 동양고전학회, 2011.
구사회 · 김영, 「〈관해록〉의 가사 발굴과〈관동해가〉와의 비교」, 『한국언어문학』83권, 한국언어문학회, 2012.
구사회 · 김영, 「이도희李道熙의 새로운 가사 작품 〈직즁녹〉에 대하여」, 『한국시가문화연구』34권, 한국시가문화학회, 2014.
구사회 · 김영, 「이충무공의 선양 사업과 『튱무공행장』 소재 새로운 가사 작품 〈난부가〉 2편에 대하여」, 『퇴계학논집』24권, 퇴계학연구원, 2014.
김광순, 「신발굴 『오일논심기』해제」, 『어문논총』39권, 한국문학언어학회, 2003.
박애경, 「신출 가사 『즌별가』, 『효열가』와 규방가사의 전통」, 『민족문학사연구』22권, 민족문학사학회, 2003.

성무경, 「『복선화음가』류 가사의 이본현황과 텍스트 소통」, 『민족문학사연구』 22권, 민족문학사학회, 2003.
이수진, 「새로운 가사작품 〈송비산가〉에 대하여」, 『동양고전연구』44권, 동양고전학회, 2011.
이원승, 「새자료 〈팔도유람가〉 연구」, 『도남학보』제24집, 도남학회, 2012.
이형대, 「18세기 전반의 농민현실과 『임계탄任癸歎』」, 『민족문학사연구』22권, 민족문학사학회, 2003.
임형택, 「신발굴 자료를 통해 본 가사의 재인식」, 『민족문학사연구』22권, 민족문학사학회, 2003.
장안영, 「새로운 가사 작품 〈즁츈동유가〉에 대하여」, 『문화와 융합』37-1호, 한국문화융합학회, 2015.
장안영, 「새로운 가사 작품 윤씨부인의 〈문여가〉에 대하여」, 『퇴계학논총』24권, 퇴계학회, 2014.
정무룡, 「새로 발굴한 풍수가사 〈청금곡靑錦曲〉의 검토」, 『한국시가연구』25권, 한국시가학회, 2008.
한영규, 「새자료 〈무자서행록〉의 이본으로서의 특징」, 『한국시가연구』33권, 한국시가학회, 2012.

| 찾아보기 |

ㅇ

ㅈ

| 지은이 소개 |

하경숙河慶淑

문학박사.
용인예술과학대학교 강의. 병영 독서 코칭 강의. 선문대학교 교양학부 초빙교수.
(사)온지학회 법인이사 및 편집이사, (사)문학과예술연구소 연구원, 진단학회 평의원, 영산대학교 동양문화연구원 이사, 시조학회 이사, 국제어문학회 편집위원, 중앙어문학회 윤리위원, 세종국어문화원 심사위원, (사)전국 독서새물결 심사위원.

우리 고전문학에 나타난 다양한 인물의 형상화 방식과 후대 변용을 살피는 작업을 하고 있다. 고전문학은 여전히 다양한 방법으로 유통되고 있다는 사실에 착안하여 연구의 다양한 스펙트럼을 넓히고 있다.

저서로는 『한국 고전시가의 후대 전승과 변용 연구』, 『네버엔딩스토리 고전시가』, 『고전문학과 인물 형상화』세종도서 학술부문 선정(2017), 『대학생을 위한 SNS글쓰기(공저)』, 『대학생을 위한 맛있는 독서토론(공저)』가 있고, 그 외 논문은 다수가 있다.

(사) 한국문학과예술연구소 학술총서 64

고전문학의 탐색과 의미 읽기

여성 형상과 새 시가작품 찾기

초판 인쇄 2022년 8월 17일
초판 발행 2022년 8월 29일

지 은 이 | 하경숙
펴 낸 이 | 하운근
펴 낸 곳 | 學古房

주 소 | 경기도 고양시 덕양구 통일로 140 삼송테크노밸리 A동 B224
전 화 | (02)353-9908 편집부(02)356-9903
팩 스 | (02)6959-8234
홈페이지 | http://hakgobang.co.kr/
전자우편 | hakgobang@naver.com, hakgobang@chol.com
등록번호 | 제311-1994-000001호

ISBN 979-11-6586-476-7 94810
978-89-6071-160-0 (세트)

값 : 19,000원